Karen-Susan Fessel
Was ich Moira nicht sage

SERIE PIPER

Zu diesem Buch

Mit Feingefühl erzählt die Autorin Episoden aus dem Leben sehr unterschiedlicher Frauen – keine davon perfekt, sondern alle mit Ecken und Kanten. Da sind zum Beispiel die zwei Freundinnen, die einfach nicht zueinander passen und sich dennoch lieben; die Studentin, die sich in ihrer Ehe langweilt und sich in ihre Dozentin verliebt; und die Frau, die sich entscheidet, als Mann zu leben und deshalb von ihrer Geliebten verstoßen wird. In ihren Geschichten zeigt Karen-Susan Fessel, was es bedeutet, den besten Freund zu verlieren, ohne bei ihm gewesen zu sein. Aber auch wie unbeschwert die Liebe zu einer Frau mit Kind sein kann. Jede dieser Geschichten ist außergewöhnlich – mal melancholisch, mal komisch, und trotzdem kommen uns die Frauen mit all ihren Schwächen und Stärken sehr vertraut vor.

Karen-Susan Fessel, geboren 1964 in Lübeck, Studium der Theaterwissenschaften, Germanistik und Romanistik in Berlin, seit 1994 Schriftstellerin und freie Journalistin. Sie veröffentlichte Romane und Jugendbücher und lebt in Berlin. Zuletzt erschienen von ihr »Bis ich sie finde« und »Unter meinen Händen».

Karen-Susan Fessel
Was ich Moira nicht sage

Erzählungen

Piper München Zürich

Von Karen-Susan Fessel liegen in der Serie Piper vor:
Bilder von ihr (2701)
Bis ich sie finde (3947)
Was ich Moira nicht sage (4091)

Ungekürzte Taschenbuchausgabe
Piper Verlag GmbH, München
März 2005

Umschlag/Bildredaktion: Büro Hamburg
Isabel Bünermann, Heike Dehning,
Charlotte Wippermann, Katharina Oesten
Foto Umschlagvorderseite: Eva Weiss
Foto Umschlagrückseite: Christiane Pausch
Satz: Arnold & Domnick, Leipzig
Druck und Bindung: Clausen & Bosse, Leck
Printed in Germany ISBN 3-492-24091-7
www.piper.de

Inhalt

Schluß mit lustig

Wir waren wirklich albern. Wenn wir zusammen waren, alberten Jimmy und ich die ganze Zeit herum, bis wir uns vor Lachen nur so bogen. Andere fanden das gar nicht so witzig. Claire zum Beispiel.

„Ich verstehe nicht, wie zwei erwachsene Leute sich so dermaßen kindisch benehmen können", sagte sie stirnrunzelnd.

Jimmy grinste sie an. „Aber Claire! Nun sei doch nicht so!" Und dann prustete er los, und ich fiel mit ein.

Claire schüttelte den Kopf. „Ich verstehe euch nicht." Dann ging sie davon und überließ uns beide uns selbst.

Claire schämte sich, mit uns auszugehen. „In eurer Gesellschaft komme ich mir vor wie ein Kindermädchen, das den falschen Beruf gewählt hat", behauptete sie und weigerte sich, uns auf eine Ausstellungseröffnung zu begleiten. Sie ahnte zu Recht, daß wir uns nur wieder über die Werke der Kollegen lustig machen würden, vor allem Jimmy. Er hatte einfach keinen Respekt vor dem Künstlertum, und das noch weniger, je mehr er selbst arbeitete.

„Alles nur Kinderkacke", pflegte Jimmy zu sagen, während er auf eines seiner eigenen Bilder zeigte. „Das kann doch jeder." Dann grinste er mich herausfordernd an, und ich beeilte mich, eine intellektuelle Kritikermiene aufzusetzen.

„Also wirklich, diese Farben! So eine leuchtende Kraft, wie von innen heraus. Ganz unglaublich!" Und dann schüttelten wir uns vor Lachen.

Wir waren oft zusammen. Entweder war Jimmy bei mir in meiner zugigen Bude, meistens aber war ich bei ihm, in seinem unordentlichen Atelier, an das sich die Fabriketage anschloß, die er zusammen mit Claire bewohnte. Wir saßen herum, tranken Wein oder Bier, rauchten Zigaretten und redeten – manchmal über wichtige Dinge, aber oft auch nur Unfug. Und wir spielten Mensch-ärgere-dich-nicht. Stundenlang.

„Jimmy, krieg deinen Arsch hoch und arbeite", sagte Claire oft, wenn sie hereinkam und uns da so sitzen sah.

„Ich arbeite doch. Entspannung gehört zum Arbeiten dazu, Claire, das weißt du doch." Jimmy strahlte sie an.

Claire ließ sich nicht beeindrucken. Sie ging an uns vorbei und nahm einen Bogen leeres Papier hoch. „Siehst du das? Leer. Du solltest was tun. Und du", sie nickte zu mir herüber, „du auch. Arbeitet!"

„Aber Claire", sagte Jimmy grinsend.

„Arbeite", erwiderte Claire energisch und verschwand.

Jimmy lachte mich an. „Ich stehe auf Claire."

„Ich auch."

„Aber du stehst nicht auf mich."

„Nein", sagte ich und lächelte vielsagend.

Er sah mich forschend an, dann hellte sich seine Miene auf. „Vielleicht eines Tages, wenn ich Claire mal verlasse ..."

„Du und Claire verlassen! Du wirst sie nie verlassen, eher verläßt sie dich."

„O ja", sagte Jimmy und seufzte gespielt melancholisch. „Das ist wahr. Ich weiß nicht, wie sie es mit mir aushält. Ich bin schrecklich, vor allem, wenn ich mit dir zusammen bin."

Ich stand auf. „Komm, laß uns arbeiten."

„Du kannst hierbleiben. Meinen Schreibtisch benutzen."

„Ach Jimmy, gib dir keine Mühe. Faule Stücke sind faule Stücke, vor allem, wenn sie zusammen sind."

Und es kam der Tag, an dem Claire ihn verließ.

„Sie hat keine Lust mehr, hat sie gesagt." Ich hörte den Wind um die Telefonzelle brausen, aus der Jimmy anrief. Und dann ein Scheppern.

„Was machst du denn da?"

„Ich trete gegen die Wand", sagte Jimmy und schniefte.

„Laß das sein. Komm lieber rüber", bot ich ihm an.

„Nein, komm du. Füll meine leeren Gemäuer." Er schniefte schon wieder.

„Okay, aber ich kann erst in einer Stunde." Ich warf einen Blick auf Lorna, meine Geliebte. Sie lag auf meinem Bett, ihren wunderschönen nackten Körper nur notdürftig mit der Decke verhüllt, und verdrehte die Augen.

„Fein", sagte Jimmy. „Und – danke." Dann legte er auf.

Ich kroch wieder zu Lorna unter die Decke und schmiegte mich an sie. Sie roch nach Sex.

„Verläßt du mich auch?" flüsterte ich ihr ins Ohr.

Sie grinste mich an. „Noch nicht. Im Moment ficke ich einfach zu gerne mit dir. Frag mich das später noch mal."

„Das tu ich bestimmt nicht", sagte ich und ließ meine Hand zwischen ihren Beinen verschwinden. Lorna seufzte.

Als ich kam, saß Jimmy mitten im Raum und trank aus einer Bierflasche. Er war unrasiert und hatte tiefe Ringe unter den Augen, und sein Haar stand ihm in allen Richtungen vom Kopf ab.

„Du siehst haargenau so aus, wie verlassene Liebhaber auszusehen haben", sagte ich und schaute mich nach einem Stuhl um. Es war keiner mehr da. Claire und Jimmy hatten ohnehin nur zwei gehabt, und die hatte Claire anscheinend mitgenommen.

„Setz dich doch zu mir. Es ist sehr gemütlich hier so auf dem Boden. Aus dieser Perspektive sieht die Welt doch ganz anders aus." Jimmy klopfte neben sich auf die nackten Holzdielen, aber ich schüttelte den Kopf.

„Bei aller Liebe – ich werde mir doch keine Blasenentzündung holen, nur um dir Nähe und Trost zu spenden."

Jimmys alter Sessel stand noch da, und ich ging rüber und zog ihn näher zu Jimmy. Er machte keine Anstalten, mir zu helfen; er saß einfach da und sah traurig aus.

„Und?" fragte ich ihn. „Erzähl. Was ist denn passiert?"

„Was passiert ist?" Jimmy trank die Bierflasche aus und legte sie auf den Boden, um sie mit einem kleinen Schubs in Richtung Mülleimer rollen zu lassen. „Claire hat mich verlassen. Das ist passiert."

„Das weiß ich ja nun schon. Und warum?"

Jimmy warf mir einen schrägen Blick aus seinen grünen Augen zu und beugte den Oberkörper nach hinten, bis er sich mit den Ellbogen auf dem Boden aufstützen konnte. „Sie meint, ich solle endlich erwachsen werden. Ich sei wie ein kleiner Junge, der immer nur spielt. Sie hat zwar nichts dagegen, Mutter zu sein, aber eben nicht meine."

„Na ja, damit hat sie ja nicht ganz unrecht. Besonders ernst nimmst du das Leben schließlich nicht gerade."

„Ich dachte immer, das wäre eine meiner besonderen Qualitäten", sagte Jimmy und starrte nachdenklich an die Decke. „Gerade meine Fröhlichkeit ist doch eine liebenswerte Eigenschaft, oder nicht?"

„Doch, schon. Aber vielleicht denkt Claire, daß du sie auch nicht ernst nimmst. Ich weiß ja nicht, wie du bist, wenn ihr beide allein seid."

„Na, genauso wie immer." Jimmy schloß die Augen und legte sich flach auf den Rücken. Ich betrachtete ihn einen Moment, dann stand ich auf und ging in sein Atelier. Ich wußte selbst nicht so genau, was ich da eigentlich wollte – vielleicht wollte ich nachsehen, was Jimmy in den vergangenen Tagen so gemacht hatte, vielleicht wollte ich auch versuchen, sein Atelier, seine Arbeiten einmal mit Claires Augen zu sehen.

Ich lehnte mich in den Türrahmen und ließ meinen Blick durch den Raum schweifen. Überall auf dem Boden standen Farbtöpfe, Staffeleien, bemalte oder leere Leinwände herum. Der Tisch war mit Skizzen, Stiften, Pinseln und Blättern übersät, und an den Wänden hingen zahllose Zeichnungen, Fotos und Zeitungsschnipsel. Ein großes, abstraktes Gemälde in dunklen Farben stand nahe am Fenster, durch das dämmeriges Winterlicht einfiel.

Ich ging näher heran. Erst aus der Nähe erkannte ich in dem für Jimmy typischen Gemenge aus Schraffierungen und groben Strichen Claires Gesicht, das mir mit düsterem Blick entgegensah.

„Das ist meine neueste unvollendete Claire", sagte Jimmy hinter mir. In Claires verschatteten Gesichtszügen konnte ich den Kummer lesen, den ich in Jimmys Stimme hörte.

„Es ist sehr gut, Jimmy."

Er lachte heiser auf. „Weißt du, wie ich es nennen werde?" Er trat zu mir und stellte sich neben mich. Ich konnte das Bier in seinem Atem riechen, als er weitersprach. „Ich werde es *Schluß mit lustig* nennen. Paßt doch prima."

Wir standen eine Weile da und sahen auf die Leinwand. Claires Abbild ließ uns nicht aus den Augen.

„Kinderkacke", sagte Jimmy schließlich mit brüchiger Stimme. „Das kann doch jeder."

Auch wenn Claire nicht besonders oft bei Ausstellungseröffnungen oder Veranstaltungen in der Akademie dabeigewesen war – es fiel ziemlich schnell auf, daß sie nun gänzlich fehlte.

„Wo ist eigentlich Claire?" fragten mich die anderen Studenten, und ich zuckte mit den Schultern.

„Sie haben sich getrennt."

„Nein! Die beiden? Das Traumpaar? Wann denn das?"

„Vor ein paar Wochen."

„Unglaublich. Warum denn?"

„Frag Jimmy doch selber."

Das tat allerdings niemand. Vielleicht lag es daran, daß Jimmy sich nicht das Geringste anmerken ließ. Er kam weiterhin in seinen farbverschmierten Arbeitshosen in die Akademie, saß in der Cafeteria herum, plauderte über Kunst im allgemeinen und Kinderkacke im besonderen und verbreitete gute Laune.

Als sich die Nachricht, daß Jimmy wieder Single war, weiter herumsprach, begannen einige von unseren Mitstudentinnen, die schon lange ein Auge auf ihn geworfen hatten, sich in auffälliger Weise um ihn zu scharen. Aber Jimmy ging nicht darauf ein.

„Die interessieren mich nicht", gab er zur Antwort, wenn ich ihn darauf ansprach. „Mich interessiert nur eines."

„Und das wäre?"

„Meine Arbeit", erklärte er gewichtig und reckte das Kinn, wobei er gleichzeitig die Backen aufblies.

„Sonst nichts?"

„Doch. Du. Aber du hast ja Lorna." Er rang schmachtend die Hände und spitzte die Lippen, und ich zeigte ihm einen Vogel.

Er hatte Claire, seit sie ausgezogen war, nur einmal wiedergesehen, als sie den Rest ihrer Sachen abholte, und es sah tatsächlich so aus, als würde er sich voll und ganz auf seine Arbeit konzentrieren. In einigen Wochen stand eine Ausstellung an, und bis in die Nacht hinein stand Jimmy in seinem Atelier und arbeitete, konzentriert und verbissen. Er arbeitete wie ein Besessener, mit allem, was ihm in die Hände fiel: Er schmierte Ton auf die Leinwand, Lehm, dunkle, mit Wasser und Leim verrührte Erde, und in den bräunlichen Schlieren und Streifen konnte ich immer weniger erkennen. Meiner Ansicht nach suhlte Jimmy sich förmlich in seinem Kummer, um ihn dann auf die Leinwand zu werfen.

Ich war oft bei ihm, saß auf dem Klappstuhl, den wir auf der Straße gefunden und zu ihm nach Hause geschleppt hatten, an seinem Tisch und zeichnete. Manchmal, wenn Stunden vergangen und wir immer noch in unsere Arbeit vertieft waren, sah ich auf, betrachtete Jimmys Rücken und das zerwühlte Haar auf seinem Hinterkopf und stellte erstaunt fest, daß wir jetzt genau das machten, wozu Claire uns immer hatte antreiben wollen: Wir arbeiteten. Beide.

Claires unvollendetes Portrait stand immer noch nahe am Fenster, aber Jimmy rührte es nicht mehr an, weder, um daran weiterzuarbeiten, noch, um es zur Seite oder außer Sicht zu stellen. Claire sah uns die ganze Zeit zu.

„Sie war bestimmt eifersüchtig", erklärte mir Lorna.

„Auf wen?"

„Na, auf dich natürlich." Lorna streckte sich behaglich auf meinem Sofa aus und verschränkte die Arme hinter dem Kopf.

„Blödsinn", sagte ich und hob ihre Füße an, um sie auf meinen Schoß zu legen. „Claire doch nicht. Und schon gar nicht auf mich."

„Glaubst du. Aber woher willst du das wissen?" Lorna gähnte und sah mich unter halbgeschlossenen Lidern hervor an. „Wie willst du beurteilen, was ein Grund zur Eifersucht ist und was nicht? Kannst du doch gar nicht. Du weißt ja auch nicht, ob ich eifersüchtig bin." Ihre Nasenflügel blähten sich leicht, was ich unwiderstehlich fand.

„Du? Bist du denn eifersüchtig?"

Sie grinste. „Klar bin ich das."

Ich war ehrlich erschüttert. „Tatsächlich? Auf Jimmy?"

„Auf die unbeschwerte Zeit, die du mit ihm verbringst. Und darauf, daß er mit dir teilen darf, wovon du mich sorgfältig ausschließst."

„In der Akademie sind auch andere dabei, wenn ich arbeite", verteidigte ich mich.

„Das zählt nicht. Das sind ebenfalls Künstler." Lorna schob einen Fuß unter meinen Pullover, und obwohl sie dicke, wollene Socken trug und ich ein Thermounterhemd, erschauerte ich bei dieser Berührung.

„Ach, das ist doch nun wirklich kein Grund zur Eifersucht."

Lorna schlug die Augen weit auf. „Siehst du! Da haben wir es ja wieder. Schon wieder bildest du dir ein, zu wissen, was ein Grund zur Eifersucht ist und was nicht. Und ich wette mit dir, daß Claire eifersüchtig war."

Ich nahm ihren Fuß in meine beiden Hände und streichelte ihn. Meiner Ansicht nach war Claire eher von Jimmy und mir genervt gewesen als eifersüchtig auf unser Zusammensein. Aber vielleicht schloß das eine das andere mit ein. Wahrscheinlich sogar.

„Vielleicht hast du recht", sagte ich zu Lorna, die mich die ganze Zeit über eingehend beobachtete. „Aber du bist doch nicht wirklich eifersüchtig, oder?"

„Doch, ich bin fürchterlich eifersüchtig", erwiderte Lorna und bewegte ihre Hüften in meine Richtung. „Ganz fürchterlich eifersüchtig. So eifersüchtig, daß ich jetzt sofort Geschlechtsverkehr zur Entschädigung brauche."

„Und was für eine Art Geschlechtsverkehr darf es sein?" fragte ich und zog Lorna langsam die Socken von den Füßen.

„Künstlerischen Geschlechtsverkehr, bitte", sagte Lorna und schob ihren Hintern genüßlich ächzend auf meinen Schoß.

Ein paar Tage später traf ich Claire im Supermarkt.

„Ich wohne jetzt hier um die Ecke", sagte sie und stellte ihren Einkaufswagen neben meinen.

„Ach ja? Alleine?"

Claire grinste und stützte die Ellbogen auf ihrem Wagen ab. „Ja. Und was möchtest du sonst noch wissen?"

Ich wurde rot. „Wie es dir geht, natürlich."

„Prima", sagte Claire und blies sich eine Strähne ihres rotblonden Haares aus dem Gesicht. Sie sah auch so aus. Sie wirkte frisch und entspannt, und außerdem hatte sie ein bißchen zugenommen, was ihr ausnehmend gut stand, wie ich fand.

„Wie geht's Jimmy?"

„Warum fragst du ihn nicht selbst?"

„Weil ich der Ansicht bin, daß es besser ist, wenn Jimmy und ich uns erst mal nicht sehen", erwiderte Claire und zog ihre Augenbrauen hoch. „Sonst kommen wir nie drüber weg. Schluß heißt für mich Schluß. Da bin ich eben konsequent. Also, wie geht's ihm?"

Ich dachte an Jimmy, wie er in seinem Atelier stand und malte und malte und malte. „Es geht so. Er stürzt sich in seine Arbeit."

„Das ist gut", sagte Claire. „Und du auch?"

Ich nickte. Sie grinste in sich hinein.

„Hör mal", fragte ich vorsichtig. „Warst du eigentlich irgendwie eifersüchtig wegen mir oder so?"

Claire zog ihren Wagen ein Stückchen zurück und stieß ihn dann gegen meinen. „Na ja, mein Gott, natürlich war ich das", antwortete sie und sah mich offen an. „Ihr immer mit eurem Gegacker und Gequatsche, immer lustig, immer heiter. Gegen euch beide kam ich mir meistens wie eine alte vertrocknete Schachtel vor."

„Also Claire, das ist doch nicht dein Ernst."

„Doch", sagte sie und grinste. „Und ob. Klar war ich manchmal eifersüchtig."

„Aber nur deswegen. Also, ich meine, nicht irgendwie weiter in anderer Richtung."

Claire lachte fröhlich. „Keine Angst. Selbst wenn Jimmy ein diesbezügliches Interesse an dir gehabt hätte – was ich nicht glaube –, er hätte bei dir bestimmt keine Schnitte gehabt. Ich schon eher, nicht wahr?"

„Och", sagte ich und sah angestrengt in meinen leeren Einkaufswagen.

Claire lachte wieder. „Aber das hat nichts mit meinem Entschluß zu tun, mich von Jimmy zu trennen. Das hatte andere Gründe."

„Und welche?"

„Ich habe einfach keine Perspektive mehr mit ihm gesehen", sagte Claire offenherzig. „Jimmy ist ein Schlendrian und Schludrian und obendrein ein Schlitzohr, und ich konnte seine dummen Sprüche nicht mehr ertragen. Es ist einfach und schön, mit ihm zu leben, wenn man gelassen über alles hinwegsieht. Aber das konnte ich eben nicht mehr. Er wird und wird nicht erwachsen, und wenn er so weitermacht, wird er das nie."

Ich wollte etwas zu Jimmys Verteidigung einwenden, aber zu meinem Verdruß fiel mir nichts Entsprechendes ein. Aus ihrer Sicht betrachtet hatte Claire vermutlich recht. Außerdem war Jimmy in der Tat ein Schlendrian und Schludrian und ein Schlitzohr obendrein.

„Jedenfalls geht es mir jetzt gut", sagte Claire. „Und außerdem bin ich schwanger."

Verblüfft sah ich sie an. „Von wem?"

„Von einem Mann." Claire lächelte breit.

„So schnell nach Jimmy?"

„Werd bloß nicht moralisch."

Ich errötete, und Claire richtete sich auf und umfaßte den Griff ihres Einkaufswagens mit beiden Händen. „So."

„Weiß Jimmy das schon?" fragte ich, obwohl mir natürlich klar war, daß er es nicht wußte.

„Nein, aber du wirst es ihm ja erzählen." Claire winkte mir zu und schob ihren Einkaufswagen davon. Ich blickte ihr nach. Sie sah rundum zufrieden aus, wie sie da mit ihrem scheppernden Wagen um die Ecke bog, und ich stellte fest, daß ich mich für sie freute.

Jimmy wurde bleich, als ich es ihm erzählte. Er legte die Skizze, an der er gerade gearbeitet hatte, zur Seite und sah mich ungläubig an.

„Claire? Wirklich?"

„Ja. Jedenfalls hat sie es mir so erzählt."

Jimmy sprang auf und ging zum Fenster. „Und wie hat sie ausgesehen?"

„Gut. Ziemlich ... entspannt."

Jimmy sah in den Hof hinunter. „Soso. Claire wird jetzt also Mutter."

„Sieht ganz so aus. Hattet ihr das Thema eigentlich schon vorher?" Ich konnte mich nicht erinnern, mit Jimmy über Kinder geredet zu haben. Und mit Claire auch nicht. Jimmy und Claire und ein Kind – das war für mich unvorstellbar gewesen. Allerdings, ging mir auf, während ich an der Tischkante lehnte und Jimmy beobachtete, der unverwandt aus dem Fenster sah, allerdings lag das einzig und allein daran, daß ich mir Jimmy nicht als Vater vorstellen konnte. Claire als Mutter hingegen schon.

Jimmy antwortete nicht. Er drehte sich um und ging zu seinem unvollendeten Portrait von Claire hinüber, ohne mich weiter zu beachten. Mit vor der Brust verschränkten Armen blieb er davor stehen.

„Jetzt ist endgültig Schluß mit lustig", sagte er laut, und dann breitete er die Arme aus und ließ sich nach vorne fallen.

„Das ist übrigens ziemlich normal", meinte Lorna und zog sich ihren Pullover über den Kopf. Fasziniert sah ich zu, wie ihre großen Brüste das engmaschige Gewebe ausbeulten, als sie ihn zurechtzupfte. „Das passiert immer wieder: Nach langen Jahren trennt sich die Frau von ihrem Typ, lernt einen anderen kennen und wird sofort von ihm schwanger."

„Ach ja? Und woher weißt du das so genau?"

„Na, aus Erfahrung. Brauchst dich doch nur umzugucken. Bei meiner Cousine war das genauso. Das ist der unerfüllte Kinderwunsch." Lorna schnallte ihren Gürtel zu und bückte sich nach ihren Socken. Sie kleidete sich grundsätzlich von oben nach unten an, eine Angewohnheit, die mich schon immer verwundert hatte. Andere Leute zogen zuerst ihre Socken an und dann die Oberbekleidung. Lorna nicht.

„Wetten, Jimmy wollte kein Baby, Claire aber wohl? Wahrscheinlich haben sie nie darüber geredet, oder höchstens mal so nebenbei. Das ist nämlich meistens so", behauptete Lorna. „Man muß sich Claire nur mal richtig ansehen: Der kommt die Fruchtbarkeit doch schon zu den Ohren raus."

„Lorna, du spinnst total."

Lorna schmunzelte und sah mich von der Seite an. „Ich geb's zu, das war übertrieben. Aber ich wette, mit dem Kinderwunsch hab ich recht." Sie fischte ihre Schuhe unter dem Bett hervor und schlüpfte hinein. „Was ist jetzt? Ziehst du dich auch an oder soll ich allein zu Jimmys toller Vernissage gehen?"

Ich schlug die Decke zurück und stand auf. „Hoffentlich wird sie auch toll."

„Was zeigt er denn eigentlich für Sachen? Kenn ich die schon?"

Ich zuckte die Achseln. „In den letzten drei Wochen hat er alles umgeschmissen und was Neues angefangen. Ich hab die Arbeiten noch nicht gesehen. Er hat mich nicht mehr in sein Atelier gelassen."

Lorna starrte mich an. „Er hat dich nicht in sein Atelier gelassen?"

„Nein", sagte ich und knöpfte mein Hemd zu. „Nicht mehr, seit er sich in Claires Portrait geworfen hat. Er hat ganz geheimnisvoll getan. Ich solle mich überraschen lassen, meinte er."

Lorna schüttelte den Kopf. „Komischer Kerl. Bist du nun endlich fertig?"

„Ich muß nur noch mal schnell ins Bad."

Ich stand vor dem Spiegel und zog meine Lippen nach, als Lorna hinter mir in den Türrahmen trat. Unsere Augen begegneten sich im Spiegel, und gleichzeitig fingen wir beide an zu lächeln, wobei mein Lippenstift natürlich verschmierte. Lorna warf mir eine Kußhand zu.

„Lorna?"

„Ja, mein Engel?"

„Wenn wir schon mal beim Thema sind – hast du auch einen unerfüllten Kinderwunsch?"

Lornas großer Mund verzog sich zu einem breiten Grinsen. „Laß dich überraschen", sagte sie schlicht.

Die Galerie war schon ziemlich voll, als wir ankamen. Während Lorna und ich uns durch ein Spalier von Akademiestudenten und Kunstliebhabern schoben, hielt ich vergeblich nach Jimmy Ausschau. Es gelang mir noch nicht einmal, einen Blick auf seine

Arbeiten zu werfen, weil so viele Leute davor standen. Nur die Oberkanten der Bilder waren zu sehen: dunkle, undefinierbare Materialien und Farben auf hellem Grund.

„Da ist Jimmy", sagte Lorna und drehte mich nach links.

Jimmy kam mit einem breiten Strahlen in seinem jungenhaften Gesicht auf uns zu. Sein Haar war sauber gescheitelt, und ich mußte darüber grinsen.

„Na, Maestro, fein gemacht heute?"

„Schulbubenscheitel sind der letzte Schrei heutzutage. Hallo, Liebling." Jimmy küßte mich auf die Wange, und das halbleere Sektglas in seiner Hand schwankte bedrohlich.

„Guten Abend, Teuerste." Er machte Anstalten, Lorna ebenfalls zu küssen, und sie hielt ihm gnädig die Wange hin.

„Ein Glas Sekt, die Damen? Ober, hierher!" Jimmy schwenkte seinen freien Arm, und ein paar Umstehende lachten wohlwollend.

„Als Künstler darf man das", sagte Jimmy zu Lorna, die ihre Augen zur Decke verdrehte. Er brachte seinen Mund dicht an mein Ohr. „Sieh dir mal die Arbeiten an. Sag mir, ob ich Wort gehalten habe."

„Womit denn?"

„Na, daß es eine Überraschung ist." Er knuffte mich in die Seite und schlenderte davon. Vor ihm teilte sich ehrfürchtig die Menge.

„Aus dem wird noch mal was. Das Zeug zum Popstar hat er jedenfalls", sagte Lorna und nahm dem herbeigeeilten jungen Mann zwei Sektgläser ab.

„Ich seh mir mal die Bilder an."

„Ganz, wie du willst, Schätzchen." Lorna prostete mir zu und trank ihren Sekt in einem Zug aus.

Ich kämpfte mich durch die Menge, bis ich schließlich die Wand erreicht hatte.

„Diese gedämpfte Leuchtkraft ensteht, indem er Sand und Lehm auf seinem Bildträger fixiert. Erstaunlich, nicht wahr?" sagte ein Mann mittleren Alters zu seiner Begleiterin, die beeindruckt nickte.

„Darf ich mal?" Ich schob mich zwischen beiden hindurch.

Als erstes sprang mir der Leinwandfetzen ins Auge, den Jimmy in der Mitte des Bildes befestigt hatte. Die ausgefransten Ränder bogen sich unregelmäßig von der ebenen Fläche ab. Es war ein Stück von Claires unvollendetem Portrait, das erkannte ich sofort. Ein düsteres Auge blickte mir entgegen, umrahmt von einem ineinander verwobenen Durcheinander aus sandigen Strichen und lehmigen Streifen.

Ich sah nach links. Ein paar Meter weiter hing ein ähnliches Werk. Und soweit ich sehen konnte, zeigten auch die restlichen Bilder dieselbe Komposition: Stücke von Claires Portrait zwischen erdfarbenen Schlieren.

Ich erinnerte mich deutlich an das Knirschen der zerreißenden Leinwand und den unergründlichen Ausdruck in Jimmys Augen, als er inmitten des zerfetzten Gemäldes gesessen hatte. Ich war davon ausgegangen, daß er die Reste schließlich weggeworfen hatte. Aber das hatte er offensichtlich nicht getan. Stattdessen hatte er sie verwertet.

Ich beugte mich vor, um das kleine Schildchen mit dem Titel der Arbeit rechts vom Rahmen lesen zu können. *Schluß mit lustig V* stand da. Ich schob mich weiter nach links und las das nächste Schildchen: *Schluß mit lustig IV.* Darunter prangte ein kleiner roter Leuchtpunkt, der signalisierte, daß das Bild bereits verkauft worden war.

„Diese subtile Korrelation zwischen den einzelnen Werken ist äußerst eindringlich", erklärte hinter mir jemand gewichtig, und ich fing an zu lachen.

„Du hast Wort gehalten. Ich bin in der Tat überrascht", sagte ich zu Jimmy, als ich ihn wiedergefunden hatte. Er stand in der Mitte des Raumes und lächelte beinahe verschämt.

„Man tut, was man kann. Einen Sinn mußte das Ganze schließlich ja haben, nicht wahr?"

„Wohl wahr. Außerdem entspricht deine Arbeitsweise der aktuellen deutschen Mentalität: Recycling ist in. Herzlichen Glückwunsch, Maestro."

Jimmy trommelte sich auf die Brust und stieß einen röhrenden Schrei aus. Ich sah hoch und entdeckte Lorna, die kopfschüttelnd auf uns zukam.

„Mein Gott, was für ohrenbetäubende Brunstschreie", sagte sie und hakte sich bei mir ein.

Jimmy sah sie mit leicht alkoholumschwängertem Blick an. „Sag mal, Lorna, nimmst du mich eigentlich gar nicht ernst?"

Lorna betrachtete ihn nachdenklich. Jimmy steckte das Kinn vor und wiegte sich in den Hüften. Lorna mußte grinsen.

„Ja", antwortete sie dann. „Als Künstler schon. Aber als Mann nicht so unbedingt. Und schon gar nicht, wenn du versuchst, wie ein John-Wayne-Verschnitt auszusehen. Dazu bist du übrigens viel zu dünn."

Jimmy stellte sich wieder gerade hin. „Na, dann bin ich wenigstens kein Macho", sagte er zufrieden.

„Doch", entgegnete Lorna. „Bist du wohl. Ich finde, du bist ein totaler Macho."

„Wieso?"

„Weil du immerzu bei dir selber bist."

„Was soll das denn heißen?" fragte Jimmy erstaunt.

Lorna zuckte die Achseln. „Das soll heißen, daß du immer nur bei dir selber bist. Besser kann ich es nicht ausdrücken."

Jimmy zog die Stirn kraus. „Ich dachte immer, es sei erstrebenswert, in sich selbst zu ruhen."

„Ja, schon", sagte Lorna. „Aber ich weiß nicht, ob du ruhst. Für meinen Geschmack zappelst du ziemlich hin und her. Innerlich wie äußerlich."

Damit war das Thema für Lorna erledigt. Sie drehte sich um und spähte zur Theke, die von einer Menschenmasse umringt war, und ich kannte Lorna gut genug, um zu wissen, daß sie nach einem weiteren Glas Sekt Ausschau hielt.

Jimmy sah mich an. „Frauen", murmelte er. „Ihr Frauen macht mich noch fertig."

Ich wollte gerade den Mund aufmachen, da drehte sich Lorna wieder um. „Nee", erwiderte sie. „Du. Du machst dich fertig, Jimmy-Boy." Sie zog das letzte Wort in die Länge, und dann ging sie zum Tresen hinüber.

Resigniert betrachtete Jimmy seine Schuhspitzen. „Sie mag mich nicht, oder?"

„Doch. Sie findet dich nur ein bißchen wehleidig, glaube ich."

„Oh", sagte Jimmy. „Wehleidig. Das hat Claire auch immer gesagt."

„Dann wird wohl was dran sein."

„Klar doch." Jimmy wippte vor und zurück, und dann ließ er sich plötzlich gegen mich fallen. „Es tut so weh", flüsterte er theatralisch. „So weh! O weh! O Leid!"

Ich stemmte mich gegen ihn, um zu verhindern, daß wir beide umfielen, und ich mußte lachen, und Jimmy lachte auch. Mein Blick fiel auf Lorna, die inmitten der Menge am Tresen stand, an einem vollen Sektglas nippte und zu uns herübersah, und plötzlich fand ich, daß sie den gleichen halb tadelnden, halb amüsierten Blick in den Augen hatte, mit dem Claire Jimmy und mich so oft angesehen hatte. Ich versuchte, Jimmy von mir fortzuschieben, aber er machte sich ganz schwer. Wir standen wie zwei schiefe Säulen gegeneinandergelehnt in der Mitte des Raumes und lachten, Jimmy und ich, und Lorna sah kopfschüttelnd zu uns herüber, umringt von lauter freundlich lächelnden Menschen.

„Wir dürfen das", prustete Jimmy in mein Ohr. „Wir sind schließlich ernstzunehmende Künstler! Eins a Kinderkacke-Künstler!"

Und von weitem sah ich, wie Lorna die Augen verdrehte.

„Weißt du, eigentlich hatte ich gehofft, daß Claire vielleicht zur Ausstellungseröffnung kommt", sagte Jimmy, als wir ein paar Tage später von der Akademie nach Hause liefen. „Aber jetzt bin ich froh, daß sie nicht da war."

„Allerdings. Ich glaube nicht, daß sie sich über deinen Anblick gefreut hätte."

Jimmy war am Ende des Abends so betrunken gewesen, daß Lorna und ich ihn in sein Bett hatten bringen müssen, aus dem er die nächsten zwei Tage nicht wieder aufgestanden war. Auch jetzt noch sah sein Gesicht ziemlich spitz aus.

Jimmy seufzte und steckte die Hände tiefer in seine Hosentaschen. „Ich hab vier Bilder verkauft."

„Viermal Kinderkacke zu verkaufen ist eine ganz schöne Leistung. Hut ab."

Jimmy blinzelte mich schräg von der Seite an. „Findest du, daß ich Claire verkauft habe?"

Ich blieb stehen, weil wir an der Ecke angekommen waren, wo ich nach rechts abbiegen mußte. „Klar hast du das."

„Ach, sei doch mal ernst. Findest du wirklich, daß ich sie verkauft habe?" Mit großen Augen sah er mich fragend an.

„Du hast Teile von Claires unvollendetem Portrait verkauft, garniert mit ein bißchen Drumrum. Weiter nichts."

Jimmy scharrte mit einem Fuß über den Gehsteig. „Irgendwie dachte ich, ich wäre dann meinen Kummer gleich mit los."

„Und?"

„Nö", sagte er. „Gut, daß Claire nicht gekommen ist. Sag mal, kommst du später vorbei? Jetzt darfst du ja wieder in mein Atelier."

„Welch eine Ehre. Wie wär's eigentlich mal wieder mit einer Runde Mensch-ärgere-dich-nicht?"

„Meinetwegen auch das. Grüß horny Lorna von mir." Jimmy lächelte mich an, dann setzte er sich in Bewegung und ging davon, die Hände tief in den Taschen seiner fleckigen Arbeitshose vergraben, den Kopf gesenkt. Ich sah ihm nach, und dann drehte ich mich um und entdeckte Claire auf der anderen Straßenseite.

Sie hatte mich noch nicht bemerkt, und ich blieb stehen und sah ihr entgegen. Ein selbstvergessenes Lächeln lag auf ihren Lippen und ein stiller Schimmer auf ihrem Gesicht, und unter ihrem dicken Wintermantel konnte ich die leichte Wölbung ihres Bauchs ausmachen. Und während Jimmys gebeugte Gestalt sich in meinem Rücken langsam entfernte, kam Claire immer näher.

Der Schneider und die Schneiderin

Früher war Schneider die Schneiderin. Jetzt ist er einfach nur noch der Schneider. Früher ist noch gar nicht so lange her. Ein Jahr vielleicht?

Früher war Ronny ein Kraftpaket, ein großer, bulliger Typ, dessen Oberarmmuskeln die Nähte seiner Lederjacke zu sprengen drohten. In seinen Armen wirkte die zierliche Schneiderin geradezu zerbrechlich.

Jetzt, wenn Schneider den Arm um ihn legt, steht Ronny leicht gegen ihn gelehnt da und sieht aus wie die kleinere, geschrumpfte Ausgabe seiner selbst. Ronny ist nicht mehr, wie er früher war. Bald wird er gar nicht mehr sein.

Schneider war die Schneiderin und Ronny ihr Kerl. Je mehr Ronny an Gewicht verlor, desto öfter begann er, die Schneiderin Schneider zu nennen. Bald nannte die Schneiderin sich selbst so. Mittlerweile heißt er überall nur noch Schneider; und er ist es nun, der die muskulöseren Arme von beiden hat.

Ronnys Augen sind von dunklen Ringen umschattet; sie wirken blutunterlaufen. Es ist, als ob sich sein Denken vom Hirn in die Augenringe verlagert hat, so fremd und düster scheint es.

Wenn Ronny den Mund öffnet, kommen Worte heraus, die längst verschüttete Erinnerungen an Urinstinkte und -triebe wachrufen. Menschen, die ihm neu vorgestellt werden, fixiert er eindringlich, mit vorgerecktem Kopf, fast beschnuppert er sie, saugt ihren Geruch in sich ein, und dann sagt er: „Ich rieche das

Blut in dir". Er betrachtet die Hände eines Unbekannten, sieht ihm in die Augen und stellt fest: „Wie deine Hände, so fickst du auch. Ich weiß, wie du fickst – tief." Die anderen lächeln dann. Sie finden ihn amüsant, jedenfalls tun sie so, ihm zuliebe, vielleicht aber tun sie es eher sich selbst zuliebe. Manchmal sagt Ronny wirklich komische Dinge. Nur glaube ich nicht, daß Schneider es lustig findet. Nie.

„Ronny", sagt Schneider, „Ronny, du trinkst doch auch noch was, oder?"

Ronny schaut gerade in eine andere Richtung, hin zur Tanzfläche, auf der sich eine ausgelassene Meute vergnügt. Er dreht den Kopf, zögernd, mit leicht flackerndem Blick, dann sieht er Schneider und schiebt die Unterlippe vor. Er braucht immer ein paar Sekunden, um den, der ihn anspricht, zu orten. Ihm dabei zuzusehen ist, als wenn man in Zeitlupe und Nahaufnahme zugleich Augen betrachtet, die das Sehen nicht oder nicht mehr gewohnt sind, und die sich nur zögerlich auf das, was sie ansehen, einzustellen vermögen. Ronny ist wie das Auge: Sein Gesicht ist die Pupille, die sich zusammenzieht oder erweitert, sein Körper die Iris, die mitreagiert.

„Du willst doch noch was trinken, oder?" wiederholt Schneider. Er beobachtet Ronny ruhig.

„Ja", sagt Ronny, „was denn?" Er sieht Schneider an, dann schaut er mit gerunzelter Stirn auf das Cocktailglas, das er in der Hand hält. Seine Hände sind noch so groß wie früher, große, kräftige Pranken mit leicht spatelförmigen Fingern. Zögernd hebt Ronny das Glas ein wenig höher und fragt: „So was vielleicht nochmal?" Er blickt wieder zu Schneider, sein Gesicht ein einziges Fragezeichen.

„Keinen Alkohol mehr." Schneiders Stimme klingt nüchtern und weich zugleich. „Einen Saft. Was willst du? Kirsche, Banane?"

Ronnys Gesichtsausdruck verändert sich übergangslos; er sieht aus wie ein Zehnjähriger, dem Schläge angedroht werden. „Nein", sagt er weinerlich, „nicht Banane. Das mag ich nicht."

„Gut, Kirsche." Schneider lächelt ihn an, und Ronny nickt besänftigt. Er blickt wieder gleichmütig drein. Er betrachtet

Schneider, der sich zur Theke dreht, dann wird sein Blick unstet. Er kann sich meist nicht mehr länger als ein paar Minuten konzentrieren, manchmal auch nur noch wesentlich kürzer.

Ich spüre, daß Schneider mich ansieht. Er mustert mich über seine Schulter hinweg, die Arme auf die Theke gestützt. Dann lächelt er. „Das wird wieder mal ein kurzer Abend", sagt er leise. Es ist keine Bitterkeit in seiner Stimme, schon gar keine Wut. Aber auch keine Trauer. Ich versuche, mich an Schneiders Vornamen zu erinnern. Er fällt mir nicht mehr ein. Hinten, vor den Lautsprecherboxen, sehe ich Ronny inmitten der anderen Tänzer. Er tanzt sehr rhythmisch und sehr kraftvoll.

Ronny ist seit fünf Monaten krankgeschrieben. Meistens ist er zu Hause, in seiner und Schneiders gemeinsamen Wohnung. Er sieht fern und hört Musik. Oft ist jemand da, um ihm Gesellschaft zu leisten, bis Schneider von der Arbeit kommt. Schneider arbeitet lange, bis zu zehn Stunden täglich. Letzten Monat hat er sich einen neuen Wagen zugelegt, einen BMW aus der Dreier-Reihe. Der Wagen wird länger halten als Ronny und auch als Schneider.

Es fing ganz harmlos an, mit einem kleinen Melanom auf der weichen Haut der Innenseite des Unterarms. Als Ronny die Diagnose erfuhr, bäumte er sich auf. Wochen-, monatelang sprach er darüber, immer wieder, bis er zu weinen anfing. Er fand keinen Trost. Nachts wachte Schneider neben ihm, solange, bis der Schlaf Ronny das Bewußtsein raubte, und meist darüber hinaus. Dann brach die Krankheit voll aus, und eine Infektion jagte die andere. Mittlerweile hat sich Ronnys körperlicher Zustand stabilisiert. Als er keine Kraft mehr hatte, sich zu wehren, setzte der Virus zum Sprung ins Gehirn an.

Seitdem ist Ronny ruhiger. Er vergißt. Der Angreifer schält Schicht um Schicht den zähen Gedankenbelag ab. Zum Vorschein kommt nach und nach der tiefsitzende Kern, leicht gebeult und angeschabt von den schmarotzenden Kräften. Ronny spricht jetzt oft Wahrheiten aus, die nur schwer als solche zu erkennen sind. Das macht Angst. Es gibt keine Stoßdämpfer mehr für Ronny. Alles kommt ungefiltert aus ihm heraus.

Wir fahren ins Grüne, mit zwei Autos. Schneider dreht die neue Anlage ganz auf. Die Boxen sind hervorragend, die Bässe von *KLF* dröhnen durch die geöffneten Fenster in den Wald hinaus.

Das Wochenendhaus gehört Rabes Mutter, sie hat es kurz nach der Maueröffnung für einen Spottpreis erstanden. Es ist genug Platz für sechs Leute. Rabe, Anja und ich lösen die Gurte, mit denen das Kajak auf dem Dachgepäckträger befestigt ist. Schneider und Sven tragen die Kühltaschen in den Garten hinter dem Haus. Ronny steht vor einem halbverwelkten Rosenstrauch und riecht an den Blüten.

„Ich rieche nichts", sagt er. Rabe läßt die Gurte los und geht zu ihm. Gemeinsam beugen sie sich zu den Blüten hinunter. „Doch", sagt Rabe, „ganz schwach. Hier, riech mal." Ronny starrt ihn einem Moment mißtrauisch an, dann nähert er sich der Rose, auf die Rabe gezeigt hat. „Ja", sagte er nach ein paar Sekunden, „es stimmt. Ich rieche es. Es riecht nach Rose!" Er lächelt breit. „Es riecht nach Rose", wiederholt er. Gedankenversunken hält er die Nase an die Blüte. Rabe grinst verschmitzt, läßt ihn stehen und kommt zu uns zurück.

Ronny schließt die Augen. Dann öffnet er sie wieder und richtet sich auf. Er dreht suchend den Kopf, gerade rechtzeitig, um Schneider zu entdecken, der in diesem Moment hinter dem Haus hervorkommt und auf den BMW zugeht. Ronny betrachtet ihn; seine leicht zusammengekniffenen Augen verraten, daß er angestrengt nachdenkt. Schneider bemerkt ihn, bleibt stehen und hebt fragend eine Augenbraue. Ronny starrt ihn immer noch nachdenklich an, dann, plötzlich, erhellt sich sein Gesicht. Er fängt an zu grinsen. „Es riecht doch!" ruft er.

Schneider lächelt. Durch den Garten hinweg sehen sie sich an, und der Strom, der zwischen ihnen zu fließen beginnt, verdichtet die Luft. Schneiders Liebe ist warm, beständig und immer trauriger; Ronnys Liebe ist abgehackt und heiß und kommt wie in kleinen Blitzen.

Es ist spät am Abend, die Luft ist mild. Das Kajak lehnt an der Hauswand und trocknet. Die Holzkohlen im Grill glühen noch leicht, ein übriggebliebenes Würstchen liegt vergessen auf dem

Rost. Für jeden von uns ist es mindestens zehn Jahre her, daß wir um ein Lagerfeuer gesessen haben. Schneider liegt lässig neben mir und stochert mit einem Ast in der Glut herum. Gegenüber unterhalten sich Anja, Rabe und Ronny. Sven betrachtet müßig die Etiketten der Bierflaschen.

„Ich möchte auch so ein Wochenendhaus haben", sagt Schneider zu mir. „Wir müßten uns aber damit beeilen." Ich nicke, aber ich sage nichts. Nach einer Pause fährt Schneider fort: „Die Preise steigen immer schneller. In zwei Jahren könnte ich es mir bestimmt nicht mehr leisten." Er schiebt den angesengten Ast tiefer in die Glut. Ein winziger Funkenregen sprüht auf und verglüht sogleich.

„Wie lange seid ihr eigentlich schon zusammen, du und Ronny?" frage ich. Schneider wartet ein paar Sekunden ab, dann antwortet er, ohne den Blick vom Feuer zu wenden: „Sieben oder acht Jahre, nein, acht."

Von gegenüber erklingt lautes Lachen. Anja kichert mit vorgehaltener Hand, Rabe klopft sich auf die Schenkel, und Ronny strahlt breit. Über seinem Hemd trägt er eine Lederweste. Sie ist neu, Schneider hat sie ihm machen lassen. Die alte war zu weit geworden.

Langsam beruhigt Rabe sich. Anja kichert immer noch. „Das muß ich Markus erzählen!" sagt Ronny lachend. „He, Markus!"

Einen Moment weiß niemand von uns, wer gemeint ist. Auf Rabes Mund zeichnet sich schon das zögerliche, aber liebevolle Lächeln ab, das er immer aufsetzt, wenn Ronny die Realität mit seiner neuen eigenen Wirklichkeit vermischt. Dann hebt Schneider langsam den Kopf und sieht Ronny an.

„Ja?" fragt er leise.

Das super Geschenk

Alle Kohlenhändler bescheißen, ausnahmslos alle. Wally wußte das ganz genau. Und sie hatte auch ganz genau gesehen, wie der dunkelhaarige Träger einen mißtrauischen Blick in ihre Richtung geworfen und dann den letzten, für sie bestimmten Kohlensack wieder hinten auf die Tragfläche des Pritschenwagens zurückgeschoben hatte.

Wally war ja nicht blöde. Sie hatte mitgezählt: Der Kohlensack gehörte ihr. Sie mußte jetzt nur scharf nachdenken, damit ihr einfiel, wie sie den Sack am besten in ihren Keller bekam.

Einmal, im letzten Winter, hatte der Dunkelhaarige dasselbe mit einer halbvollen Kohlenlade gemacht. Obwohl sie ohnehin zu Wallys Lieferung gehörte, hatte er die Lade wieder auf die Ladefläche geschoben und sie Wally dann für zehn Mark zum Kauf angeboten. Damals war Wally auf das Scheingeschäft eingegangen, weil sie ohnehin vorgehabt hatte, ihm zehn Mark Trinkgeld zu geben. Warum also streiten?

Beim letzten Mal hatte der Dunkelhaarige Wally ausnahmsweise alleine beliefert. Diesmal aber lag der Fall anders, diesmal war nämlich der Chef wie üblich persönlich mit von der Partie. Der Träger würde ihr den Sack also kaum zum Kauf anbieten, und deswegen mußte Wally sich jetzt ganz schnell etwas einfallen lassen, sonst war der Kohlensack futsch.

Der Dunkelhaarige setzte sich seufzend auf Wallys rechtmäßiges Eigentum und streckte die Beine aus. Wally trat einen Schritt näher an den Pritschenwagen heran. Der Träger warf ihr einen gleichgültigen Blick zu und fing an zu pfeifen, während er vorgab, den Sommerhimmel zu betrachten.

Wally fiel überhaupt nichts ein. Erst, als der Kohlenhändler höchstpersönlich aus dem Hauseingang kam, einen leeren Sack nonchalant über die Schulter geworfen und eine geschäftstüchtige Miene im rußverschmierten Gesicht, kam ihr die rettende Idee.

„Und der Sack da?" rief sie laut und deutete auf den Pritschenwagen. Der Dunkelhaarige erstarrte zu Stein.

„Dieser Sack da, der gehört doch noch dazu, oder nicht?" fragte Wally mit fester Stimme.

Der Kohlenhändler wechselte einen Blick mit dem Träger. „Wat denn, stimmt det? Gehört der nich ooch noch dazu?"

Der Träger errötete tief, stand hastig auf und wuchtete den Kohlensack eifrig an den Rand der Ladefläche zurück. „Stimmt ja, Chef, ick weeß ooch nich, wo ick gerade meinen Kopf hatte. Nix für ungut." Er sprang runter, hob sich den Sack auf die Schultern und verschwand eilig im Hausflur.

Wally mußte über seine unbeholfene Erklärung grinsen, und als sie den Kohlenhändler ansah, entdeckte sie, daß er verlegen wirkte. Da wußte Wally, daß Freddy Kurz an der Sache beteiligt war. Aber sie ärgerte sich nicht. Irgendwie mochte sie ihren Kohlenhändler nämlich. Und den Träger eigentlich auch.

Seit mehreren Jahren wurde Wally von der Firma Kurz mit Kohlen beliefert, zweimal jährlich, im Sommer, wenn die Preise noch niedrig lagen, und im Januar, wenn Wallys Vorräte aufgebraucht waren. Zuvor hatte Wally eine ganze Reihe anderer Händler ausprobiert, mit denen sie durchaus auch zufrieden gewesen war. Aber sie hatte die Rechnungen mitsamt den Adressen der Händler nie aufbewahrt, und deshalb mußte sie immer wieder neu im Telefonbuch nachsehen und herumtelefonieren, um das günstigste Angebot herauszufinden. So war sie eines Tages auf Kohlenhändler Freddy Kurz gestoßen. Nach ihrer ersten Bestellung hatte er ihr eine Weihnachtskarte mit Standardtext geschickt: „Ein fohes Fest und gutes neues Jahr wünscht Ihr Kohlenhändler Freddy Kurz", und der Druckfehler hatte Wally irgendwie gerührt.

Von da an hatte sie nur noch bei Freddy Kurz bestellt; zudem war er preiswert und ein sympathischer Mensch obendrein.

Jedesmal, wenn Freddy Kurz kam, streichelte er Barbie, Wallys Hündin, eine Labradormischung, und seine Augen bekamen dabei einen träumerischen Ausdruck.

„Feiner Kerl", sagte er immer. „Also, wenn die mal Junge bekommt, sagen Sie mir aber Bescheid!" Dann schnalzte er mit der Zunge und blickte Barbie, die sich weit mehr für herumliegende Abfälle interessierte als für streichelnde Kohlenhändlerhände, verliebt hinterher.

Freddy Kurz erzählte auch gerne von seinem Geschäft und von seinen Kunden – „viele junge Leute, Künstler zum Beispiel, die tun mir immer leid, nie Geld, aber Kohlen müssen sie ja nun mal haben!" –, und davon, wie schwer es war, zwischen dem Dorf bei Würzburg, wo er seit dreizehn Jahren wohnte, und Berlin hin und her zu pendeln – „Aber wat soll man machen? Hier läuft das Geschäft, auf'm Dorf, da braucht keiner Kohlen." Einmal, als sie verhindert war und ihre australische Besucherin die Kohlenlieferung beaufsichtigt hatte, war Wally später dazugekommen und hatte erstaunt zugehört, wie die beiden sich angeregt unterhielten, der Kohlenhändler in gebrochenem Englisch, die Australierin in gebrochenem Deutsch. Seither erkundigte sich Freddy Kurz regelmäßig nach „Miss Jane", und als Wally ihm bei der letzten Winterlieferung erzählt hatte, daß sie im Sommer zuvor in Australien gewesen war, war er ganz aufgeregt geworden. „Da möcht ick ooch mal gerne hin. Aber det kostet ja ein Vermögen! Also wissen Sie, wenn, denn mach ick ooch gleich eine Rundreise, gibt ja jute Anjebote jetze."

Während desselben Gesprächs hatte Freddy Kurz Wally eine Stelle als Telefonistin bei sich in der Firma angeboten, abends zwischen 18 und 20 Uhr: „Ick weeß ja nich, ob Sie det wollen. Viel kann ick nich zahlen, 10 Mark, aber wenn Sie Interesse haben – Sie sind ja 'ne nette Person."

Wallys Hündin hatte nie Junge geworfen, und den Job hatte Wally dankend abgelehnt, obwohl sie manchmal mit einem Gefühl der Erheiterung mit dem Gedanken spielte: „Guten Tag, hier ist Ihre Kohlenhändlerin. Ihre Lieferung verschiebt sich auf heute nachmittag", sagte sie dann laut vor sich hin, oder: „Tut mir leid, der Chef ist nicht da. Kann ich weiterhelfen?"

Seit mehreren Jahren belieferte Freddy Kurz Wally mit Kohlen, aber gerade eben hatte er sie zum erstenmal gefragt, was sie eigentlich beruflich mache.

Er stand auf der Ladefläche und sah unter dem Schirm seiner schwarzen Mütze hervor auf sie herunter. Der Träger war mit dem leeren Sack zurückgekommen und hatte sich in die Fahrerkabine verkrümelt. Barbie schnüffelte an einer nahen Rabatte, und Wally holte tief Atem und gab sich einen Ruck. Das ist die Gelegenheit, dachte sie. Sag's einfach mal.

„Ich bin Schriftstellerin", sagte sie. „Ich schreibe Bücher." Es klang gut. Es klang wunderbar. Wie Musik in Wallys Ohren. Noch nie zuvor hatte sie sich getraut, es auszusprechen.

„Ach, det", sagte Freddy Kurz. „Det wollte meine Tochter ooch immer werden." Er schob seine Mütze nach oben, um sich den Schweiß von der Stirn zu wischen, und hinterließ dabei schwarze Staubstreifen auf seiner Wange. „Aber ick hab ihr gesagt: Det is 'ne brotlose Kunst, mach wat Vernünftiges. Bücher schreiben kannste immer noch." Er lachte, dann fragte er nach: „Können Sie denn davon leben?"

Augenblicklich wünschte Wally, sie hätte sich vielleicht doch lieber zurückgehalten.

„Na ja, noch nicht so ganz. Ich muß noch nebenher arbeiten. Aber ich habe neulich ein Stipendium gekriegt."

In Wirklichkeit arbeitete Wally vier Nächte die Woche bei der Post und hatte nebenher, eher zum Zeitvertreib denn aus literarischen Ambitionen heraus, zwei Bücher mit erotischen Lesbengeschichten geschrieben, die beide in einem kleinen Frauenverlag veröffentlicht worden waren. Das zweite war vor einem guten halben Jahr erschienen, und seitdem hatte Wally, was das Schreiben anging, pausiert. Wally war sich nicht sicher, ob das reichte, um sich als Schriftstellerin bezeichnen zu können, aber sie hatte es einfach mal aussprechen wollen. Nur mal so, zur Probe.

Freddy Kurz sah sie nachdenklich an, und Wally wurde klar, daß er eventuell nicht so genau wußte, was ein Stipendium war. Und in ihrem Fall war es ja auch gar kein richtiges Stipendium gewesen, nur ein kleines sogenanntes Förderhonorar von 2000 DM. Aber das mußte sie ihrem Kohlenhändler ja nicht unbedingt auf die Nase binden.

„Na, is ja toll." Freddy Kurz zog seine Mütze tiefer in die Stirn. „Wieviele haben Sie denn schon geschrieben?"

„Zwei", flüsterte Wally.

Freddy Kurz nickte anerkennend. „Sagen Sie mal, schreiben Sie mir doch mal auf, wat Sie für Bücher geschrieben haben. Kann man die kaufen, so ganz normal?"

„Ja", antwortete Wally zögernd, „die kann man kaufen, oder man kann sie bestellen."

„Hier." Freddy Kurz zog einen Stift und einen zerknitterten Zettel aus seiner Jackentasche. „Schreiben Sie se mal uff. Meine Tochter is so 'ne Leseratte, und unsere Bekannten, die lesen ooch gerne. Det wär doch ein super Geschenk, so 'n Buch von Ihnen!"

„Wie alt ist denn Ihre Tochter?" fragte Wally vorsichtig.

„Achtzehn jeworden."

Wally starrte auf den angeschmutzten Zettel in seiner rußverschmierten Hand und haderte mit sich. Freddy Kurz hatte nicht gefragt, worüber sie eigentlich schrieb. War sie nicht dennoch verpflichtet, ihn aufzuklären, daß es in ihren Geschichten von lüsternen Lesben in allen erdenklichen Sexstellungen nur so wimmelte? Vor Wallys innerem Auge tauchten Freddy Kurz' Bekannte auf, lauter biedere, einfache Leute um die Fünfzig, die voller Entsetzen auf Wallys gedruckte Erotika starrten.

Noch während sie zögerte, fragte Freddy Kurz nach: „Aber det sind schon Bücher für große Leute, oder? Ick meine, keine Kinderbücher oder so."

„Nein, für Erwachsene", sagte Wally erleichtert, obwohl nicht unbedingt ein Grund dazu bestand, und dann nahm sie den Zettel und den Stift aus Freddy Kurz' schmieriger Hand entgegen und notierte die Titel und den Verlag ihrer beiden Bücher. Bitte, er hatte ja danach gefragt! Er konnte sich die Bücher in der Buchhandlung ja schließlich ansehen. Schlimmstenfalls belieferte er Wally danach nicht mehr mit Kohlen, und auch das war am Ende egal.

„Na, Ihren Namen weeß ick ja", sagte Freddy Kurz, nahm den Zettel und verstaute ihn sorgfältig in seiner Jackentasche. „Vielleicht, wenn's Ihnen nichts ausmacht, könnten Sie ja noch 'ne Unterschrift reinschreiben, das wäre doch echt ein super Geschenk. Kann ick sagen, det is von 'ner Kundin, die kenn ick persönlich."

„Ja, sicher", sagte Wally schwach.

Freddy Kurz grinste sie an und zog den Lieferschein aus seiner Hosentasche. „So, und jetzt brauch ick hier erst mal noch 'ne Unterschrift", erklärte er fröhlich.

Barbie kam um den Wagen herumgelaufen und blickte schwanzwedelnd zum Kohlenhändler auf.

„Feiner Kerl!" sagte er. „Also, wenn die mal Junge kriegt ... allet klar?"

„Allet klar", erwiderte Wally.

Sie glaubte nicht daran, wieder von ihm zu hören; er würde das Ganze bestimmt bald vergessen. Der Zettel würde verlorengehen, oder aber Freddy Kurz würde eines Tages tatsächlich in eine Buchhandlung gehen, eines von Wallys Büchern in die Hand nehmen, sofern es vorrätig war, den Klappentext lesen und das Buch schnell wieder zurückstellen.

Aber Wally hörte wieder von Freddy Kurz. Wochen später kam sie nach Hause und fand eine knappe Botschaft auf ihrem Anrufbeantworter vor: „Dies ist eine Nachricht für Frau Lohmann. Hier spricht Ihr Kohlenhändler. Ich melde mich noch mal."

Wally erstarrte. Freddy Kurz' Stimme klang hölzern, so, als läse er von einem Blatt ab, aber zugleich meinte Wally, einen harschen, verärgerten Unterton herauszuhören. Sie spulte das Band zurück und hörte die Nachricht noch einmal ab. Die kurz angebundene, abgehackte Art, in der Freddy Kurz die Wörter herausstieß, signalisierte zweifellos Wut. Ihr Kohlenhändler war wütend auf Wally. Er fühlte sich betrogen. Er würde wieder anrufen, dann, wenn sie es am wenigsten erwartete. Er würde sie beschimpfen, die Kohlelieferungen einstellen und ... und was noch?

Wally starrte auf den Anrufbeantworter, der sich von selbst zurückspulte und dabei die Nachricht des Kohlenhändlers löschte, und sie spürte, wie ihr flau im Magen wurde. Sie beschloß, die Sache zu vergessen. Aber es gelang ihr nicht ganz. Und zwei Tage später erwischte er sie.

„Lohmann", sagte sie in den Hörer, in ihrer geschäftsmäßigen Stimmlage, die sie sich für die Vormittagszeit angewöhnte hatte, für den Fall, daß ihre Verlegerin anrief, um Wally zu einem nächsten Werk aufzufordern. Das war zwar höchst unwahrscheinlich – Wallys Bücher lagen wie Blei in den Regalen, und von einem weiteren war nie die Rede gewesen. Aber Wally ließ sich von derlei Unbill nicht beeindrucken. Stoizismus war schon immer eine ihrer Stärken gewesen. Und Faulheit. Seit Monaten hatte Wally keine einzige Zeile geschrieben. Von ein, zwei Postkarten an ihre Eltern mal abgesehen.

„Frau Lohmann. Hier spricht Ihr Kohlenhändler."

Wally stockte der Atem. Sie mußte sich zweimal räuspern, bevor sie sprechen konnte. „Ah, ja", antwortete sie, wobei sie sich bemühte, freundlich, aber selbstbewußt zu klingen.

Eine Pause entstand, dann sagte Freddy Kurz: „Ick würde heute nachmittag gerne mal bei Ihnen vorbeikommen, wenn's recht ist."

„Oh, ich ..." Wally verstummte ratlos, aber Freddy Kurz fügte ungerührt hinzu: „Wegen der Unterschrift, wenn's Ihnen nichts ausmacht."

„Die Unterschrift?" fragte Wally entgeistert. Im ersten Moment fragte sie sich, ob sie vergessen hatte, den letzten Lieferschein zu unterschreiben, aber das hatte sie doch, oder? Sie erinnerte sich deutlich daran: Freddy Kurz hatte auf der Ladefläche gestanden und ihr das Blatt hingehalten, und sie hatte ...

„Meine Tochter", erklärte Freddy Kurz, „meine Tochter hat nämlich vier von Ihren Büchern gekauft, und da dachte ick, Sie könnten doch noch Ihre Unterschrift reinschreiben, weil, das wäre ein super Geschenk."

„Ach so!" rief Wally erleichtert, aber im nächsten Moment erschrak sie zutiefst. Die Tochter? Die achtzehnjährige Tochter hatte Wallys Bücher gekauft?

„Ja, wär das denn recht?" fragte Freddy Kurz. „So zwischen viere und fünfe?"

Wally fand, daß er leutselig klang. Aber sie fand auch, daß es am besten war, sich der Sache kurzerhand zu stellen. „Aber ja", sagte sie freundlich, „das geht. Da bin ich zu Hause."

„Na denn, schönen Dank auch. Ick weeß nich, wie ick so durchkomme durch den Verkehr, aber so zwischen viere und fünfe denn, ja?"

Als es um kurz nach vier an Wallys Tür klingelte, war sie gerade damit beschäftigt, ihre Schubladen durchzuwühlen, auf der Suche nach ein paar verborgenen Manuskriptfragmenten oder inspirierenden Zeitungsschnipseln, obwohl sie wußte, daß sie da nicht viel finden würde. Wally litt unter einem ausgeprägten Mangel an zündenden Ideen. Manchmal fragte sie sich selbst, wie sie ihre beiden Bücher eigentlich zustande gebracht hatte.

Erbost über die unerwartete Störung stapfte sie durch den Flur und fuhr sich dabei durch die zerwühlten Haare. Sie schob Barbie beiseite, die schwanzwedelnd vor der Wohnungstür stand, und lugte durch den Spion. Draußen stand ein Mann, den Wally noch nie im Leben gesehen hatte, ein Vertreter vielleicht oder jemand von der Wohnungsbaugesellschaft, der das Haus gehörte. Am liebsten hätte Wally nicht aufgemacht, aber sie wußte aus Erfahrung, daß ihre Schritte im Hausflur deutlich zu hören gewesen sein mußten. Also öffnete sie die Tür einen Spalt breit und betrachtete den Mann. Er hatte dunkle, kurz geschnittene Haare, die sich im Nacken und über den Ohren lockten, er trug eine ordentliche blaue Sommerjacke mit einem weißen Hemd darunter, und in der Hand hielt er eine Papiertüte.

„Ja?" fragte Wally mißtrauisch.

„Frau Lohmann", sagte er, so, als ob sie sich kannten.

„Ja, bitte?" Sie hatte nicht vor, die Tür weiter aufzumachen. Irgendwie kam er ihr verdächtig vor, dieser Mann. Ganz offensichtlich wollte er etwas von ihr, aber gewiß nichts Gutes.

„Ihr Kohlenhändler", sagte er, und da erst erkannte sie ihn.

„Entschuldigen Sie", Wally riß die Tür weit auf und schämte sich plötzlich. „Ich hab Sie gar nicht erka... Ich war mit den Gedanken gerade ganz woanders, entschuldigen Sie. Kommen Sie rein."

Ihr Kohlenhändler lächelte scheu, und dann trat er ein.

Wally führte ihn in die Küche, und während er die sichtlich über seinen Besuch erfreute Hündin streichelte und Wally Wasser für einen Tee aufsetzte, musterte sie ihn verstohlen.

Kein Wunder, daß sie ihn nicht erkannt hatte. Ohne Mütze und ohne Kohlenstaub im Gesicht sah er überhaupt nicht mehr wie ihr Kohlenhändler aus. Er wirkte jünger. Und irgendwie ... blankgeputzt. Wally mußte sich ein Grinsen verkneifen, aber als Freddy Kurz sich aufrichtete und sie ernst ansah, fiel ihr der Grund seines Besuchs wieder ein, und ihr wurde schlagartig unbehaglich zumute.

„So, da wäre ick denn also." Er legte die mitgebrachte Papiertüte vor sich auf den Tisch und zog ein paar Bücher heraus. Wally wurde ganz heiß. Es waren je zwei Exemplare ihrer lesbischen Erotikgeschichten. Auf beiden Einbänden prangte eine leichtbekleidete Frau, für die Wally sich von Anfang an irgendwie geschämt hatte, aber ihre Verlegerin hatte es so gewollt.

„Also", sagte Freddy Kurz und räusperte sich. Wally nahm die Teekanne und zwei Tassen und schlich zum Tisch.

„Zucker?" fragte sie, und ihre Stimme krächzte dabei.

„Nein, danke." Er zog seine Tasse zu sich herüber und nippte daran. Seine Augen begegneten Wallys, und Wally stellte verblüfft fest, daß seine Lider schwarz umrandet waren, als habe er Kajalstift aufgetragen. Aber vermutlich war der Kohlenstaub nicht ganz abgegangen. Sie konnte sich Freddy Kurz auf einmal gut als Transvestiten vorstellen, mit Lidschatten und Lippenstift. Das würde gut zu ihm passen. Wally spürte, wie ein nervöser Lachreiz in ihr aufstieg.

Freddy Kurz sah sie mit undurchdringlicher Miene an. „Also", wiederholte er mit fester Stimme.

„Ja?" fragte Wally vorsichtig.

„Also, Frau Lohmann. Det sind also Ihre Werke." Seine großen Hände zogen die Bücher vollständig aus der Tüte heraus und drehten sie um, und Wallys Blick blieb auf dem Klappentext hängen. Sie wußte nur zu genau, was da stand: „Schonungslos offene, erotische Phantasien von Lesben, wie sie bisher noch nie erzählt worden sind. Wally Lohmann schreibt über Lust, Liebe und Sex zwischen Frauen, und sie wird Ihnen schlaflose Nächte bereiten ..."

Freddy Kurz starrte genau wie Wally auf den Text. Wally duckte sich innerlich. Ihr Kohlenhändler klopfte mit einem Finger auf den Buchrücken und fragte: „Wissen Sie eigentlich, wat meine Tochter gesagt hat?"

Sein Tonfall klang unheilverkündend. Wally machte sich auf das Schlimmste gefaßt.

„Die Frau Lohmann, die kann vielleicht schreiben!" Er starrte sie mit erhobenen Augenbrauen an.

„Ach, tatsächlich?" flötete Wally.

Er beugte sich vor, und die dunkel umrandeten Augen kamen näher. Wally spürte, wie ihr der Schweiß auf die Stirn trat.

„Wissen Sie wat? Meine Tochter hat die nämlich in einem Rutsch durchgelesen. Haste nich gesehen, schon war se damit durch!"

„So?" sagte Wally leise. „Das freut mich."

Barbies Schnauze tauchte über dem Tischrand auf, und der Kohlenhändler betrachtete sie liebevoll. Ein zärtliches Lächeln zog über sein ernstes Gesicht.

„Feiner Kerl", sagte er zu Barbie, und dann blickte er wieder zu Wally auf. „Also, wenn Sie denn so freundlich wären ...."

Wally sah ihn verunsichert an. „Ja?"

„Na, die Unterschrift. Wenn Sie denn so freundlich wären, da Ihre Unterschrift reinzusetzen." Er zog einen Kugelschreiber mit dem Werbeaufdruck seiner eigenen Firma aus seiner Hemdtasche und reichte ihn Wally.

Wally zog mit klopfendem Herzen die Bücher zu sich heran. Ihre Hand zitterte, als sie ihre Signatur auf das Vorsatzblatt des ersten setzte. Beiläufig fragte sie: „Und Ihrer Tochter haben die Bücher also gefallen?"

„Ja. Die kam gar nicht mehr aus ihrem Zimmer raus mit die zwee Bücher, det kann ick Ihnen sagen. War den ganzen Abend verschwunden. Also, gut geschrieben muß et ja sein. Ick selber", er strich Barbie über den Kopf, „ick hab selber noch gar nicht reingeguckt. Det mach ick, wenn ick in Rente bin."

Wally ließ den Kugelschreiber sinken und betrachtete ihn verblüfft. „In Rente?"

„Na, so in acht Jahren geh ick uff Rente. Denn hab ick genug Zeit. Bis dahin komm ick eh nicht dazu. Einfach zu viel zu tun."

„Wie alt sind Sie denn?" fragte Wally entgeistert. Sie hatte Freddy Kurz auf Anfang Vierzig geschätzt.

„Zweeundfuffzig."

„Was?" rief Wally. „Das hätte ich nie im Leben gedacht!"

Er lächelte geschmeichelt, und dabei sah er noch jünger aus als ohnehin schon. Wally spürte eine Woge der Sympathie für ihn in sich hochsteigen. Sie beugte schnell den Kopf und schlug das nächste Buch auf, um ihre Signatur hineinzusetzen.

„Wär nett, wenn Sie in eins wat Speziellet reinschreiben", warf Freddy Kurz ein. „Und zwar: Für Renate Preuß mit den besten Glückwünschen zum 50. Geburtstag. Det is übrigens unsere Nachbarin. Ooch so 'ne Leseratte."

Wally schluckte und biß die Zähne zusammen. Sie versuchte nicht darüber nachzudenken, wie Renate Preuß auf dieses super Geschenk reagieren würde, während sie das Verlangte niederschrieb. Sie versuchte einfach, im Hier und Jetzt zu sein. In diesem Hier und Jetzt, in dem ihr Kohlenhändler wider Erwarten nicht wütend auf sie war, sondern wohlwollend das Signieren ihrer Bücher betrachtete. So ganz ohne Arg.

Als sie fertig war, klappte sie das letzte Buch zu, stapelte alle vier aufeinander und steckte sie schnell wieder in die Papiertüte.

„Danke sehr, Frau Lohmann", sagte Freddy Kurz herzlich. Er zwinkerte einmal kurz mit den Augen, dann zog er die Papiertüte zu sich heran und verschränkte die Hände darüber. „Tja, ick les et also denn, wenn ick in Rente bin. Vorher nicht. Ick hab ja auch genug zu tun, so mit meiner Frau und so."

„Mit Ihrer Frau?"

„Ja, wissen Sie, privat hab ick et ja ganz schwer mit meiner Frau." Freddy Kurz sah Wally eindringlich an, und Wally spürte, wie ihr ganzer Körper sich anspannte. O nein, dachte sie, alles, aber nicht das! War ich jetzt etwa zu freundlich? Bitte, nicht das.

„Meine Frau ist nämlich schwer krank", erklärte Freddy Kurz. „Die hat multiple Sklerose." Er schüttelte den Kopf, und seine Züge verhärteten sich. Auf einmal sah er alt aus, alt und traurig, und wieder schwappte eine Woge der Zuneigung für ihn in Wally hoch.

„So is det! Hätte ick nie gedacht. Die war immer so putzmunter. Aber nun ja. Nun isse schon seit drei Jahren bettlägerig, und meine Tochter und ick, wir tun, wat wir können."

„Das tut mir leid", sagte Wally, und am liebsten hätte sie seine großen, sauberen Hände ergriffen, die vor ihr auf dem Tisch lagen.

Freddy Kurz straffte die Schultern, dann stand er unvermittelt auf. „Also, Frau Lohmann, recht herzlichen Dank. Jetze will ick Sie aber nicht mehr länger aufhalten. Sie haben ja sicher noch wat zu tun. Weiter so tolle Bücher schreiben, nehme ick an."

„Hmhm." Wally stand ebenfalls auf. „Möchten Sie nicht vielleicht doch noch einen Tee?"

„Nein, danke. Ick muß denn mal los. Ick muß ja noch ganz nach Würzburg runter, zu Frau und Tochter." Er klemmte sich die Papiertüte unter den Arm und sah sie aus dunkel umrandeten Augen an, bevor er sich in Bewegung setzte.

Wally ging hinter ihm her durch den Flur, und als sie die Tür öffnete, beugte ihr Kohlenhändler sich noch einmal zu Barbie hinunter und kraulte ihr die Ohren.

„Feiner Kerl", sagte er freundlich. Dann streckte er Wally die Hand hin. „Danke nochmals. Ach ja, und et kann sein, daß ick noch mal ein paar Bücher kaufe, so als Geschenk. Und vielleicht darf ick mich noch einmal melden, damit Sie da ooch Ihre Unterschrift reinschreiben?"

„Klar doch", erwiderte Wally, und dann setzte sie überschwenglich hinzu: „Sie können sich melden, wann immer Sie wollen!"

Ein verschämtes Lächeln erschien auf Freddy Kurz' Gesicht, dann winkte er Barbie und Wally zum Abschied zu und ging die Treppe hinunter, die Papiertüte fest unterm Arm.

Langsam schloß Wally die Tür und lehnte sich dagegen. Barbie sah sie aufmerksam an.

„Feiner Kerl", murmelte Wally gedankenverloren. Barbie wedelte freudig. „Jaja", sagte Wally. „Du auch."

Kreuzarme

Sie ist ihr fremd. Sie kennt sie nicht, sie kennt diese Frau nicht. Sie kennt sie nicht, gar nicht. Sie will fort, sie will fort von diesem Ort, aus diesem Bett. Aus diesem Moment will sie fort; sie will gehen, laufen, weglaufen, irgendwohin. Kann sie nicht irgendwohin?

Sie will nicht, daß dies hier geschieht. Sie wünschte, es wäre nicht passiert, nichts wäre passiert. Es wäre ihr nichts passiert, früher nicht, jetzt nicht und nie.

„Nein!" sagt sie laut und kreuzt die Arme vor ihrer Brust. Ich lasse sie los. Ihre weiche Haut, die ich so gerne und viel zu wenig berühre. Ich weiche zurück. Ich weiche ganz bis ans andere Ende des Bettes zurück und sehe sie an.

Still liegen wir. Ihre Augen sind auf mich gerichtet; wie gehetzt jagen sie in ihren Höhlen hin und her, mustern mich, schätzen mich ab. Sie sieht mich genau an, bereit, jede Bewegung von mir als Angriff zu nehmen. Ihr ganzer Körper ist gespannt, angespannt, steif. Sie sieht mich an, und in mir sieht sie nicht mehr nur mich; sie sieht mehr, etwas, das gerade geschah und früher mal war und längst nicht vorbei ist, und sie hat Angst.

Ich liege ganz still. „Schon gut", sage ich leise. „Schon gut, ich fasse dich nicht an. Sieh", sage ich und kreuze die Arme vor meiner Brust. Als ihr Ebenbild liege ich da.

Sie sieht meine reglosen Hände. Dann senkt sie den Kopf.

„Ich will nicht, daß du das weißt", flüstert sie leise. „Ich will es nicht, nein."

Ich weiß es seit einiger Zeit. Sie hat es mir nicht gesagt. Aber ich weiß es, nicht die Einzelheiten, die schäbigen, grausamen, kläglichen Details; dennoch weiß ich Bescheid. Die Einzelheiten muß ich nicht kennen, um das Ganze zu wissen; sie spielen keine Rolle, für mich nicht, für sie schon. Brach liegen sie in ihrem Gesicht, hinter ihren Augen, tief im Dunkel ihrer Erinnerung. Ich weiß darum, seit sie mich eines Nachts ansah, mit diesem Blick, so grell und verschreckt. Ein Blick ohne Schutz. Ein Blick, der nur eine einzige Deutung erlaubte.

Wir hatten uns geliebt, wir hatten begonnen, uns zu lieben, vorsichtig, langsam, zum ersten Mal wirklich. Nach Wochen des Zögerns waren wir nähergerückt, sie hatte mich herangelassen, an sich heran. Dunkel war es, die Nacht umfing uns, sie hatte ihre Arme geöffnet, ich war ihnen gefolgt, wir hielten uns lange. Langsam rieb sie sich an mir, nach und nach wich unser Abstand. „Ja", flüsterte sie, „ja, ja, ich kann das", und noch während ich den seltsamen Klang ihrer Worte erspürte und die Wahrheit dahinter, schob sie mich fort. Ein gepreßter Laut entwich ihrer Kehle; sie öffnete weit ihre Augen und starrte mich an. Ihr Gesicht war dunkel im Schatten, ihre Augen aber leuchteten hell.

Sie schob mich fort, schob mich davon, und dann, ohne daß sie sich wirklich bewegten, zogen sich ihre Augen tief in die Höhlen zurück. Mit Schrecken sah sie mich an. Und ich wußte Bescheid.

Wer sie ansieht, entdeckt eine große, schlaksige Frau mit rötlichen Haaren, die sich behutsam bewegt. Ihre Gesten sind weich; nie schüttelt sie plötzlich den Kopf, sie bleibt immer geschmeidig. Ihre Bewegungen fließen; nichts, was sie tut, wirkt abrupt. Manchmal muß ich schmunzeln, wenn ich sehe, wie sie sich wiegt, wenn sie lacht. Ihr Humor ist tief, versteckt hinter trockenen Worten, ihr Lächeln ist klar. Wer sie ansieht, ahnt nichts. Sie achtet auf sich. Sehr genau.

Und doch ist da dieser Hunger in ihren Augen. Ich kann es fühlen, das verlorene Kind, stocksteif die Glieder, die Arme eng an den Körper gepreßt, mit waidwundem Blick. Die Lippen ganz schmal, die Kiefer zusammengebissen, dahinter der lautlose Schrei. Sie hält ihn zurück, auch jetzt noch.

„Ich hab nie geschrien", sagt sie sehr leise. „Wer sollte mich hören?"

Ich bin hilflos. Ich lege eine Hand auf den Tisch. Sie blickt darauf nieder. Ich ziehe sie fort. Meine Hand ist groß und sehr kräftig, zu kräftig für sie, denke ich oft. Sie läßt sich nur ungern berühren.

„Das Schlimme ist", erklärt sie mir einmal, „daß ich nie weiß, was ich will. Ich weiß nicht, was richtig ist. Nie."

Ist das so schlimm, frage ich sie. Wer weiß das schon? Sie schüttelt den Kopf. Das ist es nicht, was sie mir sagt. Was sie eigentlich meint, ist die Gespaltenheit in ihrem Kopf. Sind dies hier meine Gefühle? Gehören sie mir?

„Wem sonst?" frage ich schlicht.

„Dir vielleicht", antwortet sie. Ich bin verwirrt.

Und dann dieser Blick. Ihre Arme, fest vor der mageren Brust gekreuzt. „Nein", flüstert sie leise.

„Sag es laut", bitte ich sie. Sie kann nicht. Dann doch: bis sie schreit. Und ihr Schrei hängt schrill in der Luft.

„Was will ich selbst?" murmelt sie später. Ihr Blick geht ins Leere. Sie sieht etwas. Jemanden. Mich sieht sie nicht. Ich hoffe: noch nicht. Eines Tages vielleicht.

Ich fühle mich einsam. Ich lese Bücher und finde darin nur ein kleines Stück Hilfe: daß sie heil werden kann. Vielleicht geht das, sagt sie. Ich behaupte: bestimmt. Sie zweifelt. Sie ist die Maus, in der Falle erstarrt. Aber die Katze, das bin nicht ich. Die Katze ist ein anderer, der nicht mehr da ist. Ich aber bin da.

Sie läuft mit großen Schritten, ihre Schuhe versinken im feuchten Gras. Zweige streifen ihre Wange, liebkosend; der Tau benetzt ihr Gesicht, sie strahlt und atmet tief ein. Ich laufe hinter ihr her, in ihren Fußspuren, sie sind größer als meine. Ich kann nicht mithalten. Und sie nicht halten. In meinen Armen versteift sie sich, entgleitet mir, gleitet davon. Jedesmal.

Jetzt aber lacht sie laut auf: „Du kriegst mich nicht!" ruft sie fröhlich. Ich laufe schneller, setze ihr nach, springe über einen umgestürzten Baum. Ihr Keuchen pulsiert in meinen Ohren. Ich laufe schneller und schneller, sie lacht, prustet vor Lachen, gleich habe ich sie. Ich fasse den Saum ihrer Jacke, sie springt, kreischt auf und stürzt. Ich lasse mich neben sie fallen, lachend lege ich die Arme um sie, dann sehe ich in ihr Gesicht und erschrecke. Ihre Augen sind dunkel, ihr Lachen ist fort. Sie stößt mich davon. Wir sind ruhig, alle beide.

„Faß mich nicht an", sagt sie. Ihre ausgestreckten Arme stemmen mich weg. Ich rühre mich nicht. Ein Vogel singt. Ich verstehe ihn nicht.

Sie ist ihr fremd, diese Frau. Sie kennt sie nicht, nur ein bißchen. Sie will fort, fort von diesem Ort. Sie will allein sein, und doch nicht allein. Sie will etwas von dieser Frau, sie will Nähe, Berührung, sie spüren, sich selber; sich selber vor allem.

Etwas schiebt sich dazwischen, jedesmal neu. Keine Erinnerung, sie hat keine Erinnerung, kein Gefühl zu ihrem Körper, kein Bewußtsein um das, was sie will. Manchmal ist ein Begehren in ihr, ein leises Begehren. Es fühlt sich gut an, verlockend, vertrauenswürdig, nicht wahr? Es steigt in ihr hoch, sie hebt ihre Arme, öffnet sie weit, sie möchte berühren, die Haut dieser Frau, sie ist weich, sie ist da. Ein Ziehen im Bauch, das heißt Lust. Lust, die meistens nur schläft, zugedeckt von der Scham. Eine Decke aus Scham, aber was liegt denn wirklich darunter? Nachsehen ist viel zu gefährlich. Und trotzdem, sie wird es sich ansehen. Stück für Stück. Langsam. Im Laufe der Zeit. Allein, und dann, später, mit anderen.

Ich weiß nicht mehr weiter. Ich weiß nicht mehr, wie. Meine Schultern hängen. Ich kann nicht mehr halten. Es fehlt mir an Kraft. Manchmal weine ich still vor mich hin und schäme mich dann meiner Tränen. Ich weine um sie und um mich. Um uns beide. Darum, daß ich nicht mehr kann.

„Ich will nicht verantwortlich sein für deine Gefühle", sagt sie zu mir. „Das mußte ich früher. Jetzt nicht mehr."

Ich frage nicht nach. Ich beteuere nichts, biete nicht an, was ich nicht kann. Ich sitze ihr gegenüber und sehe sie an. Diese schlaksige Frau mit den rötlichen Haaren. Ich kann ihr nur Freundin sein, nicht aber Geliebte. Nicht ich kann sie halten. Jemand anders und später. Wenn sie mehr und mehr heilt.

„Meinst du, das geht?" fragt sie und lächelt mich vorsichtig an.

Ich sage: „Bestimmt."

Macht über Tante

Vor ein paar Tagen traf ich zufällig meine Tante. Ich überquerte gerade die Straße, nicht auf dem Zebrastreifen, sondern ein Stück davor, da sah ich sie. Sie stand direkt an der Kreuzung und betrachtete die Glasfassade des Bankgebäudes auf der anderen Seite, und sie trug ihren dunkelgrünen Ledermantel und einen Gesichtsausdruck, den ich noch nie zuvor an ihr bemerkt hatte. Sie sah aus wie ein junger Hund, der die Orientierung verloren hatte, und ich wurde schlagartig traurig. Weil ich mir aber irgendwann einmal geschworen habe, mich von spontaner Traurigkeit nicht lähmen zu lassen, ging ich zu ihr hinüber und zupfte sie am Ärmel.

„Tante", sagte ich, „was machst du denn hier?"

Sie war offensichtlich nicht im geringsten überrascht, mich zu sehen. „Weißt du", sagte sie und wandte mir langsam den Kopf zu, „ich werde es einfach nicht tun. Es mag ja an der Zeit sein, aber ich will nicht. Ich kann einfach nicht."

Und obwohl sie auf eine nachdrückliche Art redete, als hätte ich sie mitten im Satz unterbrochen, wußte ich genau, wovon sie sprach.

„Na, dann tu's doch einfach nicht", sagte ich.

Meine Tante musterte mich aus zusammengekniffenen Augen und seufzte. „Da habe ich einen Tag frei und möchte nichts anderes tun als zu Hause sitzen, Unmengen von Tee trinken und mich ausgiebig meinen Kreuzworträtseln widmen. Und als hätte er es gerochen, ruft er an und will mit mir reden. Und wie immer gehe ich hin."

„Rainer?" fragte ich, obwohl mir längst klar war, daß sie von ihm sprach.

„Ich meine, es reicht doch, wenn ich jedesmal komme, oder? Warum will er noch mehr?"

„Was will er denn?"

„Eine wirkliche Bindung", antwortete sie und schüttelte traurig den Kopf. „Eine gemeinsame Wohnung und so. Aber ich kann das nicht tun. Es hat ohnehin schon soviel Macht über mich."

„Es?" fragte ich zweifelnd. „Es? Du meinst, er. Du meinst Rainer, nicht wahr?"

„Das Zusammensein", sagte meine Tante verärgert. „Liebe. Beziehungen, wie immer man es nun nennt. Daß man sich letztendlich beugt. Daß man kommt, wenn der andere ruft. Redet und redet. Daß man sich die Hände schüttelt und aneinander kleben bleibt, du weißt schon. All diese Dinge."

„Ja, klar."

„Gut", sagte sie, und dann standen wir eine ganze Weile da und schwiegen. Schließlich hob meine Tante die Schultern und ließ sie wieder fallen.

„Tja, dann." Sie sah mich von der Seite an. „Spielen wir nicht eigentlich heute abend wieder Karten?"

„Das „eigentlich" kannst du weglassen", antwortete ich. „Natürlich spielen wir."

Seit einigen Jahren spielen wir einmal im Monat Skat: meine Tante, meine Schwester und ich. Früher einmal, aber das ist lange her, hatte es noch eine vierte Spielerin gegeben, eine Nachbarin aus dem Haus, in dem ich damals gewohnt habe; aber ich bin dann ausgezogen und sie auch und seitdem spielen wir nur noch zu dritt. Keine von uns hat sie vermißt, diese Nachbarin; sie war uns ohnehin auf die Nerven gegangen mit ihrer lauten, unwirschen Art, die nur dürftig in Scherze verkleidet war. Mehr als einmal hatte sie sich nach einem verlorenen Spiel mürrisch mit verschränkten Armen zurückgelehnt, um ein Weilchen zu schmollen, dann aber aufzubegehren: Wir hätten gemogelt, ihre Partnerin habe nicht aufgepaßt, beim Austeilen sei es zu Fehlern gekommen. Nichts davon stimmte, aber alle hatten wir uns bemüht, sie zu besänftigen. Als sie fortblieb, waren wir insgeheim erleichtert, wenngleich keine von uns es je zugab. Feigheit und Harmoniebedürfnis liegen bei uns in der Familie, und manchmal glaube ich, daß sie ansteckend sind, wenn auch nicht über alle Maßen.

„Ich kann meine Brille nicht finden", sagte meine Tante am Abend des Tages, als ich sie auf der Straße getroffen hatte. „Ich bin sicher, daß ich sie eingesteckt habe, aber ich kann sie nicht finden."

Sie saß, wie üblich, wenn wir in meiner Küche spielen, an der Fensterseite des Tisches. Vor ihr stand ihre Tasche, und sie kramte mit wachsender Erbitterung darin herum. Nacheinander zog sie zwei Taschenbücher, ein leeres Brillenetui, einen Schlüsselbund und einen abgegriffenen Band mit Kreuzwort- und Silbenrätseln heraus und legte Stück um Stück kopfschüttelnd auf den Tisch.

„Ich kann ja mitsuchen", bot meine Schwester sich an, aber meine Tante winkte ab. Ich stellte eine geöffnete Flasche Bier auf den Tisch und drei Gläser und dann noch eine Flasche Mineralwasser.

„Ich teile schon mal aus", sagte meine Schwester und nahm den Kartenstapel. Aber da hatte meine Tante ihre Brille endlich gefunden und verlangte die Karten zurück. In unserer Runde ist es Usus, daß meine Tante die Karten als erste austeilt; wir halten uns immer daran, außer in Notfällen, die vorrangig darin bestehen, daß meine Tante ihre Brille verlegt hat und erst im Laufe des Abends wiederfindet. Aus diesem Grunde spielen wir auch mit Seniorenkarten, auf denen die Zahlen und Symbole groß und gut zu erkennen sind; allerdings läßt die Gestaltung der Karten meiner Meinung nach zu wünschen übrig. Sie erscheint mir zu simpel, die Gesichter der Figuren sind nicht so detailliert gezeichnet wie bei anderen Kartenspielen. Aber vielleicht kommt mir das auch nur so vor.

Meine Tante sah an diesem Abend nicht mehr so zerstreut und unglücklich aus wie am Tage, aber sie war dennoch nicht recht bei der Sache. Gleich zu Anfang teilte sie zweimal hintereinander falsch aus; für gewöhnlich wird diese Unaufmerksamkeit in unserer Runde mit 120 Minuspunkten bestraft, aber an diesem Abend gingen wir stillschweigend darüber hinweg. Schließlich gelang es meiner Tante, ihre Zerstreutheit in den Griff zu bekommen. Sie verteilte die Karten nunmehr vorschriftsmäßig, und die Einstiegsrunde begann.

Die ersten beiden Spiele gewann meine Schwester, beim dritten war meine Tante erfolgreich. Zu Beginn der zweiten Runde stellte ich fest, daß ich abermals im Begriff war, zu verlieren. Aber da hatten wir uns schon eingespielt und angefangen, uns nebenbei zu unterhalten, deshalb machte es mir nichts aus.

Zu Anfang müssen wir uns immer sehr konzentrieren, wir sprechen dann nicht; jede Ablenkung bedeutet, den glatten Spielfluß und damit den Verlauf des Abends ungünstig zu beeinflussen, und das wollen wir nicht.

„Das ist mir vielleicht ein beschissenes Blatt", stellte meine Tante zu Beginn des fünften Spiels fest, und das war das Signal.

„Ach, was ich euch erzählen wollte", sagte meine Schwester. „Heute im Schwimmbad habe ich in der Umkleidekabine eine Brieftasche gefunden. Mit fast fünfhundert Mark drin! Könnt ihr euch das vorstellen?"

„Ehrlich? Und was hast du damit gemacht?" fragte ich.

„Na, der Typ kam schon angerannt und hat sie gesucht. Ich habe sie ihm wiedergegeben, und er ist genauso schnell wieder davongerannt. Hat sich noch nicht einmal bedankt, so eilig hatte er es."

„Und das war in der Damenumkleidekabine?" hakte meine Tante interessiert nach.

„Ja. Komisch, nicht wahr?"

„Männer sind manchmal komisch", sagte meine Tante bedeutungsschwanger, und das ließ uns für eine Weile verstummen.

Meine Schwester, die momentan ihr erstes Baby erwartet, wuchtete sich aus ihrem Stuhl und watschelte zur Anrichte. Zielstrebig griff sie sich eine Tomate aus der Schale mit Obst und Gemüse und watschelte wieder zurück. Genüßlich biß sie hinein. Der rote Saft lief ihr über die Finger, und meine Tante und ich sahen sie an.

„Ich habe so einen Heißhunger darauf", sagte meine Schwester entschuldigend und walkte das Tomatenfleisch zwischen ihren Zähnen. „Gestern war es ganz schlimm mit Lakritze. Ich dachte, ich muß sterben, wenn ich nicht gleich Lakritze bekomme. Zum Glück hatte ich noch eine Tüte in meiner Manteltasche. Übrigens, Tante, was ist denn mit Rainer? Ist das wieder in Ordnung?"

Ich konnte nicht mehr mit ansehen, wie meine Schwester sich und die Karten bekleckerte. Ich stand auf, um ihr ein Küchentuch zu holen, und meine Tante antwortete: „Nein. Immer will er mit mir darüber reden. Jedesmal neu. Und ich weiß schon langsam nicht mehr, was ich sagen soll."

„Sag einfach nein", schlug meine Schwester vor, nahm mir das Tuch ab und wischte sich die Finger.

Meine Tante sah sie lange über den Rand ihre Brille hinweg an, aber meine Schwester merkte es gar nicht. Sie war intensiv damit beschäftigt, sich zu säubern.

„Vielleicht ist es an der Zeit", sagte meine Tante schließlich und richtete ihren Blick auf die Lampe über unseren Köpfen. „Ich werde bald sechzig. Ich sollte mich endlich für einen Partner entscheiden und ja sagen."

„Du wirst nicht sechzig, sondern fünfzig", erinnerte ich sie.

„Trotzdem", sagte meine Tante. „Ich bin alt, oder nicht?"

Wir verneinten das entschieden, aber sie winkte zum zweiten Mal an diesem Abend ab.

„Ich bin alt, und meine Wohnung ist eng und ungemütlich, und Rainer hat dieses große Haus. Aber ich kann nicht mit ihm zusammenziehen. Ich will nicht. Oder findet ihr, daß ich es tun sollte?"

Wir dachten darüber nach, während wir die nächste Spielrunde in Angriff nahmen.

„Tja", murmelte meine Schwester nach einer Weile. „Liebst du ihn denn?"

„So gut, wie ich kann", antwortete meine Tante und warf eine Karte ab. „Ich glaube, mehr geht nicht."

„Das ist doch schon was", sagte ich, und meine Schwester nickte energisch.

„Ihm reicht das nicht aus. Er findet, ich lasse mich nicht wirklich auf ihn ein."

Meine Schwester und ich sahen uns an und verdrehten die Augen.

Der Vorwurf ist uns vertraut. In jungen Jahren war meine Tante kurzzeitig verheiratet, meine Schwester hat lange Zeit mit ihrem vorherigen Freund zusammengelebt und ist mittlerweile auch schon wieder eine ganze Weile liiert, und ich selbst habe mehrere langjährige Beziehungen vorzuweisen; aber egal, wie lange sie dauern und mit wem auch immer wir uns zusammentun, alle unsere Liebesbeziehungen sind weniger von inniger Verbundenheit als einem permanenten Kampf um individuellen Freiraum geprägt. Das gilt für meine Tante genauso wie für meine Schwester und mich. Der Unterschied zwischen ihnen und mir ist, daß sie Männer lieben und ich Frauen, und manchmal denke ich, daß auch das letzten Endes keinen Unterschied macht.

„Ich will nicht, daß ein anderer Mensch solche Macht über mich gewinnt." Meine Tante kniff die Lippen zusammen, aber als sie eine Karte aus ihrem Blatt herauszog, erkannte ich an ihrem scharfen Blick, daß sie mit den Gedanken schon wieder ganz bei den Raffinessen des Skatspiels war.

„Vielleicht sollte ich mir ein Vorratslager mit Lakritze anlegen", sagte meine Schwester unvermittelt.

„Das nützt nichts. Und wenn du hundert Tüten Lakritze hortest – dann hast du plötzlich einen Heißhunger auf Fruchtgummi oder Kekse. Glaub mir, ich kenne das", erklärte meine Tante, und dann legte sie triumphierend eine Karte ab.

Meine Schwester schob ihren voluminösen Bauch nach vorne und lugte darüber hinweg auf den Stich. Sie ähnelt meiner Tante übrigens sehr; es gibt Fotos, auf denen meine Schwester im Hintergrund zu sehen ist und jeder sie für meine Tante hält. Sie beide haben die gleiche Gesichtsform, die gleiche Stupsnase und die gleichen hohen Wangenknochen. Vor allem aber ähneln sie sich in ihrer ausgeprägten Zerstreutheit. Sie neigen beide dazu, unvermittelt an ein Thema anzuknüpfen, das zu einem weiter zurückliegenden Zeitpunkt bereits erschöpfend durchgesprochen wurde. Erinnert man sie daran, sehen sie erstaunt und zugleich zerknirscht drein, ohne jedoch davon abzulassen.

Manchmal habe ich sowohl bei meiner Schwester als auch bei meiner Tante den Eindruck, daß für sie nur der Augenblick zählt, und daß dieser Augenblick in keinster Weise mit vorhergehenden zusammenhängt, auch wenn er es ganz offensichtlich doch tut. Dahinter liegt eine Freiheit verborgen, um die ich sie beide beneide: die Freiheit der Wahl. Sie wählen ihre Worte, ohne sich an gemeinhin übliche Regeln zu halten, und es macht ihnen nichts aus, wenn man sie dafür rügt.

„Wißt ihr, was ich manchmal denke, wenn ich mir die Zukunft vorstelle?" fragte meine Tante und sammelte einen weiteren gewonnenen Stich ein. „Ich sehe mich, wie ich in einem kleinen Häuschen sitze, manchmal kommt mein Sohn zu Besuch, manchmal kommt ihr, und wir spielen Karten. Ab und zu kommt vielleicht Rainer. Draußen stehen ein paar Bäume, ein Ofen knistert, und ich sitze da in einem gemütlichen Sessel und löse Kreuzworträtsel. Ihr wißt schon, welche ich meine. Diese intelligenten, an denen man wochenlang sitzt." Tante lächelte, und das war ansteckend. Wir lächelten alle.

Meine Tante hat aus ihrer früh geschlossenen und fast ebenso früh wieder geschiedenen Ehe einen erwachsenen Sohn, der einen im Gegensatz zu seiner Mutter erstaunlich konservativen Lebensweg eingeschlagen hat. Er ist verheiratet und in einem bürgerlichen Beruf tätig und zur Zeit gerade dabei, sich ein Eigenheim zu errichten.

Ich habe mit meinem Cousin, der nur um wenige Jahre jünger ist als ich, nie ein längeres ernsthaftes Gespräch geführt, aber einmal war ich anwesend, als er den Wohnwagen meiner Tante, mit dem sie schon mehrere längere Reisen durch Südeuropa unternommen hatte, umbaute und letzte Verschönerungen vornahm. „Das mag Mama", sagte er und befestigte einen Spitzenvorhang vor dem kleinen Wohnwagenfenster, und sein Gesicht trug dabei einen zärtlich-widerwilligen Ausdruck, der mir noch heute symptomatisch erscheint für sein Verhältnis zu meiner Tante, vielleicht symptomatisch überhaupt für die Art, wie meine Tante geliebt werden sollte. Der Sohn meiner Tante liebt sie mit einer Art zärtlicher Resignation, die kein Entkommen zuläßt; auch der Rest unserer Familie,

Freundinnen, Freunde, alle lieben wir sie auf diese resignierte Art.

„Das ist Zukunft für mich", sagte meine Tante. „Aber mal ehrlich, kann so die Zukunft aussehen? Kreuzworträtsel und Besuche?"

„Ich finde das schön", sagte meine Schwester schlicht, und ihre Augen nahmen einen träumerischen Ausdruck an. „Ein Garten müßte dabei sein. Und ein Schwimmbad ganz in der Nähe. Am besten ein Freibad. Ach, ich schwimme zu gerne!"

Meine Tante blickte nicht auf. Nachdenklich besah sie ihr Blatt. „Vielleicht müßte ich Rainer mehr integrieren", sagte sie halbherzig.

Jäh aus ihren Träumen von Gartenarbeit und Schwimmbadbesuchen gerissen, sah meine Schwester sie stirnrunzelnd an. „Ach Tante, ich weiß nicht."

Henk, Tantes früherer Freund, hatte sich oft über seine, wie er es nannte, himmelschreiende Ausgrenzung beim Kartenspiel beklagt. Ich habe mich immer gefragt, was daran so himmelschreiend sein sollte, und manchmal stellte ich mir einen mit himmelwärts gerichteten Armen lauthals greinenden Henk vor, aber das Bild überzeugte mich nicht; es verschwand, noch bevor ich es ganz klar vor mir sah. Es verschwand sozusagen in der Entstehungsphase, wie dann auch Henk relativ bald wieder aus dem Leben meiner Tante verschwand.

Henk interessierte sich im übrigen gar nicht fürs Kartenspielen; er beherrschte es nicht und war, wie sich herausstellte, im Grunde auch gar nicht willig, es zu erlernen. Das Ergebnis seines ständigen Insistierens war dann ein unfroher Abend zu viert, an dem Henk die Grundzüge des Spiels zu lernen vorgab und mit erzwungener Munterkeit einen flauen Witz nach dem anderen riß, während meine Tante, meine Schwester und ich uns vorgeblich ausdruckslose Blicke zuwarfen. „Weibsbilder!" hatte Henk am Ende des Abends beim Verlassen der Küche wütend gemurmelt, mit einer Verachtung, die uns nicht einmal ansatzweise erreichte.

Ein weiteres Ergebnis war der heftige Streit, der sich, wie meine Tante meiner Schwester und mir Wochen später erzählte, unmittelbar danach zwischen den beiden entspann. Meine Tante erklärte Henk, sein Verhalten sei ihr peinlich gewesen, worauf er sich – vielleicht zu recht, wer will das beurteilen – ereiferte: Zwischen Liebenden sei nichts peinlich; Liebe, so argumentierte Henk, bedeute uneingeschränkte Akzeptanz für den Partner, Liebe sei ein Gefühl jenseits aller Peinlichkeiten und Scham.

Rainer, Tantes derzeitiger Freund, ist da anders; Henk jedoch forderte bedingungslose Liebe. Aber meine Tante wie auch meine Schwester und ich, wir lieben unsere Partner nicht bedingungslos; ich bezweifle auch, daß das möglich ist. Das Leben selbst stellt und schafft unablässig Bedingungen, aus denen sich zu lösen man außerstande ist. Wie also sollte man da einen anderen Menschen bedingungslos lieben?

„Mein Stich!" rief meine Tante fröhlich und warf den Kreuzbuben auf den Tisch. Meine Schwester schob ihre Karten zu mir hinüber und stand schwerfällig auf. „Zählst du?" fragte sie ächzend. „Ich muß mal aufs Klo."

Ich nahm unser mickriges Häufchen an mich, addierte die Werte und trug das Resultat in unser Spieleheft ein. Dann räumte ich die leere Bierflasche vom Tisch und setzte Kaffeewasser auf.

„Das dauert ja sicher ein bißchen", sagte meine Tante und warf mir einen fragenden Blick zu. Ich nickte, und sie zog rasch ihr Kreuzworträtselbuch aus der Tasche, schlug es an einer mit einem Lesezeichen markierten Stelle auf und zückte einen Bleistift. Im nächsten Augenblick war sie vollkommen in ihrer rätselhaften Welt aus kurzen Fragen und ein- bis viersilbigen Antworten versunken. Ihre tiefliegenden Augen schlossen sich halb, mit gespitzten Lippen beugte sie sich vorwärts, die Schultern schützend nach vorne gebogen, als bliese ein kräftiger Wind.

Meine Tante ist geradezu in vernarrt in Kreuzworträtsel. Je anspruchsvoller sie sind, desto mehr Freude bereiten sie ihr. Sie ist auch jederzeit für Denksportaufgaben und kniffelige Ratespiele zu haben. Wo ich bereits nach wenigen Minuten völlig entnervt aufzugeben geneigt bin, ist meine Tante mit niemals erlahmendem Feuereifer dabei. Nichts aber, kein Bilder- oder Silbenrätsel, kein Frage- und Antwortspiel kann es ihrer Ansicht nach mit intelligenten Kreuzworträtseln aufnehmen. Das Lösen von

Kreuzworträtseln, so hat meine Tante mir einmal erklärt, sei die einzige Tätigkeit, die sie ganz und gar in ihren Bann zöge, bei der sie alles um sich herum vergäße. Die einzig wahre Entspannung.

Und als ich sie so betrachtete, wie sie da in meiner Küche saß, die Augen unverwandt auf die ineinandergeschichteten Wortbalken gerichtet, mit versunkener Miene und einem vorwitzigen Lächeln auf den Lippen, so, als sei sie dabei, sich selbst zu überlisten, da verstand ich sie gut. Dies war er, ihr Freiraum. Und ich verstand Rainer. Eigentlich verstand ich alle in diesem Moment: jene, für die Liebe grenzenlose Hingabe bedeutete, und jene, die ihre Hingabe spärlich dosierten. Ich verstand Rainer, der durch hundert Gespräche seinem Ziel näherzurücken versuchte. Den Freund meiner Schwester, der ihre Eigenwilligkeit vorgeblich still ignorierte. Ich verstand sogar Ina, meine letzte Geliebte, die damit drohte, das Telefon aus der Wand zu reißen, und am Ende an meiner Sturheit zerschellte. Was sie auch tun, es nützt nicht viel. Ihre Siege sind immer nur Siege auf Zeit.

Hingebungsvoll über das Buch geneigt, tippte meine Tante sich kurz an die Stirn. „Das ist es!" flüsterte sie leise und setzte dann mit kleinen, säuberlichen Buchstaben die Lösung in einen der Balken. Befriedigt blickte sie auf, gerade rechtzeitig, um meine Schwester hereinschwanken zu sehen.

„Bist du sicher, daß das keine Zwillinge werden?" fragte meine Tante skeptisch.

Meine Schwester griff sich eine weitere Tomate und setzte sich schweratmend hin. „Ich bin jedenfalls so hungrig, als würden es drei", antwortete sie und biß gierig in das rote Fruchtfleisch hinein. Ich lief schnell zu ihr hin und legte ihr das Küchenhandtuch in den Schoß.

„Danke", sagte meine Schwester, und dabei rutschte ihr ein Stück Tomate aus dem Mund und fiel genau auf das lachende Smiley-Gesicht in der Mitte des Tuches.

Das Telefon klingelte, und ich ging quer durch die Küche.

„Rainer hier", sagte er freundlich. „Ist deine Tante zu sprechen?"

Ich ging quer durch die Küche zurück, und meine Tante sah mir wissend entgegen.

Mein Telefon befindet sich am Ende der Küche und ist fest an der Wand installiert. Früher einmal fand ich das schick, mittlerweile empfinde ich es nur noch als lästig. Es ist nicht möglich, ungestört zu telefonieren, wenn jemand anderes sich in der Küche aufhält. Ina hat mir einmal sehr einleuchtend erklärt, das Telefon sei das Wahrzeichen meiner Einsiedelei. Deutlicher, als auf die Art, wie ich mein Telefon installiert habe, analysierte sie, könne ich gar nicht zeigen, wie sehr ich meine Wohnung als Einpersonenwohnung konzipiert habe. Sie hat recht, und ich sollte das ändern, aber ich komme nicht dazu.

Deshalb sahen meine Schwester und ich halb neugierig, halb notgedrungen zu, wie meine Tante mit abwesendem Gesichtsausdruck in den Hörer lauschte und zuweilen zustimmend nickte und brummte. Rainers Stimme drang laut und klar zu uns herüber. Er schien abwechselnd zu schimpfen und dann wieder zu flehen, das Gesicht meiner Tante aber blieb unbewegt. Als sie einhängte und wieder zum Tisch zurückkam, tat sie, als sei nichts gewesen.

„Weiter!" sagte sie lächelnd.

„Was wollte er denn?" erkundigte sich meine Schwester und wischte sich den roten Saft vom Kinn. Meine Tante mischte die Karten, schichtete sie zu einem Häufchen, ließ mich abnehmen und begann auszuteilen. „Er wollte, daß ich zu ihm komme und wir uns aussprechen", antwortete sie mit gleichmütiger Stimme.

„Und machst du das?"

Meine Tante sann eine Weile darüber nach, während sie ihre Karten sortierte. Dann legte sie mit einem kraftvollen Schnippen der Finger das Karo-As mitten auf den Tisch.

„Ja, sicher", sagte sie. „Ich kann gar nicht anders. Es führt zwar zu nichts, aber ich tue es trotzdem. Und dennoch heißt es dann immer, ich gäbe nichts von mir." Sie schüttelte den Kopf. Meine Schwester bediente, und ich warf einen Trumpf auf die beiden Farbkarten. Meine Tante und meine Schwester blickten auf und starrten mich an.

„Was ist denn mit dir los? Willst du jetzt plötzlich gewinnen?" fragte meine Tante entgeistert.

„Ich werde doch wohl einmal auch einen Stich für mich entscheiden dürfen, oder?"

„Du hast noch kein einziges Spiel gewonnen", stellte meine Schwester fest, als verwehre mir diese Tatsache das Recht, in Zukunft überhaupt noch einmal gewinnen zu dürfen.

Mir fiel keine passende Antwort ein, und so schob ich meinen hart errungenen Stich zu einem Häufchen zusammen und spielte die nächste Karte aus. Es war eine Herz-Zehn, und meine Schwester übertrumpfte sie prompt.

„Na, also", sagte sie besänftigt.

Das Telefon klingelte wieder.

„Noch mal Rainer", sagte er hastig. „Ist deine Tante schon weg?"

Diesmal tat meine Tante nicht so, als sei nichts gewesen. „Ich glaube, ich muß dann mal gehen", sagte sie, als sie den Hörer eingehängt hatte, und verdrehte die Augen. „Jetzt muß ich das alles schon wieder erklären."

„Sag einfach nein", schlug meine Schwester vor.

Meine Tante zog ihren Mantel an und nahm ihre Tasche. „Ich kann nicht mit Rainer zusammenziehen", erklärte sie fest. „Ich will nicht, daß jemand anderes Macht über mich gewinnt."

„Kann ich verstehen", sagten meine Schwester und ich gleichzeitig. Meine Tante lachte, und dann ging sie hinaus.

Meine Schwester blieb sitzen, während ich den Tisch abräumte und die Karten einsammelte. Als ich den Bleistift wieder auf die Fensterbank legte, fiel mein Blick auf das Kreuzworträtselbuch meiner Tante, das halb unter dem Stuhl verborgen am Boden lag. Es war in der Mitte aufgeschlagen, und das Lesezeichen ragte zwischen den Seiten heraus.

„Glaubst du, Rainer hat Macht über Tante?" fragte meine Schwester und beugte sich neugierig vor, als ich mich bückte.

Ich hob das Kreuzworträtselbuch auf, klappte es zu und legte es auf den Tisch.

„Nein", sagte ich, „das glaube ich nicht. Kein Mensch hat Macht über Tante."

Das einzige, und davon bin ich überzeugt, was wirklich Macht über meine Tante hat, sind Kreuzworträtsel.

Verlorene Gesichter

Als Erik starb, lag ich unter der heißen Sonne Portugals, ließ Sand durch meine Zehen rieseln und stritt mich mit Klara über den Ursprung der Energie. Genauer gesagt, über den Ursprung der menschlichen Energie, war sie irdischer oder universeller Natur? Wir konnten uns nicht einigen, einerseits, weil es uns nicht gelang, die Abgründe zwischen Glauben und Wissen zu überspringen, andererseits waren wir einfach zu faul. Unser Streit versickerte im Sand Portugals, und während wir mit trägen Gesten und halbgeschlossenen Augen noch die eine oder andere Frage aufwarfen, starb Erik in einem weißen Zimmer auf der Aids-Station eines Berliner Krankenhauses, umgeben von Schläuchen, medizinischen Apparaten, Blumenvasen und Sonja.

Abends liefen Klara und ich vom Strand nach Hause, an brachliegenden Salzfeldern entlang, mit jedem Schritt, den wir uns vom Meer entfernten, wurde die Luft wärmer, die Hitze der Stadt strahlte uns entgegen, drückte von weitem, und wenn wir in die schmalen, engen Gassen eintauchten, klebten uns die Kleider bereits wieder am Leibe. Später saßen wir in der milden Nachtluft, aßen Fisch, tranken Wein und feierten so den schleichenden Niedergang unserer Liebschaft. Nachts, in unserem stickigen Hotelzimmer, unter dessen Fenster jeden morgen um fünf die Müllmänner mit den Tonnen schepperten, liebten wir uns, schließlich hatten wir Zeit und auch sonst nichts zu tun.

Irgendwann in diesen Tagen nahm Janusz viele hundert Kilometer entfernt seinen Mut zusammen, setzte sich auf sein altes verrostetes Fahrrad und fuhr zum dritten Mal in zwei Monaten den langen Weg von Kreuzberg nach Moabit. Hinterher sagte er, er hätte es schon geahnt, aber was nützte ihm das? Ahnungen bereiten zwar vor, aber sie mildern nichts, und als Janusz die Tür öffnete und das andere, hohlwangige Gesicht sah, das Eriks Platz eingenommen hatte, war er nicht besser gewappnet gegen den Schmerz, der von seinem Rückenmark ins Gehirn schoß und wieder herunter, oder war es andersherum? Er traf Sonja auf der Treppe; sie hielt die Tasche mit Eriks Sachen, und Janusz nahm sie ihr ab und trug sie, während sie zusammen zum Ausgang gingen, vorbei an den vielen von der Krankheit gezeichneten Gesichtern, von denen Janusz die meisten wiedererkannte, von anderen Orten her, aus anderen Zeiten, aus einer anderen Welt.

Auch eine der Schwestern kannte er, Sabine; Sabine, die jedesmal, wenn sie ihre fünfwöchige Nachtschicht auf der Aids-Station absolviert, nicht gut schlafen kann. Sie träumt schlecht, sagt sie. Sie träumt von den Männern, die auch sie von anderen Orten her kennt, von Orten, die auch ich kenne. Bars, Kneipen und Discos; Orte des Lebens, gemeinsamen Lebens. Sabine sagt, sie träumt schlecht, weil sie immer daran denken muß, daß alle diese Männer, deren knochige Körper sie jeden Tag pflegt und bettet und mit Spritzen versorgt, daß alle diese Männer bald sterben werden, und daß sie daran denken muß, wie viele es schon sind und daß es immer mehr werden, daß sie im Traum sieht, wie sich die Kneipen, Bars und Discos nach und nach leeren, bis kaum jemand übrigbleibt, nur noch vereinzelte Gestalten und eine Überzahl Frauen.

In Wirklichkeit leeren sich die Kneipen und Bars natürlich nicht; im Gegenteil, es scheint immer mehr Bars zu geben und immer mehr Leute darin, aber es sind eben nicht mehr die gleichen Leute. Manchmal, wenn ich auf dem Hocker ganz hinten in der Ecke meiner Lieblingsbar sitze, entdecke ich einen Hinterkopf, eine vertraute Form, eine Erinnerung regt sich, und dann weiß ich wieder, welches Gesicht dazugehört, aber wenn ich schließlich einen Blick auf das Gesicht werfen kann, dann ist es ein fremdes. Das andere, das, woran ich dachte, das ist verloren. Überall sehe ich verlorene Gesichter, und das Schlimme ist, auf jedes, das ich erinnere, kommen unzählige andere, die mir nicht mehr einfallen. Sie sind fort, ich werde nie mehr an sie denken, und doch habe ich sie gekannt, diese verlorenen Gesichter.

Als Klara am Adenauerplatz mit ihrer Reisetasche über der Schulter um die Ecke verschwand, ahnte ich bereits, daß es aus war mit uns. Uns war die Lust aufeinander abhanden gekommen, gerissen wie ein zartes Goldkettchen, das man erst vor kurzem geschenkt bekommen hat, an das man sich noch gar nicht so recht gewöhnt hatte und dessen Verlust man deswegen auch nicht sonderlich schmerzhaft bedauert; und was ahnte ich noch?

Nichts, eigentlich. Ich fragte mich nur, was wohl passiert sei in meiner Abwesenheit. Als Janusz mir ein paar Stunden später am Telefon erzählte, daß Erik gestorben war, überkam mich ein Gefühl der Schalheit. Es machte mich traurig und müde, denn es war keine Neuigkeit, sein Tod war kein Ereignis, sondern ein Prozeß, der schon lange, lange im Gange war, und dies war das Ende. „Oh", sagte ich, schal, schal bis ins Mark.

Wir hatten Erik verloren, er hatte den Kampf verloren, den Kampf, sein Leben. Abends, in der Bar, auf meinem Hocker, sah ich mich um und betrachtete die Leute. Für wen unter ihnen war nun auch Eriks Gesicht ein verlorenes, eins, das man oft gesehen und erkannt hatte, das nun aber verloren war. Wie viele würden nun nie mehr an ihn denken?

Gut habe ich ihn nicht gekannt. Aus einem Gesicht wurde erst ein ganzer Mensch für mich, als er zwischen Janusz und mir in Janusz' Küche saß und den Salat nicht aufessen mochte, weil ihm wieder schlecht war. Janusz brachte ihn nach Hause, und ich stand in der Küche und scheute mich eine ganze Weile, Eriks halb angegessenen Salat in den Mülleimer zu werfen. Es kam mir komisch vor, unrecht irgendwie. Es erinnerte mich an all die Salate, die er nicht mehr aufessen würde, überhaupt an alles, was Erik nicht mehr essen würde. Aber schließlich warf ich die Salatreste doch weg.

Janusz ging zur Beerdigung. Hinterher sagte er, es sei schrecklich, aber auch schön gewesen. Schrecklich, weil niemand aus

Eriks Verwandtschaft erschienen war, stattdessen aber eine ganze Reihe seiner Freunde und Bekannten, vor allem jene, die sich in den letzten Wochen an seinem Krankenbett nicht mehr hatten blicken lassen. Steif und mit betretenen Mienen standen sie da, und als Sonja, Sonja, die Erik seit ihrer Jugendzeit und bis zuletzt begleitet hatte, in Tränen ausbrach, scharten sie sich um sie, bedauernd und betroffen, bildeten einen Kreis aus Schweigen, aus dem sich die eine oder andere Hand herausstahl und unbeholfen auf Sonjas Schulter legte. Aber wie auch tröstet man das Leid fort, und wie das eigene schlechte Gewissen?

Schön aber, sagte Janusz, sei Eriks Beerdigung gewesen, weil er zu spüren war, in den tragenden Tönen der klassischen Ouvertüre, die Erik sich gewünscht hatte, in den drei Sätzen aus seinem Tagebuch, die jemand an Sonjas statt vortrug, in den Wellen von Wehmut und Erinnerung, die zwischen den Trauernden hin- und herschwangen und sich durch ein trauriges Lächeln, ein kaum merkliches Kopfschütteln mitteilten. Am Ende jedoch, als alles vorbei war, stahlen die Trauergäste sich fort, allein oder zu zweit, wortlos, ohne Gruß, und auch Janusz ging allein, die Hände in den Taschen, wie ein Dieb, der die Beute wieder zurückgelegt hat, um seine Tat zu vertuschen.

Ich traf Klara ein paar Wochen später, wir gingen in eine Discothek, randvoll mit heiteren, lachenden Männern. Hitze staute sich, Oberkörper wurden entblößt, lederbehoste Beine rieben sich an strammsitzenden Jeans. Spürst du, sagte Klara, diese Energie, wie sie pulsiert? Dies ist ein kleines Abbild der universellen Energie in der reinsten Form ihrer Übersetzung; wie kannst du sagen, es gäbe einen Unterschied zwischen hier und da oben, es ist eins, nicht wahr?

Ich wand mich zwischen die Tänzer, warf mich hinein und ließ mich treiben in einem Kessel aus alternder Jugend und jungem Tod. Ich tanzte heiß, sah die Gesichter um mich herum, hier waren sie, tanzten mit mir, wild, voller Kraft, jetzt noch. Und dann sah ich auch die anderen, verlorenen Gesichter, ich holte sie mir, eins nach dem anderen, herauf. Ich tanzte, ich tanzte den letzten Tanz, für Erik, den letzten Tanz; denn wir, dachte ich, wir hier unten, wir leben noch, solange wir tanzen, so leben wir noch, und ihr, ihr lebt mit uns. Und später wand ich den Kopf und sah Klara, den Blick in die Ferne gerichtet, die Augen schwer; ich sah Sonne und Sand, aus vergangenen Tagen, ein verlorenes Glück, an das ich irgendwann einmal nie mehr denken werde, und doch habe ich es gekannt.

Luthers Verständnis

Manchmal, wenn Petra sich unbeobachtet fühlte, klappte sie ihr linkes Ohrläppchen nach oben und schob es sachte in die Ohrmuschel hinein, bis sie auf dem linken Ohr nichts mehr hörte. Sie hatte diese Angewohnheit schon, seit sie ein kleines Mädchen war, und bisher hatte sich niemand daran gestoßen. Außer Luther.

Luther und Petra waren seit fast sechs Jahren zusammen, und in dieser ganzen Zeit hatte sich Petra mit ihm bis auf zwei, drei kurze Phasen immer wohl gefühlt. Luther verdankte seinen Namen einer strenggläubigen Mutter, die in ihrem Nachkömmling die fleischgewordene Gnade Gottes sah, und Luther war die ständigen höhnischen Bemerkungen über seinen Namen so satt, daß er in letzter Zeit dazu übergegangen war, sich Lu zu nennen. Petra nannte ihn aber weiterhin Luther. Den Namen Lu fand sie albern, ähnlich einfallslos und lächerlich, wie wenn sie sich auf einmal Pe nennen würde.

„Hör auf, an deinem Ohr rumzumachen", sagte Luther und drehte sich seufzend im Bett zu ihr herum. „Du glaubst immer, ich würde das nicht merken, aber ich merke es jedesmal. Ich rieche es, sozusagen."

„Ich kenne zu wenig interessante Leute", sagte Petra, ließ ihr Ohrläppchen los und starrte an die Decke, wo die Scheinwerfer der vorüberfahrenden Autos ein schemenhaftes Muster woben.

„Hm."

„Nein, wirklich. Ich finde, ich kenne zu wenig interessante Leute. Mein Leben könnte ganz anders sein. Viel aufregender."

„Dein Leben könnte auch ganz anders sein, wenn du jetzt versuchen würdest zu schlafen."

„Du bist unsensibel." Petra fand eigentlich selbst, daß das nicht stimmte. Luther war sogar sehr sensibel; er ging grundsätzlich auf das ein, was Petra sagte, er fragte sie von sich aus nach dem, was sie dachte und empfand, nur in ganz wenigen Situationen nicht. Dies war eine davon. Und sie konnte es ihm auch nicht verdenken. Es war zwei Uhr nachts, und Luther hatte ihr den ganzen Abend dabei geholfen, ihre Doktorarbeit zu korrigieren.

Luther seufzte. „Dann lern doch welche kennen", sagte er weich.

„Mach ich auch. Gleich morgen."

„Prima." Luther legte den Arm über Petras Taille, zog sie dichter an sich heran und küßte ihr linkes Ohrläppchen. „Armes Ding", sagte er. „Immer macht sie an dir rum. Komm, ich küß dich noch mal." Er küßte Petras Ohrläppchen noch einmal, und Petra mußte lächeln. Sie sah solange an die Decke, bis Luther eingeschlafen war. Und sie dachte dabei an Svenja.

Svenja war Petra eines Morgens in der Cafeteria der Universität aufgefallen. Mit ihren langen dunklen Haaren, die sie so ähnlich wie Bo Derek nach hinten gestrichen trug, hatte sie auf Petra wie eine Diva gewirkt. Svenja war um einiges älter als die anderen Studenten, und Petra hatte sich gleich gedacht, daß sie keine Studentin sein konnte. War sie auch nicht. Sie war die neue Assistentin von Frau Professor Gesell, Petras Doktormutter.

„Ich mache da für drei Monate die Vertretung", sagte Svenja und warf mit einer eleganten Bewegung, die Petra fast den Atem raubte, ihr langes Haar nach hinten. Dann stellte sie ihr Tablett mit dem Salat und dem Kaffeebecher auf dem Tisch ab. „Hier?"

„Ja, hier ist es prima. Von hier aus kann man den Vorhof so gut beobachten", erwiderte Petra eifrig und setzte sich Svenja gegenüber. Auf ihrem eigenen Tablett stand ein komplettes Menu samt Nachtisch, einem Schokopudding, aber Petra hatte auf einmal keinen Appetit mehr. Sie war furchtbar stolz darauf, daß sie Svenja einfach angesprochen hatte. Zwar nicht mit den originellsten Worten – „Bist du neu hier? Ich hab dich früher nie am Institut gesehen!" hatte sie an der Essensausgabe zu Svenja gesagt –, aber das spielte ja letztendlich keine Rolle. Sie hatte es geschafft, Svenja kennenzulernen. Nur das zählte.

„Jetzt sitzt du aber mit dem Rücken zum Vorhof", sagte Svenja und stach mit der Gabel in ihren Salat. Petra errötete.

„Ach, das ist ja auch nichts Neues mehr für mich. Den Anblick überlasse ich dir."

„Sehr freundlich", sagte Svenja und zog eine Braue hoch. „Du würdest die Butch-Schule bestimmt mit Auszeichnung bestehen."

„Die Butch-Schule?" Petra hatte nicht die geringste Ahnung, was das sein sollte.

Svenja lachte, ein tiefes, gurrendes Lachen, betrachtete Petra amüsiert und biß dann mit Genuß in ein Salatblatt. Sogar dabei sah sie anmutig aus. „Schon gut, vergiß es. Und was machst du hier an der Uni?"

Luther zeigte sich nicht sonderlich beeindruckt, als Petra ihm von ihrer neuen Bekanntschaft erzählte.

„Fein", sagte er, „dann hast du ja endlich jemand Interessantes kennengelernt." Er stand auf einem Hocker vor der Spüle und brachte das neue Küchenregal an, und Petra wußte eigentlich nicht, warum sie sich plötzlich über ihn ärgerte.

„Du könntest mich wenigstens mal angucken dabei", erwiderte sie grimmig.

Luther drehte sich um, ohne das Regal loszulassen, und sah verwundert auf sie hinunter. „Wobei?"

„Wenn ich dir was erzähle." Sie trat absichtlich einen Schritt nach rechts, und Luther, der sie aus dieser Perspektive nicht mehr sehen konnte, drehte sich mühsam zur anderen Seite um und verrenkte den Hals nach ihr.

„Ich bringe doch gerade das Regal an", verteidigte er sich, und Petra verschränkte die Arme vor der Brust.

„Das sehe ich."

Luther starrte auf das Regal in seinen Armen, dann nahm er es seufzend wieder von der Wand, stieg vom Hocker, stellte es auf dem Küchentisch ab und sah Petra an.

„So", sagte er und wischte sich die Hände an seiner Hose ab, „ist es so besser? Warum bist du denn so miesepetrig?"

„Und diese doofe Anspielung auf meinen Namen kannst du auch gleich mal lassen", giftete Petra und rannte aus der Küche. In ihrem Zimmer lag die frischgewaschene Wäsche auf dem Bett, und Petra warf sich hinauf und vergrub ihr Gesicht in den Handtüchern.

„Petra?" fragte Luther von der Tür her. „Was ist denn los?"

Sie hörte, wie er mit leisen Schritten ins Zimmer kam, und zum allerersten Mal, seit sie sich erinnern konnte, verwünschte sie ihn sonstwohin, bloß nicht an ihre Seite.

Das Bett schwankte leicht, als Luther sich vorsichtig auf die Kante setzte.

„Ich weiß absolut nicht, was ich überhaupt habe", murmelte Petra in die duftenden Handtücher hinein. Das einzige, was sie wußte, war, daß sie und Luther aus ihrem friedlichen Beziehungshafen plötzlich auf die tosende See hinausgerudert waren und daß sich irgendwo weit da draußen im Nebel eine gefährliche Klippe befand. Eine sehr gefährliche Klippe.

Luther blieb still und rührte sich nicht.

„Der Film hat mir ganz gut gefallen, und dir?" fragte Petra, als sie aus dem Kino traten.

Svenja strich sich die Haare aus dem Gesicht und steckte ihre Hände in die Taschen ihrer weiten Hose.

„Es ging. Ich finde Juliette Binoche allerdings zum Kotzen. Jedesmal, wenn sie ihre dummen Kuhaugen aufmacht und dazu lächelt, könnte ich würgen."

„Oh", sagte Petra erschüttert. Sie hatte den Film ausgesucht. Juliette Binoche war nämlich eine ihrer Lieblingsschauspielerinnen. „Das wußte ich nicht. Wir hätten uns ja auch was anderes ansehen können."

„Meine Schuld. Ich hätte mich ja vorher erkundigen können, wer mitspielt. Und wohin gehen wir jetzt?"

„Hier in der Nähe ist ein Frauencafé. Ich dachte, wir könnten da mal reinschauen", sagte Petra und beobachtete vorsichtig Svenjas Miene. Svenja blickte gleichgültig drein.

„Sieh an, ein Frauencafé. Meinetwegen, warum nicht? Verkehrst du da öfter?"

„Ach, nur gelegentlich." Das war gelogen, aber Svenja brauchte ja nicht zu wissen, daß Petra noch nie einen Fuß in das Café gesetzt hatte. Sie war einige Male daran vorbeigegangen und hatte versucht, unauffällig hineinzusehen, aber das war ihr nicht gelungen. Zum einen, weil die üppigen Pflanzen auf der Fensterbank ihr die Sicht versperrten, zum anderen, weil sie zu große Angst hatte, daß eine der Frauen, die dort an den kleinen Tischen plaudernd beisammensaßen, ihren Blick auffangen könnte.

Das Frauencafé war nur ein paar Schritte vom Kino entfernt, und Petras Herz fing heftig an zu pochen, als sie sich ihm näherten.

„Na, da bin ich ja mal gespannt", sagte Svenja und betrachtete mit heruntergezogenen Mundwinkeln das handgemalte Schild mit dem lila Frauenzeichen über dem Eingang.

Sie waren fast an der Tür angelangt, als Petra auf einmal Luther erblickte, der genau auf sie zukam. Er trug seine blaue Winterjacke und sein Basecap mit der Aufschrift „London", und während Petra noch fieberhaft abzuschätzen versuchte, ob sie den Eingang erreichen würden, bevor Luther sie bemerkte, sah er auf und entdeckte sie. Ein breites Grinsen zog über sein Gesicht.

„Hey! Petra! So ein Zufall!" Er kam auf sie zu und drückte ihr einen Kuß auf die Wange. Dann wandte er sich Svenja zu.

„Du bist bestimmt Svenja. Hallo. Ich bin Lu." Er streckte die Hand aus, und nach einem Moment legte Svenja ihre eigene hinein.

„Tag."

„Wie war der Film?" fragte Luther freundlich. Svenja sah ihn ausdruckslos an.

„Hab schon bessere gesehen", antwortete sie.

„Ging so", fügte Petra eilig hinzu.

Luther sah sie erstaunt an. „Ehrlich? Dir gefällt doch Juliette Binoche sonst immer so gut."

Petra wand sich verlegen. Zum zweiten Mal binnen zwei Wochen wünschte sie Luther so weit fort, wie es nur ging.

Luther schien ihre Befindlichkeit augenblicklich zu erfassen, denn er trat einen Schritt zurück. „Na, dann noch viel Spaß. Geht ihr hier rein?" Er blickte auf das Schild über dem Eingang, und dann ging ihm offensichtlich erst auf, wo sie sich befanden. „Na, da wolltest du ja immer schon mal rein", sagte er zu Petra und nickte ihr und Svenja zu. „Viel Spaß noch. Bis später."

„Bis später." Petras Ohren glühten. Sie wartete nicht einmal ab, bis Luther gegangen war, sondern zog hastig die schwere Holztür auf und eilte hinein, ohne sich umzusehen.

„War das dein Freund?" fragte Svenja, als sie sich an einem Tisch in der Ecke niedergelassen hatten.

„Hmhm, ja." Petra hielt den Blick starr auf die Getränkekarte gerichtet. Am liebsten wäre sie in Grund und Boden versunken. Sie hatte Luther Svenja gegenüber bislang mit keiner Silbe erwähnt, und auch, wenn es nicht gerade die feine Art war – sie hatte das auch in Zukunft nicht vorgehabt. Die ganze Situation war ihr unerträglich peinlich.

„Komischer Name, Lu."

„Er heißt eigentlich Luther", erklärte Petra mit Nachdruck.

Svenja lachte leise, und, wie Petra fand, geringschätzig.

„Ich nehme ein Bier", sagte Svenja zur Kellnerin, einer dicklichen Frau um die Dreißig, deren Haare bis auf einen kleinen Zwirbel an der Stirn gänzlich kahlrasiert waren.

„Ich auch." Petra klappte die Getränkekarte zu und sah sich um. An den kleinen Holztischen, die mit Blumengestecken verziert waren, saßen Frauen in bunter Kleidung und unterhielten sich angeregt miteinander. Ein gedämpftes Geraune schwebte im Raum, untermalt durch die Klänge einer Frauenfolkloregruppe, die aus den Boxen über der Theke säuselten.

Svenja legte einen Arm über die Lehne der Sitzbank und schlug entspannt die Beine übereinander. „So sieht das also hier aus." Sie lächelte vielsagend, während sie die anwesenden Frauen betrachtete. „Na ja, hätte ich mir denken können."

„Was denn?"

„Daß die Zeit hier vor zwanzig Jahren stehengeblieben ist. Hier tragen die Schwestern tatsächlich noch Latzhosen." Sie nahm ihr Bier, das die Kellnerin soeben wortlos vor ihr abgestellt hatte, und hob es Petra entgegen. Der scharfe Blick aus Svenjas dunklen Augen raubte Petra den Atem. Sie hob ebenfalls ihr Bier.

„Prost. Ja, die Kleinstädte liegen eben immer ein bißchen hintendran."

Svenja lächelte mit herabgezogenen Mundwinkeln. „In Berlin, wo ich herkomme, ist die Szene allerdings ein bißchen weiter. Aber auch kein Vergleich zu Frisco."

Szene, dachte Petra. Frisco. Svenja kannte sich also ganz offensichtlich aus, im Gegensatz zu Petra selber. Sie hatte also richtig gelegen mit ihrer Vermutung, daß Svenja sich für Frauen interessierte. Das hatte Petra sich eigentlich erhofft, aber jetzt, wo es sich bestätigte, wurde ihr ganz elend zumute. Sie kam sich dumm und unwissend vor. Und vor allem uninteressant.

Svenja wischte sich den Schaum von ihren sinnlichen Lippen und sah sich um. Ihr Blick blieb an einer gutaussehenden jungen Frau in Jeans und Lederjacke hängen, und Petra bemerkte ganz deutlich den begehrlichen Funken, der in Svenjas Augen aufloderte.

„Nächstes Jahr will ich auch in die Staaten, mal sehen, was da so los ist", sagte Petra in dem verzweifelten Versuch, Svenjas Aufmerksamkeit wieder auf sich zu ziehen.

Svenja drehte langsam den Kopf und sah sie für einen Moment nachsichtig an.

„So, tätsächlich?" fragte sie gedehnt, und dann heftete sie ihren Blick wieder auf die junge Frau in der Lederjacke, die ihrerseits interessiert zu Svenja hinsah. Ein paar Sekunden taxierten sich die beiden, dann fingen sie gleichzeitig an zu lächeln.

„Ja, nächstes Jahr", sagte Petra mit schwacher Stimme und sah in ihr Bierglas. Die Schaumkrone war bereits dabei, langsam in sich zusammenzusinken.

„Und wie findest du Svenja?" fragte Petra, als sie später neben Luther im Bett lag. Er war schon zu Hause gewesen, als Petra kam, aber er hatte sie nicht gefragt, wie der Abend verlaufen war. Zum Glück nicht. Denn der Abend war ganz und gar nicht so verlaufen, wie Petra sich erhofft hatte. Zwischen ihr und Svenja war kein richtiges Gespräch mehr zustande gekommen. Aber wie sollte es auch, wenn Svenja die ganze Zeit mit dieser jungen Frau flirtete, die sich offensichtlich genauso sicher in der Szene bewegte wie

Svenja selbst? Nach eineinhalb quälenden Stunden, in denen Petra hauptsächlich in ihr schales Bier gestarrt hatte, war sie schließlich gegangen und hatte Svenja ihrem Schicksal überlassen, was diese ihr keinesfalls übelzunehmen schien.

Insgeheim gab Petra Luther die Schuld an diesem Desaster. Wenn er nicht so unverhofft aufgetaucht wäre und diese verräterischen Bemerkungen von sich gegeben hätte, wäre alles sicher ganz anders gekommen. Ob absichtlich oder nicht, Luther hatte Petra einen gehörigen Strich durch die Rechnung gezogen. Und das konnte sie nicht verwinden.

„Wie ich sie finde? Weiß nicht. Ein bißchen komisch." Luther drehte sich auf die Seite und schob seine zusammengefalteten Hände unter seine Wange.

„Komisch? Wieso komisch? Wie denn komisch?"

„He", sagte Luther langsam und sah Petra mißtrauisch an. „Nun mal nicht so aufgeregt. Ich habe nicht gesagt, daß ich sie bescheuert finde oder doof. Ich finde sie einfach nur komisch."

„Weil du wie ein Kampfhahn mit ihr konkurrieren willst." Petra sah starr an die Decke.

„Nein", sagte Luther neben ihr. „Das will ich nicht. Und ich hoffe, ich muß es auch nicht."

„Tatsächlich? Soso!"

Ein langes, unangenehmes Schweigen entstand. Luthers gepreßter Atem kitzelte Petras Ohr. Am liebsten hätte sie nach ihm geschlagen. Sie war so gereizt, daß sie es kaum aushielt.

Luther streckte einen Arm aus und legte seine Hand vorsichtig auf Petras Schulter.

„Geh weg", raunzte sie böse.

Luther zog augenblicklich seine Hand zurück. „Seit zwei Wochen darf ich dich nicht mehr anfassen", sagte er nach ein paar Sekunden, und die Verletztheit in seiner Stimme traf Petra bis ins Mark. Sie biß die Zähne zusammen.

„Weißt du, wie du dich verhältst? Als ob du dich anderweitig verliebt hast", fügte Luther niedergeschlagen hinzu.

„Du hast ja 'ne Meise!" Petra setzte sich auf. Von der hastigen Bewegung wurde ihr schwindlig, und einen Moment lang drehte sich alles vor ihren Augen.

Luther rührte sich nicht. „Bist du in diese Svenja verliebt?" fragte er ruhig.

„Quatsch! Du bist ja nur eifersüchtig, weil ich mal jemand Interessantes kennengelernt habe."

„Selber Quatsch!" sagte Luther gekränkt.

„Ich war nur einmal mit ihr im Kino", erklärte Petra und knüllte die Decke vor ihrer Brust zusammen. Ihr Herz pochte wild. Sie war nicht in Svenja verliebt, das wußte sie ganz genau. Sie fand sie nur unglaublich attraktiv. Ihre weiche Haut. Ihr langes Haar. Ihren sinnlichen Mund. Ihr Lachen. Und ihre umwerfend elegante Art, sich zu bewegen.

„Und im Frauencafé", ergänzte Luther, und Petra drehte sich erbost zu ihm um. Er lag flach auf dem Rücken, seine nackte, unbehaarte Brust glänzte weich im Kerzenlicht, und sein vertrautes Gesicht sah unendlich traurig aus. Petras Herz zog sich zusammen und entkrampfte sich wieder.

„Ach, und das bedeutet dann gleich sonst was, wenn ich einmal ins Frauencafé gehe?"

Luther sah sie unverwandt an. „Außerdem hast du mir schon ein paarmal erzählt, daß du gerne mal mit einer Frau schlafen möchtest. Wenn es das ist, dann mach doch. Ich habe da Verständnis für."

Schlagartig wurde Petra fuchsteufelswild. „Du kannst mich mal mit deinem Verständnis!"

„Was wäre dir denn lieber?"

Petra atmete tief durch. Sie hatte keine Antwort auf seine Frage. Sie hatte auf nichts eine Antwort. Sie hatte selber nur Fragen. „Ich weiß nicht", sagte sie schließlich.

Während der nächsten Woche wurde alles immer schlimmer. Luther war in ein tiefes, verletztes Schweigen verfallen; er vermied es, Petra auch nur zufällig zu berühren, und sie wich ihm ebenfalls aus. Sie konnte seinen traurigen Blick und seine hängenden Schultern nicht ertragen, und als sie ihn eines Abends zufällig im Vorbeigehen durch den Türspalt entdeckte, wie er, nur mit Unterhosen bekleidet, im Badezimmer stand und sich selbst mit einem resignierten Ausdruck in den Augen im Spiegel betrachtete, spürte sie ihr eigenes heftiges Erstaunen über die plötzliche Veränderung in ihrem Gefühlsleben.

Luther, sein Anblick, sein Körper, seine Gedanken und Gefühle waren ihr nie fremd gewesen. Auf eine fraglose und behutsame Art war er ihr nahe, seit dem Tag, an dem Petra ihm im Zug nach Hamburg begegnet und er bereitwillig einen Sitz weitergerutscht war, um ihr Platz zu machen.

Luther war ruhig und besonnen, was aber mitnichten bedeutete, daß es ihm an Temperament mangelte. Mit ein paar stichelnden Bemerkungen, vorzugsweise über religiöse Fragen und die Allgegenwart einer göttlichen Existenz, war es Petra schon so manches Mal gelungen, ihn zur Weißglut zu bringen; absichtlich, denn sie mochte es, wenn er sich aufregte. Sie mochte die Wildheit in Luthers Augen, die sie gewöhnlich nur in den hitzigen, leidenschaftlichen Stunden, die sie miteinander im Bett verbrachten, zu spüren bekam.

Luther war ein durch und durch gerechter und großzügiger Mensch, fand Petra. Bei ihm hatte sie nie das Gefühl, daß er sie verurteilte oder ablehnte, sie nicht und andere auch nicht. Luther dachte immer gründlich nach, bevor er seinen Unmut äußerte, ganz im Gegensatz zu Petra selbst. Petra wußte, daß sie launisch und zuweilen auch ungerecht war, und sie schätzte Luthers Gelassenheit ihr gegenüber sehr.

In der letzten Zeit aber machte er sie andauernd wütend. Bei jeder Gelegenheit fuhr sie aus der Haut und zankte mit ihm, und seine ratlose Miene und der Kummer in seinen Augen stachelten sie nur noch mehr auf.

„Er sitzt da wie ein begossener Pudel", beschwerte sie sich bei ihrer Freundin Julia.

„Mein Gott, was soll er denn tun? Er weiß schließlich überhaupt nicht, woran er auf einmal ist."

„Das weiß ich doch selbst nicht. Er hat mir ja auch eigentlich nichts getan, aber irgendwie geht er mir auf die Nerven."

„Und was ist jetzt mit dieser Svenja da?" fragte Julia, der Petra die ganze Geschichte erzählt hatte, jedenfalls soweit es da etwas zu erzählen gab. Viel war es ja nicht gerade.

„Ich hab sie noch gar nicht wiedergesehen." Petra klappte ihr linkes Ohrläppchen nach oben, aber als Julia sie belustigt ansah, ließ sie es schnell wieder los.

„Meinst du, du bist lesbisch?" fragte Julia.

„Nein!" sagte Petra schnell. „Es ist nur so, daß ich immer mal wieder überlege, wie das wohl mit einer Frau ist. Gestern zum Beispiel habe ich Luthers Schwanz angesehen und überlegt, wie das wäre, wenn er keinen hätte. Also, wenn er statt dessen eine Scheide hätte." Meine Güte, dachte sie, klingt das aber blöde.

„Oh", sagte Julia irritiert. Petra beobachtete sie scharf. Auf Julias Wangen erschienen lauter kleine rote Flecken, und Petra spürte, wie sie selber errötete.

Als sie auf dem Nachhauseweg in ihre Straße einbog, entdeckte sie Luther, der gerade aus dem Hauseingang kam und mit schnellen Schritten die Straße überquerte. Er hatte sie nicht gesehen und ging zügig in die andere Richtung, und beim Anblick seiner hastenden Gestalt überkam Petra ein banges Gefühl.

„Luther!" schrie sie, als schwebte er in höchster Gefahr, und die Panik in ihrer Stimme verstörte sie selber.

Luther blieb stehen, drehte sich ruckartig um und sah zu ihr hin. Einen Moment lang wirkte er verdutzt, aber dann schien er, was immer auch in Petra gefahren war, instinktiv zu erfassen. Er kam auf sie zu und blieb vor ihr stehen.

„Ja, schon gut", sagte er beruhigend.

Petra schluckte. Sie brachte kein Wort heraus. Luther stand nahe vor ihr, und doch war er so weit fort, als befände er sich am anderen Ende der Welt, dort, wo sie ihn in letzter Zeit so oft hingewünscht hatte. Unendlich weit fort. Aber als er seine Arme nach ihr ausstreckte, wich sie zurück.

Sie traf Svenja erst eine Woche später zufällig in der Mensa wieder.

„Hey!" sagte Petra mit klopfendem Herzen und blieb mit ihrem Tablett an Svenjas Tisch stehen. Svenja sah zu ihr auf und zwinkerte einmal mit ihren dunklen Augen, so als müsse sie sich erst besinnen, wer Petra eigentlich war.

„Darf ich mich setzen?"

„Natürlich. Hallo." Svenja lächelte unverbindlich und nahm einen Bissen von ihrem Lasagneauflauf. Petra setzte sich ihr gegenüber und fing an, ihre Tomatensuppe zu löffeln.

„Huch, ist das heiß!" Svenja wedelte mit einer Hand vor ihrem Mund und stieß hastig die Luft aus. Und obwohl sie dabei ein ziemlich dämliches Gesicht machte, fand Petra sie immer noch unglaublich schön.

„Wie geht es Frau Professor Gesell?" fragte Petra, um ein unverfängliches Gesprächsthema bemüht. Sie hatte keinesfalls die Absicht, über den mißglückten Abend von neulich zu sprechen.

Svenja sah sie mit hochgezogenen Augenbrauen an, dann schob sie sich langsam eine weitere Gabel voll Lasagne in den Mund. Erst, als sie gründlich gekaut und geschluckt hatte, antwortete sie.

„Der geht's gut. Und selber? Gut nach Hause gekommen neulich?" Ihr Tonfall klang eindeutig ironisch.

Petra sah verdrießlich in ihre Suppe. „Ja, sicher."

„Und wie geht's Lu?"

„Luther", sagte Petra. „Er heißt Luther." Sie sah Svenja in die Augen, und Svenja lächelte süffisant zurück.

„Ach ja, stimmt ja. Luther." Sie grinste hämisch, und dann aß sie weiter.

Petra schob ihren Suppenteller von sich und sah ihr beim Essen zu. Svenja schob immer wieder ihre langen Haare nach hinten, wohl, damit sie ihr nicht in die Lasagne gerieten, und Petra fragte sich, ob ihr das nicht auf die Nerven ging. Ihr jedenfalls wäre das zu anstrengend. Immer diese Haare aus dem Essen halten zu müssen, und wahrscheinlich hatte sie beim Sex ebenfalls ständig welche im Mund.

Bei dem Gedanken wurde Petra warm, und unvermittelt beschloß sie, einen zweiten Versuch zu wagen.

„Am Samstag ist doch diese Beckett-Aufführung im Schloßparktheater, weißt du, was ich meine?"

„Hm, ja", murmelte Svenja und kaute, ohne den Blick von ihrem Teller zu wenden.

„Hast du nicht Lust, da mit mir hinzugehen?"

Svenja schluckte und lächelte maliziös auf ihren Teller hinab. „Warum, hat dein Freund keine Zeit?"

„Ich würde lieber mit dir gehen", sagte Petra mit fester Stimme, aber im gleichen Moment wurde ihr bewußt, daß sie gar nicht mehr so sicher war, ob das überhaupt stimmte. Auf einmal spürte sie, wie ihr Interesse an Svenja langsam in sich zusammensank, ganz wie die Schaumkrone auf Petras Bier neulich an jenem unglückseligen Abend im Frauencafé.

Svenja schwieg eine Weile. Dann richtete sie ihre dunklen Augen auf Petra und sagte gelassen: „Paß auf, ein paar ehrliche Worte. Ich habe kein Interesse daran, als Versuchskaninchen herzuhalten. Wenn du Probleme mit deinem Typ hast, dann mußt du die schon anders lösen."

Petra saß wie erstarrt da. Svenja zuckte die Achseln und schob sich einen weiteren Bissen in den Mund. Die Lasagne konnte unmöglich noch heiß sein, aber trotzdem hob Svenja hastig die Hand und wedelte damit vor ihrem Mund hin und her.

Wie angewurzelt sah Petra ihr zu, und plötzlich, gerade als Svenja schluckte, löste sich ihre Beklemmung.

„Paß mal selber auf", sagte sie mit schneidender Stimme. „Wenn du schon so ehrlich bist, dann kannst du ja gleich sagen, daß ich dich einfach nicht die Bohne interessiere, anstatt dich mit der alten Kamelle vom Versuchskaninchen rauszureden. Wenn du nämlich auf mich stehen würdest, wäre es dir vermutlich schnurzpiepegal, ob ich noch nie mit einer Frau im Bett war oder mit hundertfünfzigtausend."

Svenja schürzte blasiert ihre Lippen. „Reg dich nicht auf. Ich wollte dir nur vermitteln, daß ich nicht auf Heteras stehe, bevor du dich da weiter in was verrennst."

Petra stand auf, nahm ihr Tablett in beide Hände und sah auf Svenja hinunter, die mit einem arroganten Lächeln zu ihr hochblickte.

„Tschüß, du Oberlesbe", sagte Petra und rauschte davon. Und es war ihr ganz egal, daß Svenja laut hinter ihr lachte. Schnurzpiepegal war ihr das.

Den ganzen Abend über saß die Scham wie ein heißer, dicker Klumpen in Petras Kehle, und Luthers vorsichtig fragender Blick gab ihr den Rest. Er saß an seinem Schreibtisch und gab vor, zu arbeiten, und Petra ging früh zu Bett, damit sie ihn nicht mehr sehen mußte.

Als sie sich die Zähne putzte, sah sie im Spiegel ihren verkniffenen Mund, und das erinnerte sie daran, wie sie Luther neulich beobachtete hatte. Er hatte den gleichen resignierten Ausdruck im Gesicht getragen wie Petra jetzt, und plötzlich stiegen ihr die Tränen in die Augen. Blind tappte sie ins Schlafzimmer und warf sich ins Bett.

Erst als Luther sie behutsam an der Schulter berührte, merkte sie, daß sie laut geweint hatte.

„So geht das nicht weiter", sagte Luther. „Ich muß wissen, was los ist. Sonst werde ich verrückt."

„Es ist, als ob etwas an mir zieht, mich von dir wegzieht", schluchzte Petra in ihr Kissen.

„Willst du nicht mehr mit mir zusammen sein?" flüsterte Luther.

„Nein!" brüllte Petra. „Ich meine, doch! Ich will, daß du wieder da bist."

„Aber ich bin doch da", erwiderte Luther leise. „Ich sitze hier und bin da. Aber du bist nicht da. Ich glaube, du bist bei dieser Svenja."

„Nein! Bin ich nicht!" Petra setzte sich auf. Aber als sie Luthers mißtrauischen und ratlosen Blick sah, warf sie sich gleich wieder hin und vergrub ihr Gesicht erneut im Kissen.

„Manchmal ist das ja anscheinend wirklich so, daß Leute erst später erkennen, daß sie das eigene Geschlecht vorziehen", sagte Luther langsam. „Denkst du, das könnte bei dir so sein?"

„Ach Luther, halt doch endlich die Klappe! Laß mich zufrieden mit diesem Scheiß!"

Das Bett knarrte, als Luther aufstand und aus dem Zimmer ging.

Ich hab keine Lust mehr, dachte Petra. Doofe Svenja. Doofe Scheiße, das alles. Sie sah Svenjas höhnisch verzogenen Mund vor sich, und in ihren Ohren hallte ihr hämisches Lachen wider. Oberlesbe. Woher hatte sie diesen komischen Ausdruck eigentlich? Egal. Mit so einer wie Svenja wollte sie sowieso nicht ins Bett. Wenn, dann mit einer richtig netten Frau. Vielleicht. Aber eigentlich hatte sie doch nur ein paar interessante Leute kennenlernen wollen. Das war es doch, was sie eigentlich gewollt hatte, nicht wahr?

Jetzt aber wollte sie erst mal nur schlafen. Einfach nur schlafen.

Sie wachte noch einmal kurz auf, als Luther sich leise ins Bett legte, so weit von ihr entfernt wie nur möglich. Dann schlief sie wieder ein.

Mitten in der Nacht wurde Petra wach, weil ihre Blase drückte. Schlaftrunken stand sie auf und taumelte ins Bad. Auf dem Rückweg kam sie an der offenen Wohnzimmertür vorbei. Sie warf einen Blick hinein, und da entdeckte sie Luther, der im Dunkeln an seinem Schreibtisch saß, die Hände vors Gesicht geschlagen. Seine Schultern zuckten in lautlosem Weinen.

„Luther", sagte Petra.

Luther verharrte reglos, dann wischte er sich die Tränen ab und drehte sich zu ihr um.

„Komm ins Bett." Ihre Stimme klang versöhnlich wie seit langem nicht mehr, und Luther stand augenblicklich auf und folgte ihr.

Im Bett rückte er ganz an die andere Seite, und nach einem Moment schob sich Petra dichter an ihn heran. Dann legte sie eine Hand auf seinen bebenden Bauch und ließ sie dort liegen. Luther schniefte ein paarmal, und dann legte er seine eigene Hand auf Petras, und seine Wärme strömte durch ihre Fingerspitzen in ihren ganzen Körper hinein und machte sie schläfrig.

Als Petra am Morgen erwachte, lag Luther neben ihr und schlief fest, und seine Hand hielt die ihre immer noch fest umklammert.

Petra klappte vorsichtig ihr linkes Ohrläppchen nach oben und schob es sachte in ihre Ohrmuschel hinein. Sie betrachtete Luther eine ganze Weile, solange, bis er irgendwann viel später langsam die Augen aufschlug und sie ansah, erst erstaunt, dann ängstlich, dann voll banger Hoffnung. Und auch ein bißchen erheitert. „Dein armes Ohr", sagte er leise. Und Petra ließ ihr Ohrläppchen los.

Sie würden sich nicht trennen, das wußte Petra. Aber noch etwas wußte sie: daß sie beide haarscharf die gefährliche Klippe umschifft hatten und von nun an genauer hinsehen würden. Denn sie war immer noch da, diese Klippe, irgendwo, weit da draußen im Nebel.

Der zurück bleibt

Er sitzt sehr aufrecht da. Sein Blick geht in die Ferne; er scheint nichts um sich herum wahrzunehmen: die anderen Gäste nicht, nicht ihre leise gemurmelten Gespräche, nicht die Musik, die gedämpft aus den Lautsprechern quillt. Ich sehe sein Profil, seine Lippen sind fest aufeinandergepreßt, und als ich näher trete, erkenne ich eine kleine Falte, die sich längs der Nase in seine Wange eingegraben hat. Sie verschwindet, als er den Kopf dreht und mich ansieht; es dauert einen Moment, bis er mich erkennt. Sein Blick kommt von weit her.

„He", sagt er, „da bist du ja."

„Tut mir leid, ich hab mich ein bißchen verspätet."

Er winkt ab. Seine Hand schwebt einen Moment in der Luft, bevor er sie wieder zwischen seinen Knien versenkt. Ich ziehe den Stuhl ihm gegenüber zurück und setze mich. Er sieht mir mit ausdruckslosem Gesicht dabei zu. Er hat seine Bomberjacke nicht ausgezogen, obwohl er einen dicken Wollpullover darunter trägt und das Café gut beheizt ist.

„Tja", sagt er dann. „So ist das nun."

Ich kenne ihn lange genug, um zu wissen, daß er ein Gespräch über schwierige Dinge grundsätzlich mit einer lakonisch klingenden Bemerkung einleitet. Er braucht stets eine direkte Aufforderung, um etwas, das ihm auf dem Herzen liegt, anzusprechen; er neigt dazu, anderen die Einführung zu überlassen. Wir haben eine ganze Reihe Gespräche über schwierige Dinge geführt in den vergangenen zwei Jahren; Vielleicht wird dieses das letzte in dieser Reihe sein. Mir ist seine Beherrschtheit vertraut, dennoch bin ich überrascht. Ich habe sie erwartet, aber nicht wirklich mit ihr gerechnet.

„Wie geht es dir?" frage ich und fühle mich schlecht dabei, weil ich ihm auf diese Art zeige, daß ich ihm nicht so nahe bin, wie ich meine, sein zu müssen.

„Was glaubst du?" fragt er zurück und sieht mir für einen kurzen Moment in die Augen. Dann lächelt er entschuldigend. „Das ist gemein von mir. Es geht so. Wenn ich ehrlich bin, fühle ich gar nichts." Èr mustert mich. Ich kann sehen, daß er sich fragt, ob ich schockiert bin, aber das bin ich nicht.

„Und wie fühlt sich das an?" frage ich, und er lächelt erneut.

„Es tut gut, nichts mehr zu fühlen. Ich bezweifle nur, daß das so bleibt." Er senkt schnell den Blick, aber ich habe sie gesehen, die Feuchtigkeit, die ihm in die Augen gestiegen ist und seinen Blick trübt. Ich sehe über seinen gebeugten Kopf hinweg zur Theke, wo eine junge Frau mit einem modischen Topfschnitt gerade dabei ist, die Kuchenplatten neu zu arrangieren, und ich bin traurig.

Auf Tonis Beerdigung hat er geweint. Er saß in der ersten Reihe ganz links, eine einsame Gestalt in brutalem Kontrast zu Tonis zahlreich erschienener Verwandtschaft, die sich in den rechten vorderen Bankreihen zusammengeschart hatte. Klaus hatte sich ausbedungen, allein zu sitzen; er wollte niemanden neben sich haben. „Ich will allein sein, so allein, wie ich am Schluß mit ihm war", hatte er ohne Bitterkeit zu uns gesagt. Es lag kein Vorwurf in seinen Worten, es war eine Bitte, die keiner von uns ihm gerne gewährte, aber jeder fraglos erfüllte. So saß er vor uns, mit hängenden Schultern und hoch erhobenem Kopf, und sein Anblick verschwamm mit dem Bild, das ich mir von ihm gemacht hatte, dem Bild von ihm an Tonis Bett, bis zuletzt in dieser Haltung: gebeugt und aufrecht zugleich.

Mitten in der kurzen Ansprache der jungen Pastorin fingen seine Schultern an zu zittern. Hilflos sahen wir zu, wie er den Kopf senkte und sein Gesicht in den Händen verbarg; sein Schluchzen, es hörte und hörte nicht auf.

Tonis Vater, der seinen Sohn zeit seines Erwachsenenlebens verachtet hatte, seine Mutter, die ihn in den letzten zwei Wochen wie eine reuige und doch unaufrichtige Sünderin immer wieder aufgesucht hatte, seine beiden Brüder, die der frühe Tod des Jüngsten hauptsächlich peinlich berührte – ihrer aller Gesichter erstarrten zu Stein. Neideten sie Klaus den Schmerz, den sie als ihr ureigenes Recht für sich beanspruchten, so wie sie am Ende den Leichnam für sich reklamierten?

„Aber wem gehört ein Mensch?" fragte die Pastorin am Schluß in die Stille hinein. „Nur sich selbst und Gott, unserem Herrn." Da hatte Klaus bereits wieder aufgehört zu weinen; mit dem Weihrauch sind seine Tränen versiegt.

„Das Schlimmste", sagt Klaus und nimmt die Kaffeetasse, die bis dahin unberührt vor ihm auf dem Tisch gestanden hat, in beide Hände, „ist jetzt vorbei." Seine zitternden Hände verraten eine andere Wahrheit, aber vielleicht sind es auch nur die Nachwirkungen; ich kann es nicht beurteilen, ich kenne seine Trauer nicht. Niemand kennt die Trauer eines anderen. Sie läßt sich nicht teilen, nicht nehmen, nur ansehen.

„Das Schlimmste waren die Monate vorher", sagt Klaus, und sein Blick zieht an mir vorbei aus dem Fenster. Plötzlich bemerke ich, daß er sich die Haare hat schneiden lassen. Irgend jemand hat ihm in den letzten fünf Tagen die Haare geschnitten, und das rührt mich an. Bei der Vorstellung, daß irgend jemand Klaus' schutzlosen Kopf berührt, seine Haare gekämmt und gestutzt hat, wird mir ganz weich zumute. Ich atme aus und spüre, wie mein Körper für eine Sekunde erschlafft.

„Ich weiß", sage ich, und Klaus nickt, den Blick immer noch in die Ferne gerichtet.

„Als er dalag und tot war, war ich auf einmal erleichtert. Ich bin aufgestanden und rausgegangen, und als ich draußen war, habe ich angefangen zu laufen. Ich bin immer schneller gelaufen, ich mußte einfach rennen; ich bin ewig gerannt, und die ganze Zeit habe ich nur gedacht, es ist vorbei, es ist vorbei, es ist endlich vorbei." Er stellt die Tasse wieder hin, ohne daraus getrunken zu haben, und legt seine Hand über die Augen. Als er sie wieder wegnimmt, ist sein Blick klar und auf mich gerichtet. „Glaubst du, daß er noch da ist? Irgendwo?"

„Ja", antworte ich. „Ich glaube auch, daß er noch irgend etwas mitkriegt."

„Ich nicht", sagt Klaus fest. „Ich glaube, daß er weg ist. Komplett. Es ist nichts mehr von ihm übrig."

„Doch", widerspreche ich vorsichtig. „Das, was er uns gegeben hat. Etwas von ihm bleibt in uns zurück." Ich habe das Gefühl, als würde ich lügen, als würde ich ihn mit Platitüden belügen, obwohl ich wirklich meine, was ich sage. Um Klaus' Mundwinkel ist jetzt ein bitterer, fast höhnischer Zug, den ich nicht zu deuten weiß. Aber das muß ich auch gar nicht.

„Das ist nicht er. Das sind unsere Gedanken, das, was wir aus ihm machen. Aber er selber ist weg." Er preßt die Lippen zusammen, und auf einmal bin ich froh über seine Beherrschtheit. Er schützt sich, so gut er kann; ich spüre, wie sich ein Knoten der Besorgnis in mir löst.

Auf einmal beugt er sich vor. „Ich bin wütend auf ihn", sagt er barsch. „Ich bin manchmal so verdammt wütend auf ihn, daß ich ihn umbringen könnte, wenn er nicht schon tot wäre." Er grinst, und ich muß auch grinsen. Toni hätte das gefallen. In Klaus' Worten schwingt diese unbändige Leidenschaft mit, die lange Zeit Toni gegolten hat. „Er hat mich einfach sitzen gelassen", fährt Klaus fort, und seine Stimme wird lauter. „Er hat mich verdammt noch mal einfach im Stich gelassen. Er hat gewußt, daß er sterben wird, aber bis zur letzten Minute hat er es geleugnet. Ich sterbe nicht, hat er gesagt, andauernd hat er das gesagt, immer wieder, ich sterbe nicht. Er hat mir keine Chance gegeben, mit ihm darüber zu reden, er wollte einfach nicht."

„Er hat gekämpft, Klaus", sage ich, aber Klaus läßt mich nicht weiterreden.

„Er hat gewußt, daß er stirbt!" Fast schreit er. Die Leute drehen uns die Gesichter zu. Klaus sieht sich nicht um, aber er senkt die Stimme, als er weiterspricht. „Er hat es einfach nicht wahrhaben wollen. Er hat es abgelehnt, seine Angelegenheiten zu regeln. Er hat alles mir überlassen, und mir waren die Hände gebunden. Ich mußte die ganze letzte Zeit seine Mutter abwimmeln, und dann ist er tot, und seine Familie kommt an und reißt alles an sich. Die ganzen zwei Jahre lang haben sie sich einen Scheißdreck um ihn gekümmert, aber als er tot war, da wollten sie ihn wiederhaben. Ich konnte nichts organisieren; sie haben alles an sich gerissen. Was willst du denn? Wer bist du denn überhaupt? hat sein Vater zu mir gesagt. Kannst du dir das vorstellen?" Klaus starrt mich an, und ich nicke. Natürlich kann ich mir das vorstellen. Ich habe Tonis Vater gesehen, ich kenne seine Familiengeschichte, ich weiß Bescheid.

„Ich bin so wütend auf ihn", wiederholt Klaus, aber seine Stimme klingt nicht mehr zornig. Er wirkt jetzt müde, müde und ausgezehrt, aber seine Hände haben aufgehört zu zittern. „Seine Mutter hat sich bei mir dafür bedankt, daß ich seine Klamotten noch mal gewaschen habe", sagt er schließlich und zuckt die Achseln. „Sie hat mich gefragt, ob ich was davon haben will, sonst tut sie alles in die Kleidersammlung. Und dann wollte sie noch, daß ich meine Wohnungsschlüssel gleich da lasse." Wieder zuckt er die Achseln, dann greift er langsam in die Innentasche seiner Jacke und zieht ein zusammengeknülltes T-Shirt heraus.

„Hier", sagt er und legt es vor mir auf den Tisch. Ich erkenne es, ohne daß ich es auseinanderfalten muß. Es hat Toni gehört, ich habe ihn oft darin gesehen; es ist knallrot, und auf der Brust steht in fettgedruckten schwarzen Buchstaben „I AM A SEXBOMB".

„Das ist für dich", sagt Klaus und stützt die Ellbogen auf den Tisch. Er legt sein Kinn in die Hände und sieht zu, wie ich das T-Shirt nehme und fast instinktiv an meine Nase halte. Es riecht schwach nach Schweiß, Rauch und nach Toni; ich rieche Tonis herben, männlichen Körpergeruch, und ganz deutlich ist mir bewußt, daß ich Toni in diesem Moment zum letzten Mal rieche. Ein allerletztes Mal dringt ein Hauch seines Geruchs in meine Nase, bald wird er verflogen und fort sein. Ich sehe Klaus an und weiß, daß er das auch weiß. Er lächelt ein wenig, und ich versenke Nase und Mund in Tonis T-Shirt. Über den roten Stoff hinweg sehe ich in Klaus' Augen; ich lächele in Tonis T-Shirt hinein, Klaus lächelt mich an, und so bleiben wir eine lange Weile sitzen.

Was ich Moira nicht sage

Sie seufzte zufrieden, ihr erhitztes Gesicht an meinen Hals geschmiegt.

„Hach", sagte sie leise, „das ist so ... ich weiß nicht."

Ich lächelte in mich hinein. Moiras schwere Brüste preßten sich an mich, und ihre Schenkel umklammerten meine. Schweigend hielt ich sie umarmt und lauschte auf ihren Atem.

Unvermittelt richtete sie sich auf und sah zur Uhr auf dem Nachttisch. „Oh, mein Gott! Es ist schon halb zwei! Das Kind kommt jeden Moment von der Schule nach Hause."

Wieder mußte ich lächeln, und Moira warf mir einen beunruhigten Blick zu, während sie nach ihrem Büstenhalter langte. „Tut mir leid, ich weiß, das ist jetzt ziemlich abrupt, aber ich bin auch noch ..."

„Mutter", vollendete ich den Satz für sie. „Und es gibt nichts, wofür du dich entschuldigen müßtest."

Moira verharrte mitten in der Bewegung und sah mich mißtrauisch an. Im nächsten Moment hörten wir beide das Rasseln eines Schlüssels, der sich in der Wohnungstür drehte.

Moira stieß einen leisen Schrei aus, sprang vom Bett und stieg in fieberhafter Eile in ihre Jogginghose, während leichtfüßige Schritte durch den Flur kamen und vor der Zimmertür innehielten.

„Mama? Mama, bist du da?"

„Ja!" rief Moira hastig. „Ich zieh mich gerade an!"

Und dann ging die Tür auf, und ein kleiner Junge steckte den Kopf durch den Spalt. Erstaunt betrachtete er mich, und dann seine Mutter, die sich mit einer Hand eine Socke anzog, während sie gleichzeitig erfolglos versuchte, mit der anderen ihr zerwühltes Haar in Form zu bringen.

„Was macht ihr denn da?" Der Kleine sah wieder zu mir.

„Ich liege hier", sagte ich dümmlich.

Er starrte mich neugierig an. „Und wer bist du?"

„Das ist Charlotte", erklärte Moira und steckte ihr zerknittertes T-Shirt in die Hose.

„Ach, du bist das. Du bist die, in die Mama so doll verliebt ist!" Er starrte mich immer noch neugierig an. Ich blickte zu Moira. Sie sah ihren Sohn an, und ihre Ohren glühten in flammendem Rot.

Das war meine erste Begegnung mit Juri. Damals war Juri sechs und in der ersten Klasse, Moira gerade arbeitslos geworden und ich eine Frau ohne Talente. Jedenfalls fand ich das damals, auch wenn ich es heute ein bißchen anders sehe.

Von Beruf bin ich Zahntechnikerin, und diese nüchterne, nicht sonderlich phantasievolle Tätigkeit entspricht, wie ich finde, ziemlich genau meinen Fähigkeiten: Ich bin technisch versiert, besitze ein gutes Augenmaß und kann gut rechnen. Und da hört es dann auch schon auf. Viel mehr habe ich nicht zu bieten, außer, daß ich nicht übel aussehe und ziemlich charmant sein kann.

Alles in allem kann ich meine Arbeit nicht besonders leiden, aber ich muß zugeben, daß sie durchaus ihre Herausforderungen besitzt: Man muß geschickt mit den Händen sein, und man braucht einen Blick für Farben. Auch wenn das auf den ersten Blick nichts besonderes sein mag – den richtigen Gelbstich für einen neuen Zahn zu bestimmen, das ist schon eine Kunst für sich. Immerhin kann eine unpassende Zahnfarbe, womöglich noch an einem Vorderzahn, das schönste Lächeln verhunzen.

Juri jedenfalls ist begeistert von meinem Beruf. Gelegentlich bringe ich ihm ausrangierte Gipsabdrücke mit, die er hingebungsvoll pflegt und verziert. Zum Beispiel formt er für sein Leben gerne Lippen aus Fimo, die er dann in mühevoller Kleinarbeit an den Gebissen befestigt und am Ende mit einem von Moiras zahlreichen Lippenstiften rot anmalt. In Juris Zimmer steht eine ganze Batterie dieser Kunstwerke im Regal, und manchmal, wenn ich einen Blick hinein werfe und mich diese lange Reihe von obszön geschminkten Gebissen angrinst, dann fühle ich mich schlecht, so, als würde ich den Jungen irgendwie verderben, indem ich diesem etwas makaber anmutenden Hobby Vorschub leiste. Ich bin mir einfach nicht sicher, ob es in Ordnung ist, einem Neunjährigen die Gipsabdrücke reparaturbedürftiger Zähne wildfremder Leute zu überlassen. Ich frage mich, inwieweit Juris Wahrnehmung von menschlichen Mündern davon geprägt wird. Wird er eines Tages Schwierigkeiten haben, jemanden zu küssen, dessen Zähne schief stehen – oder, im Gegenteil, perfekt geformt sind? Wird er womöglich nur Leute mit schadhaften Zähnen und rotgeschminkten Lippen attraktiv finden?

Vor allem aber irritiert mich Juris Leidenschaft für ausrangierte und verzierte Gipsgebisse in jenen Momenten, wenn ich einen Patienten vor mir habe. Ich sitze da, begutachte seine Zähne, und plötzlich fällt mir ein, daß ein genaues Abbild dieser Zahnreihen bei Juri im Regal steht, mit roten Fimolippen geschmückt. In solchen Momenten schäme ich mich ein bißchen.

Beschämt war ich glücklicherweise nicht, als ich damals nackt in Moiras Bett lag, die Decke züchtig bis zum Kinn hochgezogen und neugierig von Juri beäugt. Nur ziemlich überrascht. Ich brauchte einen Moment, um Juris offenherzige Aufklärung über Moiras Gefühle mir gegenüber zu verdauen. Und Moira genauso.

„Was du nur immer denkst, Juri", sagte sie, als wir kurz darauf alle drei in der Küche saßen und Brote mit Erdnußbutter aßen. „Ich hab schließlich keinen Ton von Verliebtsein gesagt."

„Aber ich merk so was doch! Ich bin doch nicht blöd!" erwiderte Juri entrüstet. „Seit ein paar Tagen redest du ständig von ihr, und dann mit so einem komischen Ton." Er hob sein Kakaoglas und trank einen Schluck, und ein braunes Rinnsal floß an seinem Kinn hinunter.

„Unsinn", sagte Moira und wischte ihm mit einem Papiertuch das Kinn sauber.

„Jawohl! Und bei Eva war das genauso."

„Wer ist denn Eva?" fragte ich interessiert.

„Mamas Ex", sagte Juri. Moira sah stur auf ihr Brot. „Die hat so blaue Augen wie du. Und so dunkle Haare. Eigentlich siehst du fast aus wie die. Aber du hast schiefere Zähne."

So ist das, wenn ein Kind mit im Spiel ist: Man erfährt in Windeseile Dinge, die sonst viel später, wenn überhaupt, ans Tageslicht gekommen wären. Alles geht irgendwie schneller. Unfreiwilligermaßen, zugegeben. Aber ich finde, das hat auch sein Gutes. Denn dank Juri wußte ich also von Anfang an, daß es da kürzlich eine Eva gegeben hatte. Allerdings wußte ich zu dem Zeitpunkt genausowenig wie er, daß es sie eigentlich immer noch gab, auch wenn die Trennung offiziell schon längst vollzogen war. Es sollte noch einige Monate dauern, bis Moiras langwierige Auseinandersetzungen mit Eva ein Ende nahmen. Aber immerhin nahmen sie irgendwann ein Ende.

Juri verdankte ich also den Hinweis auf Eva und die Tatsache, daß Moira dunkelhaarige Frauen mit blauen Augen bevorzugt – gut zu wissen, nicht wahr? Und dank Juri waren die Karten schnell auf dem Tisch, ohne langes Zaudern und Zögern oder vorsichtiges Umeinandergeschleiche. Er brachte Moira und mich dazu, uns viel schneller zueinander zu bekennen, als wir ansonsten getan hätten. Nicht nur Moira, nein, mich auch. Bei der nächsten Gelegenheit nämlich fragte er mich, ob ich auch so in seine Mama verliebt sei wie sie in mich. Ich konnte nicht lügen. „Ja", sagte ich einfach. Juri strahlte, und Moira saß da und besah ihre Schuhe. Schon wieder mit flammenden Ohren.

Ich habe vorher nie viel darüber nachgedacht, wie es wäre, mit Kindern zu leben, geschweige denn, selbst eins zu haben. Im Gegenteil; eigentlich habe ich mir nie viel aus Kindern gemacht. Nicht, daß ich groß damit zu tun gehabt hätte – ja, ich habe drei Neffen, und eine Heterofreundin von mir hat eine Tochter, aber ansonsten? Kein Kind weit und breit. Und bis Moira und damit auch Juri in mein Leben traten, hat mich der Gedanke an eine Frau mit Anhang nicht gerade mit Frohlocken erfüllt. Eine Frau mit

Kind, das bedeutete schließlich Familie. Und eine Familie wollte ich nicht. Nur eine Geliebte. Doch auf einmal hatte ich beides.

Das Ganze passierte so schnell, daß ich so gut wie gar keine Zeit hatte, überhaupt darüber nachzudenken, was da auf mich zukam. Von dem Moment an, wo ich Moira das erste Mal sah, wollte ich sie haben. Und wenn ich damals auch noch der Meinung war, keine besonderen Talente zu haben, so finde ich heute, daß ich zumindest eines besitze: Moira erobert zu haben. Und immer wieder neu zu erobern.

Es war im Januar vor drei Jahren, an einem Donnerstagmittag um kurz nach eins. Ich weiß das deshalb so genau, weil ich halbtags arbeite und um viertel vor eins Feierabend habe, und an jenem Tag hatte ich nach der Arbeit bei meiner Freundin Jenny vorbeigeschaut, die im Ticketcenter am Nollendorfplatz arbeitet. Jenny war hocherfreut, mich zu sehen; sie hatte am Abend zuvor etwas Falsches gegessen und litt unter Durchfall, und als ich kam, bat sie mich, sie kurz zu vertreten, damit sie in Ruhe auf Toilette gehen konnte.

Mittags ist im Ticketcenter meistens nicht viel los, und so stellte ich mich hinter den Tresen und fing an, die Prospekte und Werbebroschüren durchzublättern. Das mache ich ziemlich gerne, aber Jenny sieht das wiederum nicht so gern; sie hat Angst, daß ich etwas durcheinanderbringe, und ich muß zugeben, daß diese Angst auch berechtigt ist. Einmal habe ich versehentlich ein ausgefülltes Formular mit einem verkauften Kartenkontingent in einen Prospekt geschoben; wir haben später eine gute halbe Stunde lang verzweifelt danach gesucht, und hinterher, nachdem wir das Formular endlich gefunden hatten, mußte ich Jenny versprechen, das Werbematerial auf ihrem Schreibtisch nicht mehr anzurühren.

Aber nun war Jenny schließlich auf der Toilette, und dort würde sie aller Voraussicht nach mindestens zehn Minuten lang bleiben, und so begann ich gemächlich, die neuesten Broschüren und Kataloge durchzublättern.

Ich hatte gerade den Berlinale-Katalog in der Hand, als die Tür aufging und eine hochaufgeschossene Frau hereinstürmte. Sie hatte dunkle Augen und dunkle Haare und volle, rotgeschminkte Lippen, sie kam direkt auf mich zu, und als ich sie sah, blieb einen Moment lang die Zeit für mich stehen. Der Katalog glitt mir aus der Hand. Sie trat an den Tresen, blickte mir kurz in die Augen, und dann sah sie weg.

Ich starrte ihr Profil an. Ich betrachtete die leicht hervortretende Ader an ihrer Schläfe und das Grübchen in ihrer rechten Wange. Die dunklen Locken, die sie sich hinters Ohr gestrichen hatte, flimmerten im Licht der Mittagssonne, die von draußen hereinfiel. Sie wandte mir wieder das Gesicht zu und lächelte verlegen. Ich starrte sie einfach nur an.

Sie senkte den Blick, schluckte, sah zu mir auf, schluckte noch einmal, blickte zur Seite, dann nach unten, dann wieder zu mir. Ihre Wangen röteten sich unübersehbar.

Schließlich gelang es mir, mich zusammenzureißen. „Was kann ich für dich tun?"

„Ich ... ich möchte gerne eine Karte." Ihre Stimme klang heiser.

Jetzt mußte ich lächeln. Sie sah wieder weg.

„Und was für eine?"

Sie schluckte nochmal, dann richtete sie ihre Augen fest auf mich und sagte: „Für das *Wintermärchen* in der Deutschen Oper. Morgen abend, wenn's geht."

„Eine Karte oder zwei?"

„Eine."

Ich nickte, und sie entspannte sich sichtlich. Sie lehnte sich an den Tresen und verschränkte die Hände darauf, und während ich mich zum Computer hinunterbeugte und vorgab, einige Tasten zu drücken, betrachtete ich unauffällig ihre Finger. Aber vermutlich nicht unauffällig genug, denn gleich darauf nahm sie ihre Hände wieder vom Tresen.

Ich richtete mich wieder auf. „Meine Kollegin erledigt das gleich. Sie ist gerade kurz mal nach hinten gegangen."

Die Dunkelhaarige sah mich ausdruckslos an.

„Sie ist für die Theaterkarten zuständig. Ich kenne mich damit nicht aus", erklärte ich wahrheitsgetreu. „Sie kommt jeden Moment."

„Okay", sagte sie und biß sich leicht auf die Lippen, während sie meinem Blick auswich. Dann sah sie mich wieder an.

„Kann ich sonst noch was für dich tun?" fragte ich.

Sie errötete tief und schluckte erneut. „Nein, ich ... ich glaube nicht."

„Vielleicht doch", sagte ich und nahm all meinen Mut zusammen. „Ich könnte dich vielleicht zu einem Kaffee einladen."

Sie sah aus, als hätte ich ihr soeben den unzüchtigsten Antrag gemacht, der sich nur denken ließ. Ihre Gesichtsfarbe wechselte von tiefrot zu weiß und wieder zu rot, und sie setzte ein paarmal vergeblich zu sprechen an.

Hinter uns klappte die Verbindungstür, und ich hörte, wie Jennys Schritte sich näherten. Die Dunkelhaarige sagte immer noch nichts.

Dann stand Jenny neben mir, und ich trat einen Schritt zurück. „Sie möchte eine Theaterkarte für das *Wintermärchen* in der Deutschen Oper morgen abend", erklärte ich Jenny mit unbeteiligter Stimme.

Jenny nickte. „Eine Karte, für morgen?"

„Nein", sagte die Dunkelhaarige plötzlich. „Nicht eine. Zwei." Sie beugte sich vor und sah mich eindringlich an.

Ich fing an zu lächeln. „Zwei", bekräftigte ich. „Für morgen abend." Und dann konnte ich nicht mehr aufhören zu lächeln.

So kam es, daß Moira und ich schließlich am folgenden Abend nebeneinander in der Deutschen Oper saßen und vorgaben, interessiert der Handlung zu folgen. Ich für meinen Teil habe nicht mehr die geringste Erinnerung an das, worum es bei der Aufführung eigentlich ging. Ich erinnere mich nur noch an eine endlose Aneinanderreihung von Gesangseinlagen und Tanzdarbietungen; hauptsächlich aber erinnere ich mich an mein Herzklopfen und Moiras Duft, der mich die ganzen drei Stunden über dazu brachte, möglichst tief und möglichst leise einzuatmen, um nur jeden Hauch davon einzufangen.

In der Pause standen wir uns stumm im Foyer gegenüber, lächelten verlegen und nippten an unserem überteuerten Sekt, den ich zuvorkommend am Büffet erstanden hatte, obwohl ich eigentlich keinen Sekt mag und Moira, wie ich später herausfand, ebensowenig. Wir waren beide nicht in der Lage, ein flüssiges Gespräch zustandezubringen, und ich war nahe daran, zu verzweifeln, weil es mir einfach nicht gelingen wollte, Moira nur anzusehen und nicht gleich anzustarren.

Ich wollte ihre vollen Lippen küssen, ihr die tiefausgeschnittene Bluse vom Leibe reißen und die Nippel ihrer großen Brüste, die sich deutlich unter dem dünnen Gewebe abzeichneten, in den Mund nehmen und daran saugen, bis sie stöhnte und nach mehr verlangte; und dieses Begehren war so stark, daß ich schließlich überhaupt kein Wort mehr herausbrachte, aus Angst, meine kratzige Stimme würde mich verraten.

Gegen Ende der Aufführung schob ich schließlich meine Hand zwischen Moiras ineinander verschränkte Finger. Sie rührte sich nicht, und als ich nach einem kurzen Moment meine andere Hand auf ihren Arm legte, spürte ich, daß sie eine Gänsehaut hatte.

Ich sah sie an, und sie wandte mir den Kopf zu. Das Weiß ihrer Augen leuchtete im Halbdunkel.

„Du hast eine Gänsehaut", flüsterte ich.

„Ja", sagte sie heiser. „Am ganzen Körper."

Nach Ende der Vorstellung gingen wir in eine nahegelegene Bar, wo wir uns eine ganze Weile schweigend an einem Ecktisch gegenübersaßen, ohne die Augen voneinander zu lassen.

Irgendwann rutschte ich zu ihr hinüber und legte die Hand in ihren Nacken, und sie wandte mir das Gesicht zu. Ein kurzes Lächeln huschte über ihre Lippen, und dann küßte sie mich. Sie küßte fantastisch, und als wir uns irgendwann viel später voneinander lösten, zitterte ich am ganzen Körper.

Moira stützte das Kinn in die Hände und sah mich aus dunklen Augen vorsichtig an. „Und jetzt?"

„Jetzt möchte ich, daß du mit zu mir kommst", sagte ich.

Sie strich sich mit einer Hand über ihre gerötete, schweißnasse Wange. Dann öffnete sie den Mund und machte ihn gleich wieder zu. Ich wartete ungeduldig darauf, daß sie etwas sagte, aber ihr Schweigen dauerte an.

„Ich kann nicht", antwortete sie schließlich. „Ich kann nicht mit zu dir kommen."

„Kannst du nicht oder willst du nicht?"

„Ich kann nicht."

„Warum nicht?"

„Ich … ich lebe nicht allein."

Ich lehnte mich zurück und atmete tief aus. Irgendwie hatte ich nicht im geringsten mit dieser Enthüllung gerechnet. „Tja. Das ist natürlich unangenehm jetzt."

Moira nahm die Ellbogen vom Tisch und richtete sich auf. „Also, ich wollte damit nicht sagen, daß ich mit einer Frau zusammenlebe."

„Dann eben mit einem Mann."

„Nein, also …"

„Viel mehr Möglichkeiten gibt es ja nicht gerade. Ein Haustier dürfte wohl kaum ein Problem darstellen. Oder willst du mir jetzt erzählen, daß du noch bei deinen Eltern wohnst?"

Sie hielt eine Hand vor den Mund, um ihr Schmunzeln zu verbergen. Ich nahm meinen Bierdeckel vom Tisch und riß ihn energisch einmal in der Mitte durch. Einen ganzen Tag lang hatte ich danach gefiebert, sie wiederzusehen. Ich war bereits hoffnungslos verliebt in sie. Dann küßte sie mich noch auf ein Art, daß ich nicht mehr wußte, wo oben und unten war. Und jetzt diese herbe Enttäuschung.

„Nein, also, ich kann nicht mit zu dir kommen, weil ich nach Hause muß. Ich bin Mu… ich hab ein Kind. Er ist es gewohnt, abends mal für ein paar Stunden allein zu sein, aber ich kann ihn nicht die ganze Nacht über allein lassen." Moira zuckte die Achseln und wandte sich ab, und daran, wie sie die Lippen zusammengepreßt hielt, erkannte ich, daß sie sich fürchtete. Sie fürchtete sich vor meiner Reaktion.

„Also, noch mal von vorne, das Ganze", sagte ich.

Sie sah mich zögernd an. „Ich kann nicht …"

„Ganz von vorne, meine ich. Sag nochmal: Und jetzt?"

Sie nahm meinen zerrissenen Bierdeckel zwischen die Finger und straffte die Schultern. „Okay. Also noch mal. Und jetzt?"

„Und jetzt möchte ich, daß du mich mit zu dir nimmst."

Sie sah mich an und räusperte sich. Und dann sagte sie leise: „Ja."

Dieses Räuspern habe ich in der Zwischenzeit sehr gut kennengelernt. Es ist eine der vielen, vielen Kleinigkeiten, die ich an Moira liebe: Immer, wenn ich sie um etwas bitte, das sie gerne erfüllen möchte, wozu sie sich aber nicht ganz traut, immer dann räuspert sie sich auf diese unvergleichliche Art. So, als ginge sie das alles gar nichts an, als wäre meine Bitte eine kleine Zumutung, die sie mir vielleicht, aber nur ganz vielleicht dennoch gewähren könnte. Dabei, und das wissen wir beide, bitte ich sie um das, was sie selber sich wünscht.

Und das ist es, was ich mit Moira teile: Wir haben ähnliche Wünsche. Und ich möchte die ihren erfüllen. Ich möchte sie glücklich machen.

Vom *Wintermärchen* selbst ist mir jedenfalls nichts haften geblieben. Und Moira genauso wenig. Ich habe sie nicht direkt danach gefragt, aber trotzdem weiß ich es. Ich weiß es, weil Juri sich irgendwann letztes Jahr nach dem *Wintermärchen* erkundigt hat. Er wollte wissen, um was es darin eigentlich geht, und weder Moira noch ich waren in der Lage, ihm darauf eine Antwort zu geben.

„Aber ich denke, da habt ihr euch kennengelernt?" fragte er erstaunt.

„Ja, schon", sagte Moira und sah mich hilfesuchend an. „Aber das ist schon so lange her."

Juri runzelte die Stirn und betrachtete nachdenklich seinen Plastikdinosaurier. „Ja, aber, war das denn so langweilig?"

„Nein!" beteuerten wir beide gleichzeitig. Juri betrachtete uns verständnislos.

„Manchmal geht man eben irgendwohin, um sich was anzugucken, und dann ist das ganze Drumrum plötzlich so spannend, daß man vergißt, warum man eigentlich dahin gegangen ist, und gar nicht mehr aufpaßt", versuchte ich zu erklären.

„Was war denn an dem Drumrum so spannend?"

„Eigentlich nichts weiter. Nur deine Mutter. Die fand ich spannend."

Juri sah mich eine ganze Weile mit schiefgelegtem Kopf an. „Na ja, aber dafür hättet ihr ja nicht ins Theater gehen müssen. Dann hättet ihr ja auch zu Hause bleiben können. Das kostet wenigstens kein Geld."

„Wenn man sich gerade erst kennengelernt hat, kann man nicht zu Hause sitzen."

„Wieso nicht?"

„Weil man da viel zu aufgeregt ist."

„Aber wenn man verliebt ist, dann ist es doch egal, wo man ist, Hauptsache, man ist zusammen. Das sagt ihr doch immer."

„Ja, schon", sagte Moira. „Das stimmt ja auch eigentlich. Aber zu Anfang eben nicht. Da muß man erst mal woanders hingehen."

Juri klemmte seinen Dinosaurier unter den Arm und stand auf. „Muß ja echt komisch sein mit dem Verliebtsein. Ich geh jetzt jedenfalls mit Dino spielen."

„Du mußt noch dein Zimmer aufräumen, vergiß das nicht!" rief Moira ihm hinterher. Dann seufzte sie und sah mich an. „Gar nicht so einfach, das zu erklären."

„Die Liebe ist eben schwer zu erklären."

Sie schmunzelte. „Allerdings. Vor allem für dich."

„Ach, tatsächlich?"

„Klar", erwiderte sie. „Du tust dich schließlich recht schwer damit, die Liebe zu erklären. So oder so." Und dann lachte sie.

Es ist wahr: Ich tue mich schwer damit, die Liebe zu erklären. Oder besser: meine Liebe zu erklären. Das schlichte „Ja", das Juri mir damals auf die Frage, ob ich auch so in seine Mama verliebt sei wie sie in mich, abgerungen hatte, ist die einzige Liebeserklärung, die Moira je aus meinem Munde gehört hat. Bis heute.

Ich weiß nicht, warum, aber ich empfinde einen ungeheuren Respekt vor dem Wort Liebe, so abgenutzt und vieldeutig der Begriff auch sein mag. Immer, wenn ich das Bedürfnis habe, Moira zu sagen, daß ich sie liebe – und das Bedürfnis überkommt mich tatsächlich zuweilen –, immer dann überfällt mich eine Art inneres Zittern. Ich habe dann das Gefühl, daß sich, sobald ich es ausgesprochen habe, ein Abgrund vor mir auftut, in den ich hineingesogen werde, um auf Nimmerwiedersehen darin zu verschwinden. Das macht es mir unmöglich, den Mund zu öffnen und diese drei schlichten Worte zu sagen.

Es liegt nicht daran, daß ich mir meiner Gefühle nicht sicher wäre. Denn das bin ich, ganz ohne Zweifel. Und es liegt auch nicht daran, daß ich vor der Endgültigkeit, die diese Worte beinhalten könnten, zurückschrecke. Ich denke ohnehin, daß die Dinge nur so lange laufen, wie sie eben laufen, und im Glücksfall eben möglichst lange, vielleicht tatsächlich für immer, wer weiß?

Vielleicht habe ich schlichtweg keine Übung in Liebeserklärungen. Auf jeden Fall verspüre ich eine irrationale Angst, daß alles vorbei ist, sobald ich Moira meine Liebe erkläre. Aber einstweilen geht es auch ohne. Denn Moira weiß, daß ich sie liebe. Aber sie weiß nicht, wie sehr.

Moira war nur in den ersten drei Monaten, in denen wir uns kannten, arbeitslos. Was keinesfalls hieß, daß sie müßig herumsaß. Ich kenne niemanden, der so aktiv ist wie Moira, niemanden, der so sehr in Bewegung ist, permanent, immerzu. Sie braucht das; auch wenn es bedeutet, daß sie ständig Gefahr läuft, sich zu verausgaben.

Diese drei Monate, bevor Moira wieder einen Halbtagsjob als Sozialarbeiterin fand, nutzte sie dazu, ihre Wohnung zu renovieren und gründlich auszumisten, eine Theatergruppe für Erst- und Zweitkläßler in Juris Schule ins Leben zu rufen, lange aufgeschobene Behördengänge zu erledigen und einen Massagekurs zu besuchen. Drei Abende in der Woche arbeitete sie von zehn Uhr abends bis zwei Uhr nachts in einer Pizzeria, weil das Geld von hinten bis vorne nicht reichte. Außerdem kümmerte sie sich natürlich um Juri. Und dann war da noch ich.

„Findest du, daß wir uns zuwenig sehen?" fragte sie mich.

Ich saß auf ihrem Sofa im Wohnzimmer, Juri war gerade in seinem Bett eingeschlafen, den geliebten Teddy im Arm, und Moira saß vor mir auf dem Fußboden und packte seinen Schulranzen. Hinter ihr stand ein Korb mit frischgewaschener Wäsche, der Wäscheständer lehnte an der Wand, und daneben lagen die frisch gereinigten Pinsel, mit denen Moira am Nachmittag die Fußleisten im Bad gestrichen hatte. Moiras Haar war zerwühlt, auf ihren Wangen blühten hektische Flecken, und sie sah erschöpft aus.

„Wenig, ja. Aber das läßt sich schlecht ändern."

Sie blickte auf und sah mich skeptisch an. Ich war vor einer halben Stunde gekommen, und in einer weiteren Stunde mußte Moira zur Arbeit in die Pizzeria.

„Es ist mir unangenehm, daß du mich so aufgelöst siehst", sagte sie. „Aber ich muß das alles jetzt machen, sonst finde ich einfach keine Zeit dafür. Vielleicht hättest du heute doch nicht vorbeikommen sollen. Wolltest du nicht eigentlich ins Kino gehen?"

„Vielleicht hätte ich schon früher vorbeikommen sollen", erwiderte ich und stand auf.

„Laß das!" rief sie, als ich den Wäscheständer aufklappte und ein zerknittertes Laken aus dem Korb zog.

„Kümmer dich lieber um deine Sachen."

„Aber das sind meine Sachen!" Sie machte Anstalten, ebenfalls aufzustehen, und ich drehte mich langsam zu ihr um.

„Im Moment nicht. Im Moment ist das hier zufällig gerade meine Sache." Ich schüttelte das Laken aus, faltete es einmal in der Mitte zusammen und hängte es über den Ständer.

Als der Wäschekorb leer war und ich zu Moira hinübersah, entdeckte ich, daß sie weinte. Juris Ranzen war fertig gepackt, und Moira saß im Schneidersitz auf dem Boden, den Kopf gesenkt und ihr Gesicht in den Händen vergraben. Sie weinte still vor sich hin, und als ich mich vor sie kniete und ihre Hände langsam auseinanderzog, waren ihre dunklen Augen trocken. Aber sie weinte dennoch, lautlos und ganz ohne Tränen.

Ich küßte ihre Hände und ihre Lider, und als ein kleines, zögerliches Lächeln auf ihrem Mund erschien, küßte ich auch das.

„Es ist so wenig Platz in meinem Leben, und da kommst du einfach und nimmst ihn dir trotzdem", flüsterte Moira.

Ich zog sie an mich, und dann beugte ich mich vor, immer weiter nach vorne, bis sie unter mir lag und ich auf ihr. Sie drängte ihr Becken an meines, und dann drehte sie den Kopf zur Seite; einen Moment lang betrachtete ich ihren Hals, die zart schimmernde Haut, ihre bebende Kehle, bevor ich hineinbiß; sachte zuerst, und dann, als sie stöhnte, ganz fest.

Viel weiter kamen wir allerdings nicht. Moira lag schwer atmend und mit leuchtenden Augen halbnackt vor mir auf dem Boden und sah mir dabei zu, wie ich hastig meine Hose herunterzog, als Juris Zimmertür aufging und er auf bloßen Füßen in den Flur tappte.

„Mama?" rief er. „Mama, ich hab ganz doll Durst!"

Man könnte jetzt glauben, daß Juri jedesmal reinkommt, wenn Moira und ich gerade heftig zugange sind, aber das ist glücklicherweise nicht der Fall. Wir haben schon viele Liebesstunden miteinander verbracht, ohne daß Juri auf der Bildfläche erschienen ist. Aber gelegentlich passiert es dann doch.

Einmal stand Juri mitten um drei Uhr in der Nacht – das ist im übrigen die Zeit, in der Moira und ich uns am sichersten vor unliebsamen Störungen wähnen – in der Tür, als ich Moira gerade an Händen und Füßen gefesselt hatte und im Begriff war, meine Faust in sie zu schieben.

„Ich hab was ganz Komisches geträumt", murmelte Juri und rieb sich die Augen, und dann schien er plötzlich zu begreifen, was er da sah.

„Was macht ihr denn da? Was machst du mit Mama?" fragte er, und ich ließ meinen Kopf auf Moiras Bauch sinken und zog langsam meine Finger wieder aus ihr hinaus.

„Wir lieben uns, und wir spielen fesseln dabei", sagte ich wahrheitsgetreu, und der Schreck wich so schnell aus Juris Miene, wie er darin aufgetaucht war.

Moira lag stocksteif da, sagte keinen Ton und lächelte ziemlich gequält. Sie war dank meiner Fesselkünste natürlich auch nicht in der Lage, sich zu bewegen, und so robbte ich über sie hinweg und begann ihre Fesseln zu lösen, während Juri näherkam.

„Und wieso macht ihr das?" erkundigte er sich ernst.

„Weil das Spaß macht", antwortete Moira, die endlich die Sprache wiedergefunden hatte.

Während ich ihr die letzten Fesseln abnahm und sie sich aufrichtete, um Juri in den Arm zu nehmen, war ich mir der Nacktheit unserer Körper deutlich bewußt. Im Gegensatz zu Juris kleiner, schmächtiger Gestalt kam ich mir plötzlich riesig, plump und grobschlächtig vor, und vor allem schämte ich mich. Für einen Moment hatte ich tatsächlich das Gefühl, daß ich das arme Kind gezwungen hatte, mit anzusehen, wie ich seine Mutter mißhandelte. Dieses schauderhafte Gefühl wich erst wieder von mir, als Moira den Arm um mich legte und mich an sich zog, während sie Juri immer noch im anderen hielt.

Kurz darauf ist Juri dann auf unserem Bett eingeschlafen, und ich habe ihn etwas später wieder in sein eigenes hinübergetragen. Und als ich zurückkam, schlief Moira ebenso tief und fest wie ihr Sohn.

Daß Juri reinkommen könnte, ist im übrigen nicht das einzige, was manchmal dazu führt, daß Moira und ich beim Sex unterbrochen werden oder gar nicht erst dazu kommen. Das andere ist Moiras permanente Überforderung, die sich in einer abgrundtiefen Erschöpfung äußert. Es passiert immer wieder, daß ihr mitten beim Sex – dann, wenn unsere Bewegungen sich für einen kurzen Moment verlangsamen, wir einen Augenblick innehalten –, daß Moira genau dann plötzlich die Augen zufallen.

Von Anfang an hat sie darüber geklagt, daß sie nachts immer so müde ist. Wenn es besonders schlimm ist, springt sie auf, rennt ins Bad und verriegelt die Tür hinter sich, und dann kann ich sie dahinter schluchzen hören. In solchen Momenten bedarf es viel guten Zuredens, um sie wieder herauszulocken.

„Ich verstehe nicht", klagt Moira bei diesen Gelegenheiten, „warum du dir nicht eine andere suchst, eine, die putzmunter ist und nachts zu Höchstform aufläuft. Eine Frau ohne Anhang. Ich kann das einfach nicht. Nachts bin ich einfach furchtbar müde, tut mir leid. Sobald ich im Bett liege, klappen mir die Augen zu. Vor allem, wenn du da bist."

Ich weiß, daß sie das als Kompliment meint, aber trotzdem muß ich mich in solchen Momenten manchmal sehr anstrengen, um das Positive aus ihren Worten herauszuhören. „Das ist doch verständlich, bei dem, was du so um die Ohren hast", sage ich dann.

„Ich fühle mich bei dir einfach so geborgen. Alles fällt von mir ab, und hach!" Schon schluchzt Moira erneut, und ich nehme sie in meine Arme und halte sie fest, bis sie sich beruhigt hat.

„Ich bin eben auch noch Mutter", erklärt sie mir später. „Und ich hab immer wieder solche Angst, daß dich das nervt. Oder Juri – ich hab solche Angst, daß Juri dich nervt!"

Moiras Angst, Juri könne mich nerven, wenn nicht er selbst, dann vielleicht seine bloße Existenz, entbehrt jeder Grundlage. Juri nervt mich nicht, er ist einfach da. Und außerdem hab ich ihn gern.

Juri war schon lange in Moiras Leben, lange, bevor ich dazukam. Die beiden haben ihr bisheriges Leben ohne mich verbracht, und sie würden auch weiterhin sehr gut ohne mich klarkommen. Aber ich nicht ohne die beiden. Und während Moira sich also sorgt, daß ich genervt sein könnte von Juri, sorge ich mich hingegen, daß er genervt sein könnte von mir. Oder sie.

Aber das kann mir Moira anscheinend schlecht glauben. Und das ist auch gar nicht der Punkt. Moiras Sorge hat meiner Ansicht nach nämlich eher damit zu tun, daß sie insgeheim glaubt, Mütter seien asexuelle Wesen, zumindest in den Augen anderer Leute, worin sie mich einschließt.

Aber das ist nicht wahr. Zum einen gehört Moiras Mutterschaft für mich genauso zu ihr wie ihr Haaransatz zum Beispiel oder ihr wunderschönes Lachen. Und zum anderen finde ich, daß ihre Mutterschaft Moira ausnehmend gut steht. Sie ist Teil von Moira und damit Teil ihrer Anziehungskraft auf mich, genau wie ihr Haaransatz eben – oder ihr wunderschönes Lachen.

Früher, und insofern ist etwas Wahres an Moiras Befürchtung, früher habe ich Mütter tatsächlich nicht weiter beachtet, schon gar nicht im Hinblick auf sexuelle Anziehungskraft. Aber seit ich mit Moira zusammen bin, passiert es mir immer wieder, daß mir auf der Straße eine attraktive Frau entgegenkommt, die strammen Schrittes eine Karre mit einem schlafenden Winzling darin an mir vorbeischiebt, und ich drehe mich um und starre ihr entzückt hinterher.

Tatsächlich finde ich attraktive Frauen jetzt noch attraktiver, wenn ich sie als Mütter erkenne. Vermutlich ist es dieser uralte Trieb, der mein Herz bei solchen Gelegenheiten höher schlagen läßt. Dieser Trieb, sich zu vermehren, der durch den Anblick einer Frau, die ganz offensichtlich fruchtbar ist und ihre Frucht noch dazu emsig vor sich herschiebt, angeregt wird.

Oder es ist einfach nur die Verwandtschaft dieser Frau mit Moira, meiner Moira, die auch irgendwann eine Karre vor sich hergeschoben hat, mit dem winzigen Juri darin. Mittlerweile finde ich es schade, daß ich diese Zeiten nicht miterlebt habe. Obwohl ich von Glück sagen kann; denn dann wäre die ganze Sache recht problematisch geworden. Immerhin gab es zu jener Zeit ja noch Juris Vater, Moiras damaligen Traummann. Und ob ich den aus dem Feld geschlagen hätte, wage ich sehr zu bezweifeln.

Juris Vater gibt es übrigens immer noch, Juri ist jedes zweite Wochenende bei ihm und seiner neuen Freundin, aber Moiras Herz schlägt Gott sei Dank nicht mehr für ihn. Sondern für mich.

„Und du findest meine Brüste wirklich nicht zu groß?" fragt Moira mich manchmal, während sie sich selbst kritisch im Spiegel betrachtet. Sie hat eine unnachahmliche Art, ihre Brüste in beide Hände zu nehmen, leicht zu wiegen und dabei mit einem mißbilligenden Blick zu beäugen. Ich muß mich dann jedesmal bemühen, mein Grinsen zu verstecken, denn ich weiß, daß sie es mir andernfalls sehr übelnehmen würde.

„Also doch!" befindet sie, wenn ich nicht schnell genug antworte, und schüttelt den Kopf. „Du findest, daß sie hängen. Aber das ist eben so, wenn man gestillt hat. Zeig mir eine Frau, bei der das nicht so ist! Früher hatte ich auch ganz knackige Brüste."

„Moira, deine Brüste hängen nicht. Und ich finde sie wunderschön." Ich muß dann mit fester Stimme sprechen, und auf keinen Fall darf ich dabei lächeln. Aber auch dann ist Moira noch nicht ganz überzeugt.

„Und du findest sie wirklich nicht zu groß?"

„Nein. Eher zu klein."

„Was?" Sie überhört sowohl die Schmeichelei, die in meiner Äußerung versteckt liegt, noch den Witz darin, statt dessen funkelt sie mich aufgebracht an. Aber meistens kann ich sie mit einem einfachen Trick besänftigen: Ich stelle mich hinter sie und lege meine Hände um ihre Brüste. Das ist das einzige, was Moira dazu bringt, mir die Wahrheit zu glauben: Ich finde sie wahnsinnig attraktiv.

Ich glaube kaum, daß Moira auch nur eine Ahnung davon hat, wie attraktiv ich sie finde. Jedesmal, wenn ich sie ansehe, bin ich von ihrer eigenartigen Schönheit beeindruckt. Eigenartig, weil sie nicht im herkömmlichen Sinne den Schönheitsidealen entspricht – ihr Gesicht ist nicht sonderlich symmetrisch, die rechte Gesichtshälfte zieht sich um eine kaum merkliche Spur in die Höhe, während die linke sich leicht nach unten senkt, und ihre Nase ist ein wenig schief geraten. Für mich aber ist sie wunderschön. Wenn sie ihre dunklen Augen auf mich richtet, durchfährt mich auch jetzt noch, nach über drei Jahren, ein Schauer, und oft beuge ich mich vor und küsse sie, weil es mich gerade so überkommt.

Und ich mag ihren Körper – die langen, sehnigen Gliedmaßen, die schweren Brüste mit den großen Brustwarzen, den leicht gewölbten Bauch, ihr stetes Ärgernis, der die Spuren der Schwangerschaft trägt wie ein uraltes Muster der Initiation.

Ich bin immer noch total vernarrt in Moira. Ich liebe es, sie bei mir zu spüren. Im Bett kann ich nicht verbergen, was ich empfinde, und ich will es auch gar nicht.

Früher, zu Anfang, habe ich das manchmal getan. Ich schwieg und hielt mich zurück. Und dann, unweigerlich, zog sie sich zurück, wich von mir ab, sah mich aus schmalen Augen an, wurde hart, wenn ich nach ihr faßte. Aber ihre scheinbare Härte war nur aufgesetzt; Moira war und ist weich, Wachs unter meinen Händen, zumal, wenn ich sie tatsächlich berühre, wenn ich ihren Arsch umfasse, sie an mich ziehe, ihr etwas ins Ohr flüstere, etwas, das ich mir wünsche und sie sich auch.

„Mach die Beine breit. Für mich", sage ich leise. Dann zerschmilzt ihr Weigern. Sie kann nicht anders: „Ja", sagt sie dann, jedesmal.

Sie liebt es, wenn ich mit ihr rede. Meine Stimme zu hören. So sehr, wie ich es liebe, ihren Atem zu hören.

Ich will mit ihr reden, sie beißen, sie anpissen, sie fesseln, sie zu Boden drücken, wieder und wieder. Sie liegt auf dem Bauch und ich auf ihr, und ich halte mich an ihr fest, halte sie fest, bis sie stöhnt. Ich ficke sie, mit meinen Fingern, der ganzen Hand, mit meinem besonderen Schwanz. Überallhin, wohin sie mich läßt, bis in den Mund, zwischen die Brüste. Ich binde ihr die Hände auf den Rücken zusammen, befehle ihr, sich umzudrehen, sich hinzuknien. Ich lasse sie hocken. Ich sage ihr, wie sie mich lecken soll, halte ihren Kopf dabei fest, und wenn sie es nicht gut macht, bestrafe ich sie. Hart. Respektvoll. Und voller Liebe.

Ich fessele sie an den Tisch, an das Bett. Am Bettpfosten gleitet sie nieder, mit ausgestreckten Händen zerre ich sie zu mir zurück, hebe sie an, drücke mich an sie, presse mich an ihren Arsch. Auf der Seite liegend, schlingt sie ihre Beine um meine Hüften. Ich ramme mich in sie hinein, halte sie fest. Sie stöhnt, und ich ficke sie härter.

Moira gestattet mir genau das richtige Maß an Dominanz. Eben gerade soviel, als daß ich auch meine Weichheit zeigen kann. Beides beißt sich nicht. Ich bin dominanter als weich, aber dieser kleine Anteil an Weichheit, den habe ich nie zuvor einbetten können. Erst mit ihr. Moira – ihre Brüste, ihr Bauch, ihr Körper mit seinen Rundungen, dort hinein kann ich meine Weichheit betten. Ich passe hinein. In Moiras Mitte lege ich meine Weichheit, und Moira läßt sie dort ruhen.

Manchmal weint sie beim Sex, und das rührt mich im Innersten an. „Ich halte dich fest", sage ich ihr. Und ich tue es auch.

Einmal weinte auch ich. Sie sah mich an. In ihrem Blick las ich, was ich für sie fühle.

Das, was ich Moira nicht sage.

Drei Monate, nachdem wir uns kennengelernt hatten, fand Moira einen neuen Job. Den Job hat sie immer noch. Aber das bedeutet nicht, daß sie nun weniger zu tun oder ein paar von ihren anderen Beschäftigungen aufgegeben hat. Im Gegenteil, es ist noch einiges dazu gekommen. Immer noch nimmt Moira sich zuviel vor, lebt am Rand ihrer Kräfte. Und immer noch fehlt es an Zeit.

Ich aber habe mich damit arrangiert. Ich habe eine große Gelassenheit gegenüber ihrer hektischen Betriebsamkeit entwickelt, die mit einer erstaunlichen Fahrigkeit und einem nicht minder erstaunlichen Organisationstalent gekoppelt ist. Bei Moira kann man sich nie vorstellen, daß die Dinge gelingen, schon gar nicht rechtzeitig. Und doch gelingen sie ihr immer, wenn auch nicht immer rechtzeitig.

Ich mag Moira von Grund auf, wie sie ist, was sie tut, und wie sie es tut. Eine ungeheure Zärtlichkeit ist in mir, wenn ich ihr dabei zusehe, wie sie alltägliche Hausarbeiten verrichtet. Ich mag die Art, wie sie auf unseren seltenen Reisen ihre Sachen in einem Hotelzimmer verteilt: praktisch, unkompliziert, schnell. In Windeseile stellt sie ihre Kosmetika im Badezimmer auf, streift mit der flachen Hand über die Bettdecke, um deren Festigkeit zu prüfen, dann öffnet sie das Fenster und beugt sich weit hinaus, wobei sie die Luft tief in sich einsaugt. Wenn sie sich schließlich zu mir umdreht und mich zufrieden ansieht, spüre ich mein Glück. Ich erfreue mich an ihrer Begeisterungsfähigkeit. Sie freut sich über einfache Dinge, und das wiederum freut mich.

Ich mag, wie Moira mit fremden Menschen spricht; sie hat etwas an sich, das wildfremde Menschen dazu bringt, ihr binnen kürzester Zeit intime Details aus ihrem Leben anzuvertrauen; sie wundert sich manchmal darüber, ich mich nicht. Man erkennt instinktiv, daß die Dinge bei ihr gut aufgehoben sind, auch wenn sie selbst mit dem ihr anvertrauten Wissen meist nicht viel anzufangen weiß, und vielleicht ist das ja auch der Grund: Sie tut nichts damit, sie hört einfach nur zu.

Und ich mag, wie sie mit Juri ist: unkompliziert und direkt, manchmal gereizt, immer in Berührung mit ihm.

Moira ist mir nie fremd, und ich habe mich noch niemals unbehaglich in ihrer Nähe gefühlt. Sie ist wie das Leben selbst: pulsierend, anregend, beständig und doch unberechenbar, manchmal anstrengend, manchmal auch traurig. Aber immer in Bewegung.

Sie ist auf eine rührende Art arglos, und ich bin dankbar für ihr Vertrauen. Von Anfang an bin ich mir bewußt, daß ich sie mühelos dominieren und durcheinanderbringen kann; in ihrem Bestreben, von mir geliebt zu werden, hat sie sich mir geöffnet und mir ihre Ängste gezeigt, die Stellen, an denen ich sie verletzen könnte, ihren nackten, schutzlosen Bauch, ihre weiche, schimmernde Kehle.

Aber ich, ich vertraue ihr auch.

Manchmal, wenn ich Juri ansehe, liebe ich ihn dafür, daß er Moira ähnelt; mein Herz wird so weich, daß ich kaum weiß, wie ich damit umgehen soll. Aber Juri kann damit umgehen.

„Du, Charlotte", sagt er und hüpft auf meinen Schoß. Das macht er nicht oft, aber wenn, dann voller Inbrunst. Hinterher habe ich jedesmal blaue Flecke am Oberschenkel, dort, wo seine spitzen Sitzknochen mich hart erwischt haben.

„Du hast meine Mama ja ganz schön gern."

„Hmhm", murmele ich und vergewissere mich, daß Moira, die gerade hinausgegangen ist, nicht noch hinter der Tür steht.

„Und warum eigentlich?" Juri wippt auf meinen Knien hin und her und grinst mich von unten herauf an, mit seinem schönen Mund, der schon jetzt, in seiner kindlichen Form, jene Sinnlichkeit erkennen läßt, die Moiras Lippen zu eigen ist.

Ich könnte ihm vieles erzählen, all die Dinge aufzählen, die ich an seiner Mutter so mag, aber ich sage nur eins:

„Weil sie die wunderbarste Frau auf der ganzen Welt für mich ist."

Juri nickt und grinst weiter. „Dann liebst du sie wohl."

Und ich sage: „Ja."

Von Anfang an und immer noch ist es Juri, der derlei Geständnisse aus mir herausholt. Meine Liebeserklärung an Moira. Das, was ich Moira nicht sage.

Ich bin eindeutig besser darin, eine richtige Zahnfarbe zu bestimmen, als meine Gefühle zu offenbaren. Doch was ich Moira nicht sage, versuche ich ihr zu zeigen. Tag für Tag. So gut ich es kann.

Und eines Tages, vielleicht, kann ich es ihr auch sagen.

Die dünnhäutige Frau

Als ich sie das letzte Mal sah, trug sie ein weiches Nachthemd mit blauen Blümchen darauf, das ich noch nie zuvor an ihr gesehen hatte, und ihr Haar lag kurz und flaumig am Kopf an, kürzer denn je. Es sah genauso aus, wie man es von Menschen kennt, die gerade eine Chemotherapie hinter sich haben, aber das war bei ihr nicht der Fall. Sie hatte nie eine Chemotherapie gemacht; von Anfang an hatte sie sich dagegen verwahrt, bis auf Momente des Zweifelns, die es jetzt nicht mehr gab.

Sie lächelte, als sie mich erkannte, ein matter Abglanz ihres alten, ansteckenden Lachens, und die Haut um ihre schmal gewordenen Lippen spannte sich dabei über den Wangenknochen. Ich ging vorsichtig um das Fußende des Bettes herum zu ihr hin und blieb stehen; ich wußte nicht mehr, wie ich sie berühren sollte, sie sah viel zu zerbrechlich aus. Alles an ihr war dünn, das Nachthemd, ihr einstmals kräftiger Körper, die Haut. Dünnhäutig war sie geworden, doch noch, zum Ende hin.

Ich streckte die Hand aus, um ihre Wange zu berühren, und die ängstliche Behutsamkeit in meiner Geste ärgerte sie. „Komm her und umarm mich gefälligst", sagte sie laut und beugte sich langsam nach vorne. Und so legte ich meine Arme um sie und drückte sie an mich; ich konnte sie fühlen, ich konnte fühlen, wie wenig von ihr jetzt noch da war und wieviel schon gegangen. Dann hustete sie, ein krampfhaftes, trockenes Husten, ihr ganzer Brustkorb erbebte, und erschrocken ließ ich sie los.

„Habe ich zu fest gedrückt?"

Sie nickte und hustete weiter, wobei sie sich ein großes, kariertes Taschentuch vor den Mund hielt, das sie die ganze Zeit über in ihrer Faust gehalten hatte. Und während der Husten verklang und ihr röchelnder Atem sich nach und nach wieder beruhigte, sah ich auf das Tuch und fragte mich, wer es ihr gegeben haben mochte. Es war ein altmodisches Herrentaschentuch, wie es sie in Krankenhäusern sicher nicht gab; jemand hatte es ihr mitgebracht, jemand von denen, die sie versorgten, und zu denen gehörte ich nicht.

„Ich kann nicht mehr viel vertragen, du kannst nichts dafür", sagte sie, als sie wieder zu Atem gekommen war. Ihr Ton verriet, was ich im verblaßten Blau ihrer Augen noch deutlicher sah: die Peinlichkeit, hilflos und schwach zu sein, die Wut darüber, in einem Körper zu leben, der die Befriedigung der einfachsten Bedürfnisse nicht mehr erlaubte.

Sie deutete auf den Stuhl am Kopfende des Bettes, und ich setzte mich folgsam.

„Sieh mich nur an. Seh ich nicht toll aus?" Ihr Atem ging pfeifend. „Ich hab ganz schön abgebaut, oder?"

„Dafür baust du anscheinend was anderes auf."

„Woran siehst du denn das?"

„An deinen Augen", sagte ich. Denn obwohl ihr Anblick mir die Kehle zusammenschnürte, weil jetzt, nach all den Jahren der Hoffnung, des Kampfes, das Ende des Weges in Sicht war, fand ich dennoch, daß sie gar nicht so schlecht aussah. Da war dieser Glanz in ihren Augen, ein brüchiges Strahlen, ein Wissen, das ich nicht teilte und dennoch erkannte.

Sie traute mir erst nicht. Sie musterte mich, und ich ließ sie mich mustern, ohne den Blick abzuwenden. Dann nickte sie langsam. „Erzähl mir von dir, erzähl mir von draußen", sagte sie plötzlich, so eifrig, als sei sie gefangen, und das war sie ja auch.

Und ich erzählte; vornübergebeugt, die Ellbogen auf die Knie gestützt, saß ich da und erzählte, was mir so einfiel, von meinem Hund, meiner Freundin, wie es uns ging, und was ich so machte, lauter unwichtiges, manchmal auch wichtiges Zeug. Die Worte perlten von meinen Lippen. Sie saugte sie auf; konzentriert sah sie mich an.

Etwas vom andern zu wissen ist ein Geschenk, das weiß ich seitdem. Ich verstand, wie wichtig es war, sie an meinem Leben teilhaben zu lassen, da ihr eigenes nun derart reduziert war. „Es tut gut, etwas von draußen zu hören, es beruhigt mich. Wenn ich auch nichts mehr erlebe außer Pflege und meine eigenen Gedanken, weiß ich doch, daß es weitergeht, draußen", hatte sie auf ihrer letzten Karte geschrieben, in krakeliger Handschrift; ich habe sie heute noch, wie alle ihre Karten und Briefe, die sie mir im Laufe der zehn Jahre, die wir uns kannten, geschrieben hat. An den Veränderungen in ihrer Handschrift habe ich ihre ganze Entwicklung deutlich ablesen können; am Ende waren es weniger die Worte selbst als vielmehr das Zittern der Zeichen, woraus ich ihre Befindlichkeit las.

Nach einer Weile merkte ich, daß sie nicht mehr zuhören konnte. Ihr Blick verschleierte sich, langsam lehnte sie sich tiefer in die Kissen, kurzatmig rang sie nach Luft.

„Bist du müde?" fragte ich leise. Sie hörte mich nicht. Sie sah an die Wand gegenüber, mit halbgeschlossenen Augen, und sog von Zeit zu Zeit mühsam die Luft ein.

Das waren die letzten Minuten, die ich mit ihr hatte. Sie sah aus, als ob sie schliefe, aber ich wußte, sie schlief nicht. Sie wachte; schweigend gab sie uns Zeit, ein paar ruhige Minuten.

Schließlich beugte ich mich über sie und küßte sie sanft auf die Wange. Ihre Augen öffneten sich weit, ihre Hand schloß sich um meine. „Schön, daß du da warst."

Es fiel mir schwer, mich zu lösen; ich wollte nicht gehen, weil es das letzte Mal sein würde. Und das wußten wir beide.

An der Tür drehte ich mich noch einmal um. Sie sah zu mir her, mit blaßblauem Blick.

„Mach's gut", sagte sie leise, und ich sagte: „Du auch."

Drei Jahre hat sie mit der Krankheit gelebt. Drei von zehn Jahren, die ich sie kannte. Doch jetzt, im nachhinein, kommt es mir vor, als habe sich die Dauer ihrer Krankheit immer mehr ausgedehnt, immer weiter nach hinten, bis sie die vielen Jahre davor überkroch und schließlich verschlang. Jetzt scheint es mir so, als sei sie immer schon krank gewesen, als habe ich sie nie ohne die Krankheit gekannt.

Ich weiß nicht mehr genau, wann es angefangen hat. Aber ich kann mich deutlich an ihren Anruf erinnern, an ihre laute, ein wenig kratzige Stimme, die mir über Hunderte von Kilometern hinweg ins Ohr dröhnte: „Ich habe einen hühnereigroßen Tumor in meiner Brust entdeckt. Ich habe Krebs."

Bei Tumoren gibt es drei gängige vergleichende Maße: hühnereigroß, faustgroß, kindskopfgroß. Wie groß ist eigentlich ein Hühnerei, wie groß eine Faust, und wie groß ein Kindskopf? Der Vergleich, der veranschaulichen soll, potenziert das Erschrecken. Schlimm, noch schlimmer, ganz schlimm. Und eins wie das andere absurd.

Es paßt nicht, dachte ich damals. Und sie dachte das auch.

„Es paßt nicht zu mir. Es ist, als hätte das nichts mit mir zu tun", sagte sie, ehrlich erstaunt. „Etwas Fremdes ist in meinem Körper."

Das Fremde ist nie mehr gegangen. Und irgendwann war es dann nicht mehr fremd. Es gehörte zu ihr.

Zeit, was ist die Zeit? Dasitzen, in sich hineinhorchen, spüren: gut oder schlecht? Hoffnung, Resignation? Je mehr sie kämpfte, desto knapper wurde die Zeit. Die Zeit rannte davon, und sie hinterher. Niemand hielt mit ihr Schritt. Auch sie selbst nicht.

„Ich laufe, solange ich kann", schrieb sie vom Meer. Ich sah sie vor mir, mit ausgebreiteten Armen vorm Horizont, ihr kräftiger Körper ein Mahnmal im Wind.

Einmal, vor Jahren, sind wir zusammen an der Ostsee gewesen. Wir standen am Strand, ihre Stiefel waren sandig und feucht, und sie trug die blaue Hose, die ich ihr Jahre zuvor geschenkt hatte.

„Steht sie mir noch?" fragte sie grinsend.

„Klar", sagte ich, „wieso sollte sie dir nicht mehr stehen?"

„Na, ich hab doch zugenommen", erklärte sie. „Das Alter geht nicht spurlos an einem vorüber."

Sie ist fünfzig geworden. Das Alter ist tatsächlich nicht spurlos an ihr vorübergegangen. Das Alter ist von vorne auf sie zugekommen, hat sie umarmt und mit sich gezogen, im Sturmschritt voran, dem Tode entgegen.

Sie entschied sich beinahe sofort gegen die Schulmedizin. Sie ließ nur eine einzige Operation vornehmen, jene, bei der der Tumor aus ihrer Brust entfernt wurde. Dabei blieb es.

Chemotherapie als einzige Chance? Sie entschied sich dagegen. Ein anderer Weg: Homöopathie. Mistelpräparate. Diäten und Meditation.

War ihr Weg am Ende der falsche? Wie auch immer, es war ihrer. Sie ist ihn gegangen. „Ich weiß, andere haben das gleiche überlebt", sagte sie später. „Der Tod muß nicht unweigerlich das Ende sein. Manche besiegen den Krebs."

Und niemand weiß, wie und warum. Da war ihre Zimmernachbarin im Schweizer Krankenhaus, eine junge Frau, deren großflächige Metastasen in Leber und Lymphdrüsen sich auf einmal zurückbildeten. Spontane Selbstheilung. Totalremission. Undenkbar und wahr. Eine andere, deren vom Krebs befallene Haut sich nach sechs Operationen und acht Chemotherapien wieder regenerierte. Und ein Mann, der seit acht Jahren mit Knochenkrebs lebt.

„Aber weißt du, was das Schlimmste für Krebskranke ist? Sich immer wieder entscheiden zu müssen: Was mache ich jetzt? Was lasse ich machen? Teil einer Maschinerie zu sein: Du sagst ja und wirst durch die Mangel gedreht. Du sagst nein, und die Ärzte wenden sich ab, ein Achselzucken, ein gleichgültiger Blick. So kann ich nicht leben. Das halte ich nicht durch. Ich bleibe dabei", sagte sie fest.

Ihre Werte waren gut, keine Auffälligkeiten, ein halbes Jahr später noch immer. „Womöglich ein Warnschuß", sagte sie einmal.

Sie änderte vieles. Nahrung, Kleidung, alltägliches Leben: Streßvermeidung als Mittel und Medizin. Sie ging in sich. Und was sie da fand, trieb sie an. Nichts ist Zufall, und alles macht Sinn. Es macht Sinn, trotz aller Schmerzen. Leben ist lernen.

Und es war nicht vorbei.

„Hör endlich auf zu rauchen, davon kriegt man Krebs", sagte sie und lachte ihr breites, herzliches Lachen, bei dem ihre Oberlippe einen breiten Streifen gesunden, roten Zahnfleisches entblößte. Auch ich mußte lachen, obwohl ich insgeheim dachte, ich dürfe es nicht.

Ich durfte es wohl. Ich durfte es, weil sie damals, zu jener Zeit, kurz vor der erneuten Krebsdiagnose, schon den Ton angab, der unsere Treffen bestimmte. Gefaßt, aber fröhlich.

„Guck nicht so traurig! Ich bin noch nicht tot. Und ich hab auch nicht vor, allzu bald den Löffel abzugeben. Überleg dir lieber, wohin wir tanzen gehen, wenn ich dich das nächste Mal besuche. Du hast es versprochen!"

Sie ist mich dann nicht mehr besuchen gekommen. Bald darauf stellten sie Metastasen in den Lymphdrüsen und kurz danach auch in der Lunge fest. Aber sie gab nicht auf. Sie kämpfte mit all ihrer Kraft. Zwei weitere Jahre voller Hoffnung und Bangen.

Einmal, mitten im Sommer, wachte ich morgens mit einem Gefühl tiefer Beklommenheit auf. Etwas war nicht in Ordnung, aber ich wußte nicht was. Den ganzen Tag über mußte ich an sie denken; immer mehr wuchs meine Sorge, und schließlich, gegen Abend, bekam ich nach mehreren Telefonanrufen die Nummer des Schweizer Krankenhauses heraus, in dem sie für eine Woche zur Beobachtung lag. Sie war gleich am Apparat, und als ich ihre klare Stimme hörte, konnte ich einen Moment lang nicht sprechen, so erleichtert war ich.

„Du hast Glück, daß du mich erreichst, ich werde gleich abgeholt", sagte sie munter.

„Wozu denn?"

„Na, ich werde entlassen. Die können hier nichts für mich tun."

„Was heißt das denn? Geht's dir okay?"

Sie zögerte eine Sekunde. „Du weißt doch, wie es mir geht. Na ja, sie sagen, man kann nichts machen, außer abwarten. Also warte ich ab. Ansonsten ist alles in Ordnung. Und was ist mit dir?"

„Mir geht es gut", sagte ich schnell.

Sie schwieg. „Hör mal, was ist denn?"

„Ich mußte den ganzen Tag an dich denken."

„Heb dir das auf", sagte sie leise. „Das werde ich noch brauchen."

Als ich aufgelegt hatte, spürte ich wieder die Angst. Und ich wußte, daß sie ein Vorgeschmack war. Nichts war mehr in Ordnung. Ich glaube, das war der Moment, an dem meine Zuversicht schwand. Von da an hörte ich auf zu hoffen, daß sie eines Tages wieder ganz gesund werden würde, geheilt, frei von Krebs. Damals begann ich, Abschied zu nehmen.

„Ich weiß nicht, was ich noch lernen soll", sagte sie Wochen danach. Ihre Stimme drang schwach aus dem Hörer. „Irgendwas soll ich scheinbar noch lernen, aber ich weiß nicht, was. Und ich bin müde."

Sie suchte nach Gründen. Nach den Gründen für das Wachsen des Fremden in sich, das kein Fremdes mehr war. Und manchmal suchte sie Schuld. Ihre eigene Schuld.

Grausam war das. Ein teuflischer Kreislauf. Denn es hieß: Nur sie selbst konnte sich retten. Gelang es ihr nicht, dann hatte sie schlichtweg versagt. Ihre eigene Schuld?

Oft kam es ihr vor, als müsse sie nur etwas ganz Bestimmtes erkennen. In ihren Träumen stand sie vor einem Vorhang, hinter dem sich die Lösung verbarg, aber es gelang ihr nicht, dahinter zu schauen. Soviel sie auch zerrte und zog, der Vorhang glitt nie zur Seite, ließ sich nicht heben, nicht ziehen. „Als läge dahinter mein Leben, und ich komme nicht ran", sagte sie manchmal.

Und Fragen, immer wieder die Fragen, die sie sich stellte: „Ist das Sterben an sich eine Aufgabe? Wenn wir alle eine Aufgabe im Leben haben, dann ist meine anscheinend zu sterben. Aber warum?"

Ich habe ihr niemals auch nur irgendeine annähernd erhellende Antwort auf ihre Fragen geben können, nie. Einmal erklärte ich ihr, daß ich es anmaßend von mir fände, etwas dazu zu sagen. Da wurde sie wütend.

„Und wer dann? Wer, um Himmels willen, meinst du, hat denn das Recht, dazu etwas zu sagen? Leute mit Erfahrung vielleicht? Das wären die Leute, die tot sind. Und die reden nicht mehr, kapierst du das nicht?"

Und trotzdem, ich konnte nichts sagen. Wenn es Sinn machte, warum dann kämpfen? Lag im Kampf denn der Sinn? War sie selbst verantwortlich, wie sie oft meinte? War es Schicksal? Prüfung? Fehlgeleitete Energie? Verdrängung? Die schädliche Umwelt? Oder einfach nur Pech?

Ich glaube nicht, daß sie jemals aufgehört hat zu kämpfen. Aber ich weiß, daß sie irgendwann begann, sich vorzubereiten. Ich habe es in ihren Augen gesehen. Diesen Glanz, dieses brüchige Strahlen, ein Wissen, das ich nicht teilte und dennoch erkannte.

„Mach's gut", hatte sie gesagt, und ich war gegangen. Draußen, im Flur, traf ich eine Freundin von ihr, jene, bei der sie die letzten Monate über gewohnt hatte, die sie gepflegt und versorgt hatte und es immer noch tat.

„Schläft sie?" fragte sie leise, und ich schüttelte schweigend den Kopf. Sie trug eine Tasche mit Wäsche darin, und in der anderen Hand hielt sie einen kleinen Blumenstrauß: Septembergras, zart und hell. Sie nickte mir zu, und dann ging sie hinein. Ich sah nicht mehr hin; ich wollte die Tür nicht mehr sehen.

Draußen saß ich lange Zeit auf einer Bank, ein Stück weit vom Krankenhausportal entfernt. Die Straße war ruhig und begrünt, das Kopfsteinpflaster mit Gräsern durchsetzt, die Hecke zu beiden Seiten erst kürzlich gestutzt. Schulkinder riefen in der Ferne, und ein Mann führte seinen Hund aus; gemächlich schlenderte er auf der anderen Straßenseite vorbei, ohne zu mir herüberzusehen. Die Sonne schien zwischen den Herbstbäumen hindurch, das erste Laub fiel zu Boden, und ich saß da und kämpfte gegen die Tränen an, die in meiner Kehle feststeckten.

Ich saß da und wünschte mir sehnlichst, einfach vergessen zu können: sie, ihre dünn gewordene Haut, ihre Magerkeit, sie und den Krebs und die Tatsache, daß ich sie soeben zum letzten Mal gesehen hatte. Ich wollte vergessen, weil es kein Entrinnen, keinen Aufschub mehr gab. Dies war der Abschied. Irgendwann in den nächsten Minuten würde ich aufstehen und die ruhige Straße entlanggehen, unter meinen Sohlen würde sich das Laub sammeln und von Zeit zu Zeit in dicken Schichten abfallen. Das Geräusch meiner Schritte auf dem steinigen Boden würde an meine Ohren dringen und das Rascheln des Laubs übertönen. Ich würde die Straße hinuntergehen, am Ende noch einmal stehenbleiben und auf das Gebäude zurücksehen. Ich würde dastehen und denken: „Da liegt sie, und ich habe sie gerade zum letzten Mal gesehen, ich werde sie nie wiedersehen, und ich werde nie mehr mit ihr reden." Und dann würde ich mich umdrehen und gehen.

Und so war es dann auch. Irgendwann bin ich aufgestanden und gegangen, und nach ein paar Schritten habe ich mein Herz geöffnet und die Bilder von ihr hineingelegt und tief in mir verschlossen, und seither trage ich sie mit mir herum.

Hallo, Morbus!

Vater sagte gleich, daß er es schon immer gewußt hätte. „Ich hab es gewußt! Ich hab's mir doch gedacht!" Er stand im Türrahmen und beobachtete Lina, während sie, über das Waschbecken gebeugt, zusah, wie das Blut in zwei hellroten Strömen aus ihrer Nase lief und sich mit dem laufenden Wasser zu einem Strudel vereinigte, der gurgelnd im Abfluß verschwand.

„Ich hab's doch gewußt!" Diesmal schlug sich Vater mit der Faust in die flache Hand, und in seiner Stimme lag ein fast triumphierender Tonfall. Lina wurde ärgerlich.

„Hör doch auf, Vater. Ich habe einfach nur Nasenbluten. Das heißt doch noch gar nichts." Ihre Stimme klang undeutlich, und sie klatschte sich vorsichtig kaltes Wasser auf die Nase, um die Blutung zum Stillstand zu bringen.

„In unserer Familie hat niemand einfach nur so Nasenbluten. Ist doch sonnenklar!"

Lina begegnete Vaters Blick im Spiegel. Er lächelte und sah dabei furchtbar aufgeregt aus. Das Nasenbluten schien stärker zu werden. In Linas Stirn machte sich ein taubes Gefühl bemerkbar. Sie legte den Kopf schief und hielt die Nase unter den Hahn.

„In unserer Familie hat niemand einfach nur Nasenbluten", wiederholte Vater. „Das weißt du genausogut wie ich."

Er machte sie langsam wirklich wütend. „Nein, besser", erwiderte sie.

Vater stutzte. „Was?"

„Du weißt es besser als ich." Lina hustete. Das Blut lief jetzt noch stärker.

Vater tat, als hätte er die kleine Spitze glatt überhört. Er nickte, und sein schlohweißes Haar wippte. „Na sicher", sagte er. „Ich lebe ja auch schon dreißig Jahre damit. Da werde ich mich ja wohl auch besser mit dem Morbus auskennen."

„Was ist denn da oben los?" Mutters Stimme drang von unten herauf. Lina konnte sich genau vorstellen, wie sie gerade aussah, mit einem zerstreuten Blick und leichten, argwöhnischen Falten auf der Stirn, weil ihr etwas entgangen war, was vielleicht interessant sein könnte. Vater ging zum Treppenabsatz.

„Lina hat den Morbus!" rief er gewichtig hinunter.

„Was? Ist das wahr?"

„Ja, sie steht hier oben und hat Nasenbluten, und es hört nicht auf. Natürlich nicht. Dauert eine Weile, kennt man ja."

Lina biß die Zähne zusammen und schloß die Augen. Die Treppe knarrte. Mutter kam herauf, stellte sich neben Vater in die Tür und starrte Lina an.

„Ich habe nur Nasenbluten", sagte Lina lahm.

Mutter runzelte die Stirn. „Hast du dich gestoßen?"

„Nein", sagte Vater fröhlich. „Sie hat den Morbus."

„Bei mir hat es auch mit Dreißig angefangen." Birger war ebenfalls von unten heraufgekommen und hatte sich mit vor der Brust verschränkten Armen hinter Mutter an den Türrahmen gelehnt.

„Herrgott! Ich habe einfach nur Nasenbluten!" Sie machten Lina krank. Alle drei standen sie unbeteiligt da und sahen mit nahezu klinischem Interesse zu, wie Lina sich abmühte, ihre Nase zu kühlen, damit das Bluten endlich aufhörte. Es half nichts. Lina seufzte und legte den Kopf in den Nacken.

„Nein!" riefen Vater und Birger wie aus einem Mund.

„Beug dich nach vorne. Du mußt dich nach vorne beugen, sonst läuft dir das Blut in den Hals." Birger war einen Schritt näher herangekommen. Lina warf ihm einem bitterbösen Blick zu – was mischte er sich ein? –, aber dann gehorchte sie. Ihre Stirn war jetzt vollkommen taub.

„Schade, daß du nicht in Düsseldorf wohnst." Birger kratzte sich an der Wange. „Ich habe einen guten Arzt."

„Ich brauche keinen Arzt."

„O doch", sagte Birger. „Seit ich regelmäßig dieses spezielle Eisenpräparat nehme, passiert es nicht mehr so oft."

„Von nun an mußt du dich schonen!" Vater hob den Zeigefinger.

„Macht das Kind doch nicht verrückt", sagte Mutter und legte Lina besänftigend die Hand auf den Rücken. Dann drehte sie sich um und ging wieder hinunter.

„Ich habe es doch geahnt, Birger." Vater sah ihn an. „Kaum ist sie dreißig, schwupps! kommt der Morbus."

Birger nickte zustimmend. „Sicher, bei mir hat es ja auch mit Dreißig angefangen."

„Ich habe den Morbus nicht!" schrie Lina.

„Laßt das Kind in Frieden!" rief Mutter von unten.

Birger und Vater sahen ungerührt auf Linas blutende Nase.

„Was regst du dich denn so auf, es ist doch gar nicht so schlimm. Am Morbus ist noch keiner gestorben. Sieh uns an, wir sind immer noch putzmunter." Birger schüttelte mißbilligend den Kopf.

Das Bluten hörte einfach nicht auf. Es wurde noch nicht einmal weniger. Lina hatte das Gefühl, als würde sie langsam leerlaufen, und immer noch strömte das Blut aus ihrer Nase.

„Ist doch nicht so schlimm, Lina", sagte Vater beschwichtigend.

Es war nicht schlimm? Nicht schlimm? Ihre ganze Kindheit hindurch hatte Lina mit ansehen müssen, wie Vater, Onkel Carl oder Großvater hastig vom Eßtisch aufsprangen, mit einem blutigen Rinnsal von der Nase bis zum Kinn, und dann blieb die angebissene Stulle liegen, auf der kleine Blutstropfen leuchteten. Wie oft hatte sie Vater fluchend übers Waschbecken gebeugt erlebt, zu jeder Tageszeit und oft genug auch nachts, wenn sie aufwachte und pinkeln mußte, da stand er und fluchte, und das Blut lief und lief und lief. Nie hatte die Familie anstrengende Ausflüge unternehmen können, kein Bergsteigen, kein wildes Plantschen im Schwimmbad oder am Meer, keine Ballspiele mit Vater. Und all das peinlich berührte Schweigen in Restaurants, fremde Leute, die verlegen und wortlos zusahen, wie sich unter Vaters Nase ein roter Fleck bildete, der größer wurde, sich ausdehnte zu einem kleinen Bach, der schließlich zu tropfen anfing. Und die großen erschrockenen Augen der anderen Kinder, wenn Lina mitten auf der Straße neben Vater stand und verzweifelt nach einem Taschentuch suchte, weil er blutete und blutete und blutete. Und das alles war nicht so schlimm?!

„Ach, auf einmal! Mein ganzes Leben lang habt ihr den Morbus verflucht, und ich soll es auf einmal nicht so schlimm finden?"

Birger und Vater sahen sich achselzuckend an.

„Verkrampf dich nicht so. Du mußt den Nacken entspannen." Birger pustete sich ein Strähne aus der Stirn. Lina schloß resigniert die Augen.

„Also wenn damals dieser Lundgren nicht unbedingt seine Cousine hätte heiraten müssen, dann wäre das mit Sicherheit nicht durchgeschlagen. Die ganze schwedische Sippschaft hat da miteinander rumgemacht, und dann kommt so was dabei heraus. Daß der Lundgren sich aber auch nicht zusammenreißen konnte!" Vater ereiferte sich, wie immer, wenn er über die geheimnisvolle Herkunft des Morbus sprach. Birger brummte.

„Die hätten sie ruhig in ihrem blöden Schweden lassen können, diese verdammte Krankheit", sagte Lina aufgebracht. Sie öffnete die Augen. Aus ihrer Nase flossen nur noch zwei schwache Rinnsale. Aha! Es hörte auf. Es war ja auch nur einfach Nasenbluten, eben, hatte sie doch gewußt. Sie hatte den Morbus nicht.

Vater wandte sich an Birger. „Ich kann verstehen, wenn sie sich aufregt. Als ich den Morbus gekriegt habe, habe ich mich auch fürchterlich aufgeregt."

„Ich mich auch", stimmte Birger ihm zu. Beide sahen Lina an. Vaters weißes Haar war ganz wirr, weil er vor lauter Aufregung darin herumgewühlt hatte, und Birgers braunes Haar ebenso, aber das war es immer. Birger war von Natur aus schlampig. Sie sahen Lina an wie ein exotisches Tier. Sie wurde noch wütender.

„Warum lauft ihr nicht und holt Kalle?" fragte sie giftig. Kalle war der Jüngste in der Familie. „Vielleicht will er ja auch gerne zusehen? Die Herren können sich ja drei Sessel holen, damit sie es gemütlicher haben!"

Vater schüttelte den Kopf. „Reg dich nicht so auf, Lina. Das nützt nichts. Dem Morbus muß man mit Gelassenheit begegnen."

„Ich habe den Morbus nicht! Ich habe einfach nur Nasenbluten!" schrie Lina, aber das hätte sie bleiben lassen sollen. Denn wie auf Kommando schien sich eine unsichtbare Schleuse in ihrer Nase zu öffnen, und das Blut schoß wieder in dicken Sturzbächen heraus.

„Siehst du!" sagte Vater tadelnd.

Natürlich war Lina der Gedanke an den Morbus auch sofort durch den Kopf geschossen. Eben noch hatte sie mit Vater im Garten gestanden und den halb zugefrorenen Seerosenteich betrachtet. Die Sonne schien, und die Luft war schneidend kalt, aber herrlich frisch, und sie legte den Kopf in den Nacken und sah einem sonntäglichen Segelflieger nach. Vater machte irgendeine zufriedenklingende Bemerkung, Lina blickte ihn an, er blickte zurück, erst lächelnd, dann seltsam bestürzt. Lina spürte etwas Nasses auf ihrer Oberlippe, und im nächsten Moment schoß ihr das Blut aus der Nase. Und nach zehn Minuten immer noch.

Es sah wirklich ganz nach Morbus aus, Vater und Birger hatten recht. Aber Lina wollte den Morbus nicht haben.

Der Morbus, eigentlich Morbus Osler – aber in Linas Familie hieß er immer nur der Morbus –, das war jene seltene und unangenehme Krankheit, bei der durch einen genetischen Defekt die Adern zu dünn geraten waren und deshalb laufend platzten. Wo sie dicht unter der Haut verliefen, war es besonders schlimm, und wenn sich noch Schleimhäute drumherum befanden, wurde es katastrophal. Morbuskranke erkannte man am Nasenbluten und im fortgeschrittenen Stadium an den winzigen roten Flecken im Gesicht, die von den geplatzten Äderchen herrührten. Am Morbus starb man nicht, nein, das nicht; aber wenn die Magenschleimhäute anfingen, Ärger zu machen, dann war die ganze Sache kein Zuckerschlecken mehr. Großtante Greta zum Beispiel war zweiundneunzig geworden, aber die letzten zwanzig Jahre hatte sie größtenteils liegend auf ihrem alten russischen Diwan verbracht, wo sie Taschentücher mit ihrem Monogramm bestickte und ihre Schwäche beklagte. Sie weigerte sich beharrlich, Bluttransfusionen zu bekommen. „In meinem Alter nützt das auch nichts mehr", sagte sie immer. „Was Gott mir gibt, das reicht."

Vater hingegen bekam Bluttransfusionen, und oft vertrug er sie nicht. Ihm tat dann der Rücken weh, ganz furchtbar, und manchmal hatte er Krämpfe. Lotta, Linas ältere Schwester, die Ärztin war, Lotta versuchte immer wieder, Vater ausführlich zu erklären, wie das zusammenhing, aber er hörte nie richtig zu. „Als ob sich mein Rückgrat beugen soll und partout nicht will", sagte er, und Lina hatte ihn im Verdacht, daß er insgeheim stolz auf sein Rückgrat war.

Wie der Morbus entstanden war, wußte niemand so recht. Vater allerdings behauptete felsenfest, daß er durch Inzucht hervorgerufen worden war – weil eben jener längst verblichene Vorfahr namens Lundgren vor etwa zweihundert Jahren unbedingt seine Cousine hatte heiraten müssen. Die Ärzte schüttelten über Vaters Theorie nur den Kopf – oder vielmehr zuckten sie mit den Achseln. Denn eigentlich wußten sie auch nichts Genaues über diese spezielle Krankheit, eben weil sie so selten war. Fest stand nur, daß es eine erbliche Krankheit war, und der Großteil von Linas Verwandtschaft väterlicherseits trug sie mit sich herum. Da der Morbus sich erst im Alter von etwa dreißig Jahren bemerkbar machte, hatte es sich seit Generationen in ihrer Familie eingebürgert, daß die Nachwachsenden, wenn sie ins kritische Alter kamen, mit Mißtrauen und größter Aufmerksamkeit betrachtet wurden, um bei den ersten Anzeichen sogleich in die lange Reihe der kranken Familienmitglieder aufgenommen zu werden. Und dazu gehörten fast alle, fast alle männlichen Familienmitglieder jedenfalls, denn bei den weiblichen war der Morbus recht selten. Woran das lag, wußte man auch nicht. Vermutlich am Lundgren. Der war ja auch ein Mann gewesen.

Die ersten Anzeichen machten sich schon früh bemerkbar: leichtes Nasenbluten am Morgen, wenn die Nacht sehr kalt gewesen war (hatte Lina mehrmals gehabt), leichtes Nasenbluten nach körperlicher Überanstrengung (auch das war bei ihr zuweilen vorgekommen), und eine Neigung zu winzigen rötlichen Flecken unter den Augen (hatte Lina auch, aber niemandem sonst war das aufgefallen, und sie hütete sich, Birger oder Vater darauf hinzuweisen). Aber Lina hatte den Morbus nicht, davon war sie überzeugt. Millionen anderer Leute hatten nämlich auch rötliche Flecken und alle paar Monate mal leichtes Nasenbluten.

Richtig aus brach der Morbus meist, wenn man um die Dreißig war; so war es bei allen gewesen, von Lundgrens Sohn bis hin zu Großtante Greta und Großvater, über Onkel Carl und Vater bis zu Birger.

Und nun war Lina dreißig.

„Birger, du könntest aber mal die Julböcke aufstellen", sagte Vater. Er saß in seinem Lieblingssessel und sah Lina und Mutter beim Christbaumschmücken zu. Birger lümmelte sich auf dem Sofa herum und las die Familienanzeigen in der Tageszeitung.

„Birger!"

„Was denn?" Birger blickte nicht auf. Sein Haar war schon wieder verwuschelt.

„Die Julböcke. Die Julböcke sind noch nicht aufgestellt." Vater klopfte auf die Sessellehne. Birger gähnte und legte widerwillig die Zeitung zur Seite. „Wo sind sie denn?"

„In der Kiste." Mutter reichte Lina einen Pappapfel herunter, dessen Fädchen abgerissen war. „Da muß ein neuer Faden dran."

„Welche Kiste denn?" Birger versuchte immer noch, sich zu drücken. Er schielte begierig auf die Zeitung.

„Die rote Kiste. Birger, du hast doch Augen im Kopf, guck doch selber nach." Mutter schüttelte den Kopf und stieg eine weitere Stufe auf der Leiter nach oben. Lina trat näher an sie heran, jederzeit bereit, die Leiter festzuhalten, falls sie wackeln sollte. Sie fand, daß Mutter ziemlich hoch oben stand, zu weit oben für Linas Geschmack. Immerhin war Mutter fast sechzig.

„Kann Kalle das nicht machen?" Birger gähnte noch mal. „Wo steckt der Kleine denn überhaupt?"

„Hier", sagte Kalle. Er kam gerade zur Tür herein, einen Stapel Schachteln in den Armen und Flora, die alte graue Mischlingshündin, im Schlepptau. „Ich habe im Schuppen noch den Christbaumschmuck von Tante Greta gefunden." Sein Haar war genauso verwuschelt wie das von Birger. Lina seufzte.

„Sieh mal einer an! Du warst wohl wieder im Seerosenteich!" sagte Vater mißbilligend. Mutter, Birger und Lina sahen Kalle an. Kalle wurde rot, wie immer, wenn sich die Aufmerksamkeit auf ihn richtete. Verlegen lächelte er und senkte den Blick.

„Du hast schon wieder ganz schmierige Füße!" sagte Vater tadelnd. Es dauerte ein paar Sekunden, bis Lina aufging, daß er mit Flora sprach. Vater hatte sich in den dreizehn Jahren, die Flora schon in der Familie lebte, nie an das Wort „Pfoten" gewöhnen können. Er sagte immer noch „Füße".

Flora jedenfalls saß vor Vater und sah ihn treuherzig an, die Schwanzspitze wedelte zögernd über den Teppich, und ihre Pfoten waren mit braunem Modder überzogen. Eine Spur dunkler Abdrücke zog sich bis in den Flur.

„Mein lieber Junge", hob Vater an, „du könntest doch gewiß wenigstens einmal darauf achten, daß Flora, wenn sie mit dir im Garten war, nicht den halben See mit ins Haus trägt."

Kalle errötete noch tiefer und wand sich verlegen. Die Schachteln in seinen Armen wackelten bedenklich. Birger sprang auf und eilte ihm zu Hilfe. „Gib her." Er nahm Kalle die Schachteln ab.

„Ich mach das gleich weg", sagte Kalle. Einen Moment lang stand er mit herabhängenden Armen da und sah hilflos aus. Dann drehte er sich um und lief in die Küche.

Kalle war vierzehn und klein für sein Alter. Wie alle Männer in der Familie würde er erst spät aufschießen, dann aber vermutlich zu beachtlicher Größe. Im Sommer, bei Linas letztem Besuch, hatte Kalle noch die glatte Haut eines Kindes gehabt, nun aber war sein Gesicht mit einer Unzahl eitriger Pickel übersät. Lina konnte sich nicht erinnern, daß sie oder eins von den anderen Geschwistern derart unter Pubertätsakne gelitten hatte, aber Kalle war ohnehin in mancher Hinsicht aus der Art geschlagen. Zum Beispiel sprach er nur wenig, und wenn, dann mit so leiser, schüchterner Stimme, daß man ihn kaum verstand. Vielleicht lag es daran, daß er der Letzte war, ein Nachkömmling, der angesichts der Überzahl an laut durcheinander redenden Familienangehörigen sogleich kapituliert hatte. Er schien es von vorneherein aufgegeben zu haben, sich Gehör zu verschaffen. Oder es fiel ihm einfach nichts mehr dazu ein. Die anderen redeten schließlich genug.

Lina betrachtete Kalle, der einen Lappen geholt hatte und damit Floras Pfoten abputzte, was sie gutmütig mit sich geschehen ließ. Der Christbaum wackelte. Mutter stieg auf der Leiter eine Stufe höher.

„Kalle", sagte Lina. Er sah sie fragend und verlegen an. „Ich mach das. Hilf du Mutter."

Sie konnte es einfach nicht mehr mit ansehen, wie Mutter sich in derart bedrohlicher Höhe mit dem Christbaumschmuck abplagte. Sogar Vater hatte angeboten, die Sache zu übernehmen, aber Mutter hatte sich geweigert. Sie sagte, sie habe seit dreiunddreißig Jahren den Christbaum geschmückt, und sie habe vor, ihn weitere dreiunddreißig Jahre zu schmücken. Mindestens. Lina glaubte ihr das aufs Wort.

Kalle nahm ihren Platz am Fuße der Leiter ein, und Lina holte Lappen, Eimer und Tücher und fing an, den Teppich zu schrubben. Vater sah ihr nachdenklich dabei zu. Er saß immer noch in seinem Sessel, die Beine gemütlich übereinander geschlagen.

„Weißt du, was ich mir überlegt habe, Lina?"

„Hm?"

„Ich frage mich, ob der Morbus für dich nicht insofern besonders tückisch sein könnte, weil du doch als Frau, ich meine", er druckste herum, „weil du als Frau ja ohnehin mehr Blut verlierst."

Lina konnte förmlich spüren, wie Kalle hinter ihr erneut rot wurde.

„Vater, bitte", sagte sie scharf.

„Nein Lina, ehrlich, das ist doch des Nachdenkens wert. Immerhin muß dein Körper sowieso Monat für Monat neues Blut bilden, und wenn dann ..."

Lina gab sich Mühe, ruhig zu bleiben. „Vater, nun laß das doch mal sein. Ich hatte vor zwei Tagen Nasenbluten, und sonst nichts, gar nichts." Die Flecken auf dem Teppich waren hartnäckig. Außerdem hatte Lina den Eindruck, daß sie den Schmutz nur noch tiefer hineinschrubbte, anstatt ihn herauszulösen. Sie bemühte sich, vorsichtiger zu tupfen.

„Wirklich nichts?" fragte Vater scheinheilig. Lina sah auf und starrte ihn an. Er schürzte die Lippen und lächelte freundlich.

„Nichts", erwiderte sie nachdrücklich und putzte weiter.

Vater fing wieder an. „Lina, das Thema braucht dir doch nicht unangenehm zu sein. Man muß schließlich darüber reden. In dieser Familie haben wir immer offen über alle Probleme geredet."

„Ich weiß", knurrte sie dazwischen, aber Vater ließ sich nicht stören.

„Ich weiß gar nicht mehr, wie das bei Tante Greta war. Damals war man ja zu prüde, um da mal nachzufragen, aber ich könnte mir denken, daß das eine Rolle spielen könnte. Wenn man ohnehin Blut verliert, dann ist der Morbus ja …"

„Jaja", grummelte Lina.

„Gib mir mal die Kugel da, Kalle", sagte Mutter, die wie meistens nicht zugehört hatte. Kalle anscheinend auch nicht. Er starrte verträumt aus dem Wohnzimmerfenster.

„Lina, wirklich, Vater hat recht. Wenn du mal Kinder haben willst …" Birger hatte sich umgedreht. Lina fand, daß er albern aussah, wie er dastand, in jeder Hand einen Julbock.

„Sei du mal ganz still, Birger. Sieh du lieber zu, daß du dein eigenes Kind erst mal kriegst, und dann reden wir weiter." Das war eigentlich nicht ganz das, was sie hatte sagen wollen, aber es wirkte. Birger ärgerte sich, und Vater war auf andere Gedanken gekommen. Er sah Birger forschend an. „Also, Birger, ich verstehe trotzdem nicht, warum du Marion nicht mitgebracht hast", sagte er.

Birger warf Lina einen vorwurfsvollen Blick zu. „Vater, das habe ich dir doch schon tausendmal erklärt. Marion wollte gerne noch einmal mit ihren Eltern feiern, denn wenn das Baby da ist, dann sind wir ja unsere eigene kleine Familie. Und ich wollte mit euch feiern. Ich finde, die Familie gehört zusammen."

„Genau das finde ich auch. Die Familie gehört zusammen." Vater schüttelte verständnislos den Kopf. Es war und blieb ihm ein Rätsel, wieso Marion und Birger nicht zusammen Weihnachten feierten. Vor allem, wo sie doch verheiratet waren und Marion im siebten Monat schwanger ging! Vater argwöhnte, daß Birger und Marion Probleme miteinander hatten, daß Birger sich vor irgend etwas drückte – warum sonst feierten sie getrennt? Aber Lina wußte, daß das nicht stimmte. Sie kannte Birger gut genug, um zu wissen, daß er es einfach liebte, zu Hause zu sein. Er liebte die Familie, und er genoß es, den ganzen Tag herumzusitzen und Vater zuzuhören, Mutter bei ihrem zerstreuten Herumkramen zuzusehen und mit Lina, Lotta und Kalle Karten zu spielen. Birger war zweiunddreißig und besaß eine eigene kleine Tischlerwerkstatt in Düsseldorf, aber er war eben ein Familienmensch; er brauchte eine große, lärmende Familie um sich herum, damit er seine Ruhe hatte. Seine eigene kleine Familie war wohl noch nicht groß und lärmend genug für ihn. Aber sie würde es schon noch werden, da machte Lina sich keine Sorgen.

„Ein Vater gehört zu seiner Familie", sagte Vater, und Birger warf Lina jetzt einen hilfesuchenden Blick zu. Prompt tat er ihr leid.

„Noch ist er kein Vater. Jedenfalls noch nicht ganz."

Birger lächelte sie dankbar an. Lina grinste zurück. Vater betrachtete sie. „Aber Lina, wenn du jedenfalls mal Mutter werden willst", fing er an, und Lina verdrehte die Augen und stand auf.

„Ich muß frisches Wasser holen."

Birger rieb sich die Hände. „Ich finde, es ist Zeit, Kaffee zu trinken, meint ihr nicht?"

„Birger, denk an die Julböcke", sagte Vater. „Und hilf Lina beim Tragen. Sie soll sich nicht mehr so überanstrengen."

Diesmal verdrehten Birger und Lina gemeinsam die Augen.

Der Heilige Abend verlief friedlich. Am Nachmittag machte Lina mit Mutter und Kalle einen Spaziergang. Sie gingen langsam, damit Flora, die in einen altersschwachen Trott verfallen war, auch mitkam. Die Luft war schneidend kalt und so klar, daß die Bäume wie aus Eis gestochen wirkten. Starr ragten die Nadeln der Tannen und Fichten in den Winterhimmel. Mutter und Lina sprachen wenig, Kalle lief voraus und begutachtete neugierig und mit Kennermiene die Spuren der Tiere, die in der Kälte begonnen hatten, die Rinde von den Bäumen zu nagen. Kalles Berufswunsch war Förster, und so, wie er am Boden herumkroch, konnte Lina sich ihn gut mit vierzig Jahren vorstellen, ganz in Grün gekleidet, einen Rauschebart im Gesicht und einen gefleckten Jagdhund an der Seite. Noch bevor sie wieder zu Hause angelangt waren, verdunkelte sich der Himmel, und die Luft schien milder zu werden. Mutter rümpfte die Nase und sah zu den Baumwipfeln auf. „Es gibt Schnee", sagte sie und lächelte voller Vorfreude.

Abends saßen sie zusammen im Wohnzimmer und spielten Karten. Mutter machte ausnahmsweise mit, denn Kalle hatte sich, zum Erstaunen aller, geweigert. Er lag unterm Christbaum und las abwechselnd in seinen neuen Botanikbüchern oder kramte im Werkzeugkasten, den Birger ihm geschenkt hatte.

Mutter war es gar nicht recht, daß sie für ihn einspringen mußte, aber es ging nicht anders, denn Lotta war ja nicht da. Sie arbeitete für drei Monate auf einer Entbindungsstation im Jemen. „Versteh das einer, das erste Weihnachten ohne Lotta, und das, weil sie Dienst hat!" jammerte Vater und schüttelte dabei ungläubig den Kopf. Es klang, als ärgerte er sich darüber, daß Lotta nicht einfach ihre Schicht im Krankenhaus Wuppertal getauscht hätte, fand Lina. Vaters Unvermögen, sich ein Mitglied seiner Familie in der großen weiten Welt vorzustellen, brachte ihn dazu, daß er die Entfernung und die außergewöhnlichen Umstände schlichtweg ignorierte. Lotta war nicht da, Punkt. Nur diese überaus ärgerliche Tatsache zählte, nicht aber, wo Lotta war und was sie dort tat.

„Man sollte meinen, daß vier Kinder ausreichen, damit man sein Lebtag nicht mehr mitspielen muß", seufzte Mutter.

„Wußt ich's doch", sagte Birger grinsend. „Du hast vier Kinder gekriegt, damit sie schön alleine miteinander spielen können und du deine Ruhe hast. Aber so läuft das nicht, Mutter. Das hätten dann schon doppelt so viele sein müssen."

„Wenn du früher Vater geworden wärest, dann wären jetzt schon die nächsten spielbereit", erwiderte Vater angriffslustig. Birger kniff die Lippen zusammen.

„Heutzutage kriegt man eben später Kinder. Oder auch gar nicht", sprang Lina ihm bei, aber das war ein Fehler. Vaters schlohweißer Kopf fuhr herum, und aus seinen blauen Augen starrte er sie durchdringend an. „Ha!" setzte er an, doch Mutter fuhr dazwischen.

„Ich spiele nur noch diese Runde mit", sagte sie energisch. „Und dann ist Kalle dran. Schließlich ist heute Heilig Abend." Das ergab zwar keinen Sinn, aber Mutter fand eben immer ihre eigene Logik. Lina war es recht. Hauptsache, Vater war abgelenkt.

Die nächsten Tage waren ruhig, so ruhig, daß es eine Wohltat war. Vater saß meist in seinem Sessel, betrachtete Weihnachtssendungen im Fernsehen und plauderte mit Birger, der sich wie immer auf dem Sofa lümmelte. Mutter sortierte Fotos, kramte in ihren Kisten, die sie über das ganze Haus verteilt hatte, summte vor sich hin und kochte ab und zu eine leichte Mahlzeit, wobei ihre Kinder ihr abwechselnd behilflich waren. Kalle werkelte im Keller mit seinen neuen Werkzeugen oder wanderte im Garten umher, und Lina ruhte sich aus. Das ganze Haus war erfüllt von einer friedlichen Atmosphäre, und als am zweiten Weihnachtsfeiertag die dicken Wolken endlich aufbrachen und Schnee fiel, erst fein wie Pulver, dann in immer größeren Flocken, bis der ganze Himmel weiß und Bäume und Wiesen von einer dichten Schneedecke überzogen waren, da wurde es noch ruhiger.

Das Thema Morbus kam nicht mehr zur Sprache, und Lina hatte Mutter im Verdacht, Vater eindeutige Instruktionen gegeben zu haben, Lina nicht mehr damit zu behelligen. Vater sah sie zwar zuweilen immer noch wie ein Habicht an, und seine zusammengezogene Stirn verriet, daß er im Begriff war, ihr mit einer aufdringlichen Frage auf die Pelle zu rücken, aber er beherrschte sich.

Lina vergaß das Ganze, so gut es ging, was nicht einfach war, denn sowohl Vater als auch Birger liefen mindestens einmal am Tag mit der Hand unter der Nase die Treppe hoch und nahmen für eine ganze Weile das Badezimmer in Beschlag. Lina hörte sie hinter verschlossener Tür prusten und schnauben. Ihre eigene Nase blieb ruhig. Frieden kehrte ein.

Am nächsten Tag rief Lotta an.

Mutter, Kalle und Birger waren zum Einkaufen in die Stadt gefahren, und Lina lag auf ihrem Bett und las in einem alten Kinderbuch, als das Telefon klingelte. Nach dem zweiten Läuten verstummte es, und Lina hörte Vaters freudig erregte Stimme von unten heraufdringen. Sie lauschte gespannt, aber Vater beruhigte sich bald. Er flüsterte gedämpft, so als ob er ein ernstes Gespräch führte. Lina wandte sich wieder ihrem Buch zu.

„Lina!" rief Vater plötzlich laut. „Komm schnell! Lotta ist am Telefon! Aus dem Jemen!"

Lina sprang so hastig vom Bett auf, daß das Buch hinunterfiel und mit aufgeschlagenen Seiten auf dem Rücken liegenblieb. Sie stürmte die Treppe hinunter, sprang über Flora hinweg, die wie immer mitten im Weg lag, und lief ins Wohnzimmer. Vater saß hochaufgerichtet da und hielt ihr mit einem stolzen Ausdruck im Gesicht den Hörer entgegen.

„Lotta?" schrie Lina. „Hallo, Lotta?"

Aus dem Hörer drang ein schrilles Piepsen und Quietschen, dann war Lottas leicht verzerrte Stimme zu vernehmen.

„Lina! Fröhliche Weihnachten!"

„Fröhliche Weihnachten! Wie geht es dir?" Lina war ganz aufgeregt. Die Verbindung war so schlecht, daß sie fürchtete, jeden Moment unterbrochen zu werden, aber dann hörte sie Lotta antworten.

„Gut! Mir geht's gut. Dies ist ein seltsames Land, Lina. Ich schlafe auf einer Grasmatte, weil ich mein Bett ans Krankenhaus abgegeben habe. Ganz schön hart für meine alten Knochen!" Lotta lachte, und das Geräusch klang, untermalt von den atmosphärischen Störungen, wie das schrille Kreischen einer alten Vettel. Lina mußte grinsen.

„Hör mal, Lina", fuhr Lotta fort, „ich hoffe, du läßt jetzt den Kopf nicht hängen. Nimm es nicht zu tragisch, so schlimm ist es ja schließlich nicht. Wenn ich wieder da bin, reden wir mal drüber."

„Worüber?" fragte Lina verständnislos. Wovon in aller Welt redete Lotta? Ihr Blick fiel auf Vater, der mit Unschuldsmiene, die Hände im Schoß zusammengefaltet, aus dem Fenster sah. Ein Verdacht keimte in ihr auf.

„Na, daß es dich jetzt auch erwischt hat und ...", sagte Lotta. Den Rest des Satzes konnte Lina nicht verstehen, denn in der Leitung surrte und rauschte es plötzlich überlaut. Ein Knacken ertönte.

„Lotta?" Lina umklammerte den Hörer.

„... werde mich erkundigen wegen dem Blutverlust bei der Menstruation." Lottas Stimme drang wieder klar zu ihr durch.

„Wovon redest du überhaupt?" fragte Lina und sah Vater an. Er hatte die Lippen gespitzt und leise zu pfeifen angefangen.

„Na, vom Morbus", erwiderte Lotta, und Lina wurde augenblicklich so wütend, daß ihr der Hörer fast aus der Hand gefallen wäre. Mit zornesblitzenden Augen starrte sie Vater an, der dasaß, als könne er kein Wässerchen trüben. Er sah mit geschürzten Lippen zu ihr auf und zog scheinheilig fragend eine Augenbraue hoch. Am liebsten hätte Lina ihn bei seinem weißem Haar gepackt und geschüttelt.

„Wie kommst du dazu, Lotta so einen Unsinn zu erzählen?"

„Was?" rief Lotta aus dem Hörer.

„Unsinn?" fragte Vater.

„Lina?" Lottas Stimme klang leiser.

„Vater!"

„Unsinn?" wiederholte Vater erstaunt.

„Lina, ich versteh dich so schlecht."

Lina besann sich. Lotta rief schließlich aus dem Jemen an. „Ich weiß nicht, was Vater dir da für einen Unsinn erzählt hat, aber ich habe den Morbus nicht. Mir fehlt gar nichts."

Vater besah sich seine Fingernägel. Lina ließ ihn nicht aus den Augen.

„Aber Vater sagt, du hättest ständig Nasenbluten."

„Ständig? Ständig? Einmal! Ich hatte einmal Nasenbluten, ein einziges Mal!"

„Eine halbe Stunde lang, sagt Vater."

„Ja, und?" Lina konnte sich nicht erinnern, jemals so böse mit Lotta geredet zu haben, jedenfalls nicht, seit sie beide erwachsen waren.

„Lina", sagte Lotta besänftigend. „Reg dich nicht so auf. Denk doch mal nach, du bist jetzt dreißig, und ..."

„Fang du nicht auch noch damit an! Ihr macht mich noch ganz verrückt mit diesem Schwachsinn!" schrie Lina in den Hörer. Vater zuckte zusammen und kratzte sich ratlos am Kopf. Seine Miene drückte den Anflug eines schlechten Gewissens aus. In der Leitung blieb es still.

„Lotta?" fragte Lina vorsichtig. Was war nur mit ihr los, daß sie sich derart aufregte? Lotta konnte ja schließlich nichts dafür, daß Vater ihr brühwarm seine falschen Schlußfolgerungen auf die Nase binden mußte. Lotta antwortete nicht. Es knackte zweimal.

„Lotta? Bist du noch da?"

„Entschuldige, ich habe dich gerade nicht gehört. Ich wollte sagen, du bist jetzt dreißig, und da fängt das dann eben an. Laß uns mal zusammen überlegen, was wir unternehmen können. Ich bin ja in drei Wochen wieder da."

Vater stand auf, schob sich an Lina vorbei und verschwand im Flur.

Lina atmete tief durch. „Okay", sagte sie ruhig und schlang die Telefonschnur langsam um ihre Finger.

„Ich muß aufhören", sagte Lotta. „Schade! Ich wollte dich soviel fragen, aber ... Mach's gut, Lina! Grüß die anderen!"

„Mach ich. Paß auf dich auf!"

„Bis ba..." Es knackte wieder, und dann war die Verbindung unterbrochen. Lina blieb stehen, starrte einen Moment auf den Hörer in ihrer Hand und legte dann auf. Sie atmete noch einmal tief durch, dann setzte sie sich in Bewegung, um Vater zur Rede zu stellen.

Als sie im Flur über Flora hinwegstieg, hörte sie näherkommendes Motorengeräusch, das kurz darauf verstummte. Türen klappten, und dann war gutgelauntes Stimmengewirr zu vernehmen. Linas Blick fiel in den großen Wandspiegel auf der anderen Seite der Diele, und als sie ihr wütendes, vor Zorn fast fratzenhaft verzerrtes Gesicht sah, hielt sie inne. War es das wert? Sollte sie sich wirklich so darüber aufregen? Sie trat näher an den Spiegel und betrachtete sich nachdenklich. Ihre Augen lagen tief in den Höhlen, eine Familieneigenschaft, die sich bei Müdigkeit besonders deutlich bemerkbar machte. Die Stirn war in Falten gezogen, und um den Mund herum lagen tiefe, auf Unzufriedenheit hindeutende Kerben.

Lina hob die Hand und strich sich über die Stirn. Die Falten glätteten sich augenblicklich. Das sah schon viel besser aus. Lina mochte es nicht, wenn irgend jemand so böse aussah, sie selbst eingeschlossen. Außerdem war jetzt gewiß nicht der richtige Augenblick, um mit Vater zu diskutieren. Sie sollte lieber in Ruhe mit ihm sprechen, nicht jetzt, wo sie aufgeregt war, das gab doch nur Zank und Streiterei.

Lina hatte sich halb vom Spiegel abgewandt, als ihr aufging, was sie da gerade eben gesehen hatte. Sie drehte sich wieder um und betrachtete sich erneut. Unter ihrer Nase glänzte es rot. Sie zog ein Taschentuch hervor und wischte den Tropfen weg. Es blieb trocken. Vorsichtig tupfte sie noch einmal nach. Zwei-, dreimal färbte sich das Taschentuch an einer kleinen Stelle rötlich, dann versiegte das Rinnsal. Lina steckte das Tuch ein, straffte die Schultern und warf einen letzten prüfenden Blick in den Spiegel. Die Falten auf ihrer Stirn waren wieder da, aber diesmal waren es keine Zornesfalten.

Lina war ständig gereizt. Obwohl die friedliche Stimmung im Hause weiterhin anhielt und der Rest der Familie ausnehmend gut gelaunt war, blieb sie mürrisch und in sich gekehrt. Daß sie gleich zweimal innerhalb kurzer Zeit Nasenbluten bekommen hatte! Auch wenn das zweite Mal kaum zählte, da es nur so verschwindend wenig gewesen war – der Schrecken hatte sich tief in Lina eingenistet und ihre ganze stoische Haltung über den Haufen geworfen. Nicht einmal sich selbst gegenüber hätte sie eingestanden, daß an den Behauptungen der anderen, sie habe den Morbus, etwas dran war. Aber dennoch – der Gedanke daran ließ sie nicht mehr los.

Lina fand das alles so ungerecht. Hatte sie zur Zeit ohnehin nicht gerade genug damit zu tun, ihr Leben in die richtige Bahn zu bringen? In diesen Wochen mußte sie schließlich eine Entscheidung darüber treffen, ob sie gemeinsam mit ihrem besten Freund Jörg ein eigenes Grafikbüro eröffnen oder doch lieber den höher dotierten Posten in der Firma annehmen sollte, in der sie seit drei Jahren beschäftigt war. Sie hatte gehofft, in den fünf Tagen zu Hause ruhig und ungestört darüber nachdenken zu können, aber irgendwie war nichts daraus geworden. Stattdessen machte sie sich Sorgen – über etwas, was noch dazu vollkommen aus der Luft gegriffen war.

„Du bist so still, Kind", sagte Mutter. Sie stand am Herd und schnippelte Möhren in den Suppentopf. Der Duft einer kräftigen Brühe zog durch die Küche, und Lina lief das Wasser im Munde zusammen. Seit einer Weile schon saß sie am Küchentisch, vor sich ein Kreuzworträtsel, und starrte auf Mutters gebeugten Rücken, als sei dort die Antwort auf ihre Fragen versteckt.

„Du bist doch auch still."

„Das ist was anderes. Ich bin immer still."

Das stimmte. Mutter hatte noch nie viel geredet. Sie trug meist einen zerstreuten Ausdruck im Gesicht, so als sei sie mit ihren Gedanken ganz woanders, aber wo, damit rückte sie nicht heraus. Lina hatte das früher als demütigende Ausgrenzung empfunden – warum ließ Mutter sie nicht teilhaben an ihrer eigenen Welt? Und es hatte sie geärgert, daß Mutter Linas Reaktion auf Kümmernisse und Streitigkeiten mit anderen Kindern wortlos und unkommentiert betrachtete, um höchstens dann und wann ein Machtwort zu sprechen. Andere Mütter rieten ihren Kindern, wie sie sich am besten verhalten sollten, aber Mutters Strategie bestand offenbar darin, ihre Kinder schutzlos ins offene Messer laufen zu lassen, damit sie zusahen, wie sie sich selbst aus mißlichen Situationen befreiten. „Ihr müßt eure eigenen Erfahrungen machen", sagte Mutter hin und wieder, und mittlerweile fand Lina, daß sie gut daran getan hatte. Vermutlich hätten sie sich sowieso nichts sagen lassen – und außerdem, waren sie nicht alle zu eigenständigen Persönlichkeiten herangewachsen, die sich anderen gegenüber durchsetzen konnten? Selbst Kalle war schon jetzt ungewöhnlich selbständig.

„Reg dich nicht über Vater auf", sagte Mutter zusammenhanglos, und in Lina regte sich Argwohn.

„Wieso?"

„Sein Gerede. Er wollte dich nicht ärgern. Er macht sich höchstens Sorgen." Mutter griff nach dem Schneidebrett und schob einen Haufen gehackter Zwiebeln in die Brühe.

Lina wollte schon zu einer harschen Erwiderung ansetzen, aber dann schluckte sie. „Es scheint ihn fast zu befriedigen – die Vorstellung, daß ich auch den Morbus habe", sagte sie leise.

„Unsinn." Mutter schüttelte energisch den Kopf. „Er sorgt sich."

Lina betrachtete nachdenklich Mutters Bewegungen. „Und du?"

Mutter schwieg. Der Topf brodelte vor sich hin.

„Was denkst du darüber?"

„Ich denke", sagte Mutter, „ich denke, daß er Anlaß hat, sich Sorgen zu machen."

Lina schluckte erneut. „Mutter", sagte sie fest, „niemand hier hat Anlaß, sich Sorgen zu machen. Ich will einfach nichts mehr davon hören."

Mutter zuckte die Achseln, drehte sich um und warf Lina einen kurzen, aber vielsagenden Blick zu. „Kannst du so lieb sein und mir aus dem Wohnzimmer meine Brille holen?" fragte sie. „Sie liegt auf dem Tisch, glaube ich."

Natürlich! Wenn es darauf ankam, wich sie aus! Lina spürte, wie der Zorn in ihr hochstieg. Andererseits – hatte sie selbst nicht gerade eben gesagt, daß sie nichts mehr davon hören wollte? Verärgert und irgendwie verwirrt stand sie auf und ging durch den Flur ins Wohnzimmer.

Vater saß im Sessel, einen Haufen Papiere im Schoß, die er aufmerksam durchsah. Birger lag lesend auf dem Sofa und Kalle auf dem Teppich, die Nase in seinem neuen Botanikbuch. Keiner sah auf, nur Flora, die mitten im Weg lag und fröhlich wedelte.

Lina ging zum Tisch, nahm die Brille und drehte sich um.

„Lina, schau mal, was ich gefunden habe. Das dürfte dich interessieren." Vater hob ein Blatt hoch und hielt es ihr entgegen. Neugierig trat Lina heran und nahm es ihm ab. Es war eine kopierte Seite aus irgendeiner Zeitschrift, und während sie die kleingedruckte Schrift überflog, dachte sie noch über Mutter nach. War es nicht vielmehr ein Zeichen von Respekt, daß Mutter nicht weiter in sie drang?

Ein wohlbekannter Name errang ihre Aufmerksamkeit. Lina überflog den Absatz noch einmal. „Morbus Osler ist eine Krankheit, die keinesfalls zum Tode führt", las sie. „Die Lebenserwartung ist im Verhältnis zu gesunden Menschen unvermindert, und mit entsprechender medizinischer Hilfe kann heutzutage auch die Lebensqualität bis ins hohe Alter unbeeinträchtigt bleiben."

„Was soll ich damit?" Lina gab Vater das Blatt zurück.

Er sah sie an. „Du kannst es doch wenigstens mal lesen."

„Nein."

„Warum denn nicht?" Birger blickte sie an. Auch Kalle sah auf.

„Weil", erwiderte Lina laut, lauter als nötig, „weil es mich nicht interessiert. Ich will einfach nichts mehr davon hören."

„Aber das muß dich doch interessieren!" Vater sah erstaunt aus. Auf einmal kam er Lina alt vor. Es war das erste Mal, daß sie sein Alter wirklich bewußt registrierte. Vater war weit über Sechzig, sein Gesicht faltendurchzogen, auf der Haut an den Händen und am Hals zeigten sich Unmengen von Leberflecken, und so, wie er da im Sessel saß, wirkte er trotz seiner überdurchschnittlichen Körpergröße klein und zerbrechlich.

Nie zuvor hatte Lina ihn auf diese Art und Weise wahrgenommen. Wenn sie an Vater dachte, kam ihr immer das Bild eines großen und kräftigen Mannes mit energischen Zügen, schlohweißem Haar und wach blitzenden Augen in den Sinn. Und plötzlich war das alles hinfällig; ihr Bild von ihm stimmte nicht mehr, und ihr war, als hätte sie einen Stoß versetzt bekommen. Der Morbus hatte an Vater seine Spuren hinterlassen, die rötlichen geplatzten Adern unter den Augen sprachen eine deutliche Sprache. Und Vater – er saß da, selbstgefällig und erstaunt, war sich seiner Gebrechlichkeit gar nicht bewußt und erwartete von Lina, daß sie sich nicht darüber aufregte, daß sie das gleiche Schicksal erwartete wie ihn, wie Tante Greta, wie Birger und …

„Ach, zum Teufel!" brauste sie auf und stampfte hilflos und kindisch mit dem Fuß auf den Boden. Flora sprang auf und sah sie erwartungsvoll an, und Lina kam ein Gedanke.

„Ich gehe spazieren", sagte sie. „Komm, Flora." Damit ließ sie die anderen verblüfft zurück, lief durch die Küche, wo sie Mutter die Brille in die Hand drückte, als sei sie ein zu heiß gewordener Topf, und weiter in die Garderobe. Als sie sich den Schal um den Hals warf, stand auf einmal Kalle neben ihr und nahm seine Jacke vom Haken.

„Ich komme mit", sagte er munter. Lina wollte ihn abweisen, aber dann beherrschte sie sich. Er hatte ihr ja nun wirklich nichts getan. Sie riß wortlos die Tür auf und lief hinaus.

Schnee wirbelte in kleinen Flöckchen durch die Luft. Ein Wintervogel zirpte im nahen Wald, und aus der Ferne war leises Motorengebrumm zu hören. Lina schlang sich den Schal fester um den Hals und musterte Kalle. Er ging neben ihr, seine Jägermütze in die Stirn gezogen, die Hände tief in den Taschen seiner Jeans vergraben. Unter den Arm geklemmt hielt er sein Botanikbuch, und Lina fragte sich, warum im Himmels willen jeder, aber auch jeder in dieser Familie ein seltsamer Kauz wurde, sobald er die Kindheit hinter sich ließ. Welcher andere Vierzehnjährige ging denn heutzutage im tiefsten Winter noch mit einem Botanikbuch durch den Wald?

Sie waren nur ein paar Schritte weit gekommen, als ein gedämpfter Ruf sie innehalten ließ.

„So wartet doch!"

Sie drehten sich um. Vater schlitterte eilig in ihre Richtung. Im Laufen knöpfte er sich den Mantel zu, und seine Mütze saß verkehrt herum auf dem Kopf. Flora hüpfte ihm schwanzwedelnd entgegen. Es war Jahre her, daß Vater mit auf einen Spaziergang gekommen war, und Flora war darüber augenscheinlich nicht minder verblüfft als Kalle und Lina – aber im Gegensatz zu Lina freute sie sich ungleich mehr darüber. Dann war Vater bei ihnen angelangt und blieb schwer atmend stehen, sein Gesicht war von der Kälte bereits gerötet, und aus seinem Mund kamen kleine Dampfwolken.

„Nicht so eilig! Wie soll denn unsereiner da noch mitkommen?" sagte er vergnügt und schlüpfte mit den Händen in die dicken Fäustlinge. Seine Augen glänzten. Lina starrte ihn sprachlos an, dann drehte sie sich um und ging weiter.

„So warte doch, Lina!"

„Wenn du denkst, du kannst mich jetzt den ganzen Weg über mit deinen Morbustheorien nerven", sagte sie laut, ohne sich umzudrehen, „dann hast du dich geschnitten. Ich will kein Wort mehr hören, kein Wort mehr!"

Vater kicherte. „Wer sagt denn, daß ich mich mit dir unterhalten will? Ich möchte einfach nur spazierengehen. Das werde ich ja wohl noch dürfen, was, Kalle?" Aus dem Augenwinkel sah Lina, wie Vater Kalle leicht in die Seite boxte, und Kalles verstohlenes Grinsen gab ihr den Rest. Wortlos stapfte sie weiter.

Nach einigen hundert Metern, dort, wo die Straße sich zu einer langgezogenen Kurve bog, betrat Lina den kleinen Waldweg, der zwischen hohen Fichten und Tannen hindurch zum unvollendeten Kanalbett führte. Diesen Weg schlug sie immer ein, wenn sie spazierenging, und wie sonst auch betrachtete sie aufmerksam das Gestrüpp ringsum. An dieser Stelle hatte Lina einmal im Winter einen Fuchs sitzen sehen, mit steil aufgerichteten Ohren hatte er sie gelassen betrachtet, um dann gemächlich im Unterholz zu verschwinden. Er hatte kein Zeichen von Angst gezeigt, nicht einmal Floras wegen – aber Flora war in der Tat wohl keine Gefahr. Lina erinnerte sich nur zu gut daran, wie sich Flora zitternd an ihre, Linas, Beine gedrängt hatte. Sie grinste bei der Erinnerung, aber als sie Kalles und Vaters näherkommende Stimmen hörte, verging ihr die Freude gleich wieder. Unbeeindruckt von ihrer Verärgerung scherzte Vater mit Kalle. Er nimmt mich einfach nicht ernst, dachte Lina. In dieser Familie nimmt mich anscheinend niemand ernst. Noch nicht einmal Flora.

Vater lachte auf, und unwillkürlich ging Lina schneller. Flora lief voraus und verschwand nach rechts in einem dichten Brombeergestrüpp. Einen Moment später rannte auch Kalle an ihr vorbei und schlug sich in die Büsche.

„Lina!" rief Vater. Sie hörte ihn schnaufen, als er Tempo zulegte, dann war er neben ihr.

„Ist es nicht herrlich?" fragte er und sog geräuschvoll die Luft ein.

Lina brummte. Vater beäugte sie forschend von der Seite. „Warum bist du eigentlich die ganze Zeit so schlecht gelaunt?"

Sie zuckte die Achseln, aber als sie spürte, wie er sie weiterhin ansah, rang sie sich zu einer bissigen Entgegnung durch. „Da fragst du noch?"

Vater grinste in sich hinein und schüttelte den Kopf. Lina stellte mißbilligend fest, daß er die Mütze immer noch verkehrt herum auf dem Kopf trug.

„Seit wann bist du so empfindlich?" fragte Vater belustigt.

„Seit mir ständig dieser Unsinn vom Morbus eingeredet wird", erwiderte Lina. „Dabei gibt es wirklich Wichtigeres im Leben, worüber ich mir Sorgen machen kann."

Sie hatten eine Lichtung erreicht, und Lina blieb stehen und zögerte. Nach rechts, in Richtung Moor, oder sollte sie sich nach links wenden, auf die Kanalböschung zu? Vater nahm ihr die Entscheidung ab, denn er marschierte zielstrebig nach links.

„So?" fragte er. „Was denn zum Beispiel?"

Lina steckte die Hände tief in die Manteltaschen und folgte ihm. „Zum Beispiel, ob ich mich nun selbständig machen soll oder nicht. Aber dafür scheint sich ja keiner von euch zu interessieren."

„Doch, natürlich", sagte Vater. Er schlug die Fäustlinge aneinander. „Sicher interessiert uns das. Aber wir können dir doch nicht raten. Erstens haben wir keine Ahnung, und zweitens machst du sowieso, was du für richtig hältst."

Typisch! dachte Lina erbost. Irgendein Argument finden sie ja immer, um sich rauszuhalten. „Jaja", murrte sie. „Ich weiß schon: Mach, was du für richtig hältst. Wenn du schon so denkst, dann könntest du aber wenigstens so rücksichtsvoll sein und mich mit deinem Morbusgerede verschonen. Zumal das Ganze völlig an den Haaren herbeigezerrt ist."

Vater drehte sich um und blieb stehen. „Ha!" rief er aus. „Ist es nicht! Aber ganz und gar nicht!"

Die Klappen der Mütze hingen seitwärts zu seinen Wangen herunter. Er gab eine unmögliche Figur ab, und Lina konnte nicht anders, sie mußte einfach die Hand ausstrecken und ihm die Mütze richtig herumziehen. Vaters Gesicht verzog sich zu einem schalkhaften Grinsen. Es war ansteckend, aber Lina beherrschte sich.

„Doch!" sagte sie fest. „Es ist an den Haaren herbeigezogen."

Vater musterte sie, dann drehte er sich um und ging weiter. Lina betrachtete seinen breiten Rücken.

„Weißt du, Lina, du solltest das Ganze mal von einer anderen Seite her betrachten", fing Vater an. „Du meinst, deine beruflichen Sorgen seien das Wichtigste auf der Welt, und jede andere Belastung möchtest du von dir schieben. Dabei ist es doch nun wirklich so, daß du die richtige Lösung finden wirst. Eigentlich hast du gar keinen Grund, dir Sorgen darum zu machen." Lina wollte dazwischenfahren, aber Vater fügte eilig hinzu: „Du solltest einfach ein bißchen mehr auf dich vertrauen. Natürlich, mit Dreißig ist eben ein Wendepunkt erreicht. Man macht sich Gedanken darüber, was man bisher so erreicht hat, und darüber, wie es nun weitergehen soll – ob man nicht doch einmal eine Familie gründen will, zum Beispiel ..." – Lina schnitt seinem Rücken eine wütende Grimasse, das Thema konnte er sich nun wirklich schenken – „... und natürlich hat man Angst. Aber gerade du!" Vater hielt inne, drehte sich um und sah Lina scharf an, wobei er den Zeigefinger hob. „Gerade du solltest zufrieden sein und dich mal etwas entspannen. Du hast bisher alles gut hingekriegt. Warum lehnst du dich nicht mal zurück und genießt das Leben?"

Lina starrte ihn verblüfft an. Was in aller Welt redete er da? Sie brauchte einen Moment, um sich zu besinnen. „Vater", sagte sie dann langsam. „Kannst du mir mal erklären, wie ich mich entspannen soll, wenn du pausenlos vom Morbus redest?"

Vater schwieg. Hinter seiner Stirn arbeitete es. Von der Seite knackte es im Gebüsch, und dann sprang Flora auf den Weg, das Fell voller Schmutz und die Schnauze mit hellem Sand bedeckt, in dem Eisklümpchen glänzten. Offensichtlich hatte sie in einem Kaninchenloch gegraben. Noch während Lina die Hündin mißbilligend ansah, antwortete Vater.

„Lina, sieh mal. Genau das ist ja das Entscheidende: Nicht umsonst kriegt man den Morbus mit Dreißig."

Lina preßte die Lippen aufeinander. Allmählich fragte sie sich, ob Vater nicht langsam senil wurde. Sie verstand kein Wort von dem, was er ihr sagen wollte.

„Doch", sagte Vater mit Nachdruck. „Ganz im Ernst, Lina: Wenn der Morbus ein Gutes hat, dann das, daß er dich in einer entscheidenden Phase deines Lebens auf den Boden der Tatsachen zurückbringt und dir zeigt, daß alles andere gar nicht so dramatisch ist. Denn das Wichtigste im Leben ist und bleibt nun mal die Gesundheit – innen und außen." Er strahlte triumphierend.

„Das weiß ich auch so", sagte Lina trotzig. Hinter Vater war Kalle aufgetaucht. Er trug eine zufriedene Miene zur Schau und hatte einen Stock in der Hand, mit dem er im Gestrüpp am Wegesrand herumstocherte.

„Weißt du eben nicht." Vater schob die Unterlippe vor. „Du zerbrichst dir den Kopf über alle möglichen Dinge, die sich sowieso von selber regeln werden. Mach dir lieber Gedanken, wie du in Zukunft mit deiner Gesundheit umgehen wirst – wie du ein zufriedenes Leben führen kannst."

Ein Körnchen Wahrheit steckte in dem, was Vater sagte, das mußte Lina widerstrebend anerkennen. Aber dennoch, irgend etwas Wichtiges hatte er einfach übergangen. Nach ein paar Sekunden fiel es ihr ein.

„Vater, aber der Kern an der Sache ist doch, daß ich den Morbus gar nicht habe. Mein Gott, einmal Nasenbluten – und dann wird gleich so ein Mordstheater darum veranstaltet. Weißt du was? Mir kommt es so vor, als würdest du dir geradezu wünschen, daß ich den Morbus habe!"

Vater blickte betroffen drein. Er rieb sich unbeholfen den Nacken und zuckte die Achseln. Lina setzte sich in Bewegung, und Vater und Kalle folgten ihr. Vor ihnen begann der Pfad anzusteigen. Sie waren am Fuß der Kanalböschung angelangt, die wie ein unbezwingbarer, schneebedeckter Berg vor ihnen aufragte. Unentschlossen blieb Lina stehen. Sollten sie wirklich da hinauf? Vater war schließlich nicht mehr der Jüngste.

„Nein, Lina, ich wünsche mir das gewiß nicht. Aber ich weiß es."

Lina drehte sich zu Vater um. Er hob die Augenbrauen, dann lächelte er und legte den Arm um Kalle, der neben ihm stand.

„Du hast es, und ich habe es, und Birger, und auch Kalle trägt den Morbus in sich, das weiß ich so sicher, wie ich hier stehe. Nur Lotta hat ihn nicht."

Lina wollte widersprechen – waren das nicht alles die Hirngespinste eines alten Mannes? –, aber etwas an der Art, wie Vater dastand, nahm ihr den Wind aus den Segeln. Er schien sich seiner Sache so sicher zu sein. Was, wenn er wirklich recht hatte? Was hatte es für einen Sinn, sich so dagegen zu sträuben?

Vater deutete ihr Schweigen richtig. „Besser, man sieht den Tatsachen ins Auge, als sich zu verstecken. Du kannst sowieso nicht davor fliehen. Gewöhn dich daran – und wenn es nicht so sein sollte, wenn du den Morbus wirklich nicht haben solltest, dann hast du hinterher eben mächtig Anlaß zur Freude. Selbst Kalle", er legte Kalle den Arm um die Schultern, „selbst dieser feine Bursche hier findet sich schon damit ab. Er hat noch nicht mal die Hälfte rum bis dahin, und trotzdem nimmt er das Ganze schon gelassen. Nicht wahr, Kalle?"

Kalle nickte mit rotem Gesicht und scharrte mit dem Fuß. Lina sah ihm an, daß er sich nur zu gerne aus Vaters Umarmung herausgewunden hätte.

„Es ist eine Frage der inneren Einstellung", erklärte Vater gewichtig. „Das ist dann alles gar nicht so schlimm. Sieh mich an, Lina – habe ich je gejammert? Nein, der Morbus, der gehört zu mir, seit über dreißig Jahren, und wir sind mittlerweile richtig gute Freunde geworden. Und jeden Morgen wache ich auf und denke mir, wie froh ich sein kann, daß ich so ein gutes Leben habe. Da ist doch der Morbus nur ein Klacks."

„Ha!" schnaubte Lina. Nun übertrieb er aber gewaltig! „Ein Klacks? Du und nicht jammern? Du tust geradezu so, als sei der Morbus genauso unbedeutend wie ein eingewachsener Fußnagel oder ein Furunkel. Dabei weißt du selbst, wie nervig das Ganze ist. Denk nur daran, wie oft du in peinliche Situationen geraten bist, weil du vor wildfremden Leuten Nasenbluten gekriegt hast! Und deine Rückenschmerzen nach den Transfusionen, und ... Ach, all die Sachen, die du nicht machen konntest und wir deswegen auch nicht, und immer wegen dem Morbus! Und sag nicht, du hättest nicht gejammert! Ich kann die Tage gar nicht zusammenzählen, in denen du von morgens bis abends gestöhnt und geächzt hast. Und Birger fängt doch schon genauso an!" Lina war richtig außer Puste geraten.

Vater blickte leicht schuldbewußt drein. „Ich jammere?" fragte er unbehaglich. „Ehrlich? Ich?" Er sah von Lina, die seinem Blick unbeugsam standhielt, zu Kalle, aber Kalle blickte zur Seite. Vater musterte ihn scharf, dann überzog ein geschlagenes Lächeln sein Gesicht.

„Na gut", gab er widerstrebend zu. „Vielleicht jammere ich manchmal. Aber nur ein bißchen."

Er sah dermaßen verlegen aus, daß Lina wider Willen grinsen mußte. Kalle nutzte die Gelegenheit und machte sich frei, um die Böschung hinaufzurennen. Flora hopste hinterher und bellte freudig auf.

Vater sah wieder zu Lina. „Aber nicht schlimm, oder?"

Lina konnte nicht anders, sie mußte einfach lachen. Vater grinste auch, dann sah er die Böschung hinauf.

„Komm, Lina, wollen wir mal sehen, ob wir Alten da nicht auch noch hinaufkommen!"

Er machte sich an den Aufstieg, und Lina lief hinterher. Übermütig überholte sie ihn und rannte bergauf. Der Weg war vereist, und zweimal rutschte sie beinahe aus. Sie hörte Vater hinter sich, sein angestrengtes Schnaufen drang laut durch die Winterluft, und Lina mußte lachen. Scheinbar wollte Vater ihr beweisen, wie fit er trotz Alter und Morbus noch war. Ihr stieg das Blut ins Gesicht – die Böschung war wirklich enorm steil –, und energisch nahm sie alle Kraft zusammen. Ihr Herz schlug schnell und laut, unter ihren Füßen knackte ein halbgefrorener Ast. Vater kam näher, Lina legte Tempo zu, in ihren Ohren rauschte es, dann war sie endlich oben, wo Kalle schon dabei war, einen Schneeball zu rollen.

Er sah auf und lächelte, aber dann nahm sein Gesicht einen bestürzten Ausdruck an, einen Ausdruck, den Lina nur allzugut kannte, und automatisch griff sie sich an die Nase. Warmes Blut lief auf ihre Finger, auf einmal hatte sie einen metallischen Geschmack im Mund, und ein taubes Gefühl in der Stirn setzte ein. Lina hielt sich die Hand unter die Nase und drehte sich nach Vater um. Er stand keuchend im Schnee, und auch er hielt sich die Hand unter die Nase, aus der ein blutiges Rinnsal floß. Über ihre blutenden Nasen hinweg sahen Lina und Vater sich an.

„Vorbeugen!" sagte Vater undeutlich. Gleichzeitig beugten sie sich vor und knieten sich hin. Blut tropfte in den Schnee, und Lina schloß die Augen. Sie fühlte, wie aller Widerstand in ihr verebbte. Na gut, dachte sie, sei's drum. Finde ich mich halt damit ab. Ich habe den Morbus.

Mit einem Mal hatte der Gedanke gar nichts so Schreckliches mehr an sich. Lina hörte das Rauschen des Windes, das Knacken der schneebeladenen Äste und Vaters angestrengtes Schniefen, und dann öffnete sie die Augen und sah Kalles Hand vor sich. Er hielt ihr einen Klumpen Schnee hin, und sie griff zu und preßte die weiche, kalte Masse an ihre Nase.

„Siehst du, Lina", nuschelte Vater, „man muß dem Morbus entgegentreten. Verstecken nützt nichts." Auch er kühlte seine Nase mit Schnee, den Kalle ihm reichte. Lina streckte die Hand aus, und Kalle gab ihr einen neuen Klumpen. Leise murmelte er etwas vor sich hin.

„Was?" fragte Vater. Kalle wurde rot und kratzte eilig noch mehr Schnee zusammen.

„Kalle, was hast du gesagt?"

Lina sah zu ihm hin. Ihr Bruder scharrte zwei kleine Häufchen Schnee zusammen und hielt sie ihr und Vater entgegen.

„Kalle!" sagte Vater scharf und hustete.

„Ich hab gesagt ..." Kalle zögerte, dann sah er scheu zum Himmel auf. „Ich hab nur hallo gesagt."

„Hallo?" Vater runzelte die Stirn. „Hallo zu wem?"

„Hallo, Morbus!" sagte Kalle.

„Hallo, Mor..." Vater unterbrach sich, hustete erneut und warf Lina einen verdutzten Blick zu. Er schüttelte den Kopf.

Kalle hatte angefangen zu pfeifen. Weiter hinten, im Gestrüpp, bellte Flora aufgeregt.

„Hallo, Morbus!" wiederholte Lina leise. Es klang gar nicht einmal so schlecht. Plötzlich mußte sie lachen, trotz des metallischen Geschmacks in ihrem Mund, trotz des Blutes, das unaufhörlich aus ihrer Nase auf den Boden strömte und den Schnee ringsum schmelzen ließ, und trotz der unbequemen Haltung, in der sie hockte. Sie lachte vor sich hin, und dann hörte sie, wie Vater mit einstimmte, und nach einem Moment kicherte auch Kalle. Hinten, tief im Unterholz, bellte Flora erneut.

Zechprelle

Ich erkenne ihn nicht gleich. Zuerst sehe ich nur seinen Hinterkopf mit dem dunklen, kurzen Haar. Dann fällt mein Blick auf die Jeansjacke: Sie ist ausgebleicht, am Kragen und an den Nähten verschlissen; und sie ist viel zu weit. Auch die Hose ist mindestens zwei Nummern zu groß für ihren Träger. Zwar ist es modisch, weite Klamotten zu tragen, aber diese hier sitzen ganz und gar nicht modisch, sondern einfach nur zu weit.

Er steht am Tresen, zu Lars, dem Keeper, gebeugt. Lars sieht nervös aus. Seine Stirn ist angestrengt gerunzelt, und jedesmal, wenn der Typ in Jeans etwas zu ihm sagt, schaut er ihn nur flüchtig an und lächelt hastig mit einem Mundwinkel, um sich schnell wieder seiner Arbeit zu widmen. Erst denke ich, daß er vielleicht auf den Typen steht und deswegen aufgeregt ist, aber an der Art, wie Lars sich unbeholfen am Nacken kratzt, erkenne ich, daß seine Nervosität nicht die eines Verliebten, sondern die eines Eingeschüchterten ist. Dann dreht sich der Jeansträger um.

Vor noch gar nicht langer Zeit gehörte Stevy genauso selbstverständlich in diese Bar wie das Flaschenbier. Ich mochte ihn immer schon, obwohl andere sich an seiner überheblichen Art und seinen zynischen, zuweilen verletzenden Bemerkungen störten. Erst jetzt, wo ich ihn sehe, fällt mir auf, daß er eine ganze Weile nicht mehr da war. Monate.

Stevy steht ruhig da, ein Bein gegen den Tresen gestützt, und läßt den Blick durch den Raum schweifen. Um seine Mundwinkel herum hat sich ein sarkastisches Lächeln eingebrannt, das mir noch gut in Erinnerung ist; aber jetzt, wo ich es wiedersehe, wirkt es nicht mehr überzeugend, eher hilflos. Stevys Augen liegen tief in ihren Höhlen, die Wangen sind eingefallen, und am Hals hat er Falten, ein Geäst dünner, in sich verschlungener Falten, wie sie eigentlich nur sehr alte Leute haben. Jetzt erkenne ich auch die Klamotten wieder: Ich habe Stevy nie anders als in Jeans gesehen, in genau solchen Jeans, wie er sie gerade trägt. Wahrscheinlich sind es sogar dieselben, nur daß sein hagerer Körper sie nicht mehr richtig ausfüllt. Jacke und Hose hängen schlaff an ihm herab, und gleichzeitig ist es, als ob Stevy darin hängt, als ob er seine Kleidung nicht mehr trägt, sondern sie ihn. Selbst die Cowboystiefel – auch sie erkenne ich wieder, es sind die alten, grünen mit dem eingenähten Schlangenleder –, selbst die Cowboystiefel wirken überdimensional, wie zwei zu groß geratene Ledersäcke, in die Stevy seine Füße hineingestellt hat, um sie zu schonen.

Stevys Blick fällt auf mich. Er grüßt mich nicht, auch äußert er kein Zeichen des Wiedererkennens; er steht einfach nur da und sieht mich abwartend an. Erst, als ich ihn anlächele, verzieht er den Mund zu einem Grinsen. Während ich zusehe, wie er sich wieder umschaut, begreife ich, warum er nicht zuerst grüßt, denn ich kann sehen, wie einige ihn nicht erkennen – und die, die ihn erkennen, tun so, als hätten sie ihn nicht erkannt. Ich kann sehen, wie sie sich vorm Grüßen drücken. Stevy steht mitten im Raum wie ein Mahnmal, das an etwas erinnert, woran niemand sich erinnern lassen will.

Dann kommt ein alter Kumpel von Stevy rein, ein kleiner, kräftiger Typ mit Pudelmütze. Er tratscht sich vom Eingang bis zur Theke, Stevy beobachtet ihn reglos, schließlich sieht er Stevy, stutzt, zögert einen Moment, dann schiebt er sich heran, haut Stevy ungelenk auf die Schulter, grinst und sagt irgendwas. Stevy lacht.

Der Abend zieht sich, wandert, wird zur Nacht. Menschen drängeln sich, Herbstwind als Duftnote, Parfüms, Schweiß; Gesichter, die sich zunicken, geöffnete Münder, Lippen, die sich schnell bewegen. Die Musik wird lauter gestellt, und alle schreien dagegen an, lauter noch, lauter, die drehenden Finger am Lautstärkeregler treiben die Stimmen der Masse hoch: eine kleine Geste nur, der doch alle folgen. Man lärmt, überschreit sich, und wer aufgeben muß, grinst oder schaut still umher, mit gierigen Augen.

Dann ist es auf einmal spät, und die Luft ist verraucht; Stevy steht immer noch am Tresen, auch der mit der Pudelmütze, und mittlerweile haben sich ein paar andere dazugesellt. Stevys Augen glänzen; er redet und lacht laut, aber etwas in seinem Ton klingt falsch, eine Spur Grimm schwingt mit und macht seine Späße welk. Als ich mich vorbeischiebe, um mir ein Bier zu holen, sieht er mich an wie ein Falke seine Beute, und dann legt er eine Hand auf meine Schulter.

„Na?" fragt er laut. „Biste nicht erstaunt, mich hier zu sehen? Haste nicht auch gedacht, daß ich schon in der Kiste klappere?"

Mir wird heiß vor Verlegenheit. Die anderen gehen fast unmerklich auf Distanz, einen halben Schritt nur, ein abgewandter Kopf. „Ich habe gar nichts gedacht", erwidere ich. Stevy lacht und nimmt die Hand von meiner Schulter. Er glaubt mir nicht, aber es stimmt: Ich habe nie an ihn gedacht. Ich hatte vergessen, daß es Stevy gibt.

Er sieht mich an, dann seine Freunde, die sich angeregt miteinander unterhalten, und plötzlich stößt er sich vom Tresen ab. „Tschüß", sagt er und setzt sich in Bewegung.

„He!" Lars ist überrascht. „Ich krieg noch was von dir!"

Stevy bleibt stehen. „Du kriegst noch was von mir?" fragt er, und seine Augen verdunkeln sich.

„Du hast noch nicht gezahlt. Fünf Bier. Zwanzig Mark."

Stevy sieht ihn lange an, lange, eine Ewigkeit. Dann wendet er sich wortlos ab.

„He!" ruft Lars, lauter diesmal, und nun drehen sich Stevys Freunde (oder sind es ehemalige Freunde?) um. Ihre Blicke wandern von Lars zu Stevy und wieder zurück, unsicher, abwägend.

„Komm, Stevy, mach kein' Scheiß", sagt Lars unbehaglich.

Stevy schweigt, aber er bleibt stehen. Er wartet ab.

„Was is 'n los?" fragt der mit der Pudelmütze.

„Ich krieg noch zwanzig Mark." Lars sieht Stevy an. Mach kein' Ärger, bitten seine Augen, aber sein Mund ist schmal wie ein Strich.

„Nein." Stevys Stimme klingt ruhig.

„Nun hör aber mal auf. Gib mir die zwanzig Mark, und dann ist es okay", sagt Lars gepreßt.

„Gar nichts ist okay."

„Komm schon", Lars beugt sich vor, „du kannst doch nicht einfach die Zeche prellen, nur weil du ..."

„Nur weil ich was?" Stevy kommt näher. Seine Stimme ist noch ruhiger geworden, ganz ruhig. Um uns herum ist es laut – Musik, Stimmen und Lachen; aber zwischen uns ist es leise, ganz leise. Stevys Zorn schafft ein Vakuum, in das niemand einzudringen wagt. „Nur weil ich was?"

Lars weicht zurück und wischt sich über den Hals. „Nur weil du einen schlechten Tag hast", sagt er.

„Ich habe nur noch schlechte Tage", erwidert Stevy leise und scharf. „Und ich bin kein Zechpreller. Ich nicht. Ich zahle jeden Tag meine Zeche, für etwas, das ich gar nicht bestellt habe. Das reicht mir, klar?"

„Stevy", mahnt der mit der Pudelmütze, aber Lars fährt dazwischen: „Komm mir nicht auf die Tour! Ich will nur, daß du die fünf Bier bezahlst. Immerhin hast du sie ja auch getrunken, oder etwa nicht?"

„Darum geht es gar nicht." Stevy grinst böse, aber in seinen Augen flackert so etwas wie Trauer auf. Er weiß, daß er im Unrecht ist, aber er kann nicht zurück. „Ich hab nichts mehr", sagt er auf einmal leise, und dann geht er einfach hinaus.

Lars macht Anstalten, ihm hinterherzulaufen, aber der mit der Pudelmütze hält ihn zurück. „Hier", sagt er und legt einen zusammengefalteten Zwanzigmarkschein auf den Tresen. Lars sieht zögernd darauf nieder, dann atmet er tief durch und nimmt den Schein. „Ist doch Scheiße, die Zeche zu prellen, nur weil er mies drauf ist", mault er.

„Hast ja recht, aber vergiß es." Der mit der Pudelmütze dreht sich wieder zu den anderen um. Obwohl er für Stevy eingesprungen ist: Ich finde, er hat ihn soeben verraten.

„Diese Mitleidstour ist echt Scheiße", sagt Lars zu mir. „Ich meine, ich hab ihm den Mist nicht angehängt, den hat er sich woanders geholt. Wenn da alle ankämen – sollen wir jetzt vielleicht für die alle auch noch mitbezahlen?"

Ich zucke die Achseln. Wenn ich es mir recht überlege, finde ich den Gedanken eigentlich gar nicht so verkehrt. Aber darum geht es ja gar nicht. Es geht darum, daß Stevy nichts mehr hat.

Eine Bürste für Alma

Die offene Tür des alten Holden knarrte, als Alma ihren Fuß auf die Seitenstreben setzte. Sie seufzte, schwang sich auf den Fahrersitz und zog die Tür mit aller Kraft zu. Der ganze Wagen wackelte, und Willie, der auf der Ladefläche stand, wuffte. Im nächsten Moment ging die Tür leise quietschend wieder auf. Alma verdrehte die Augen gen Himmel und faßte erneut nach dem Türgriff.

Beim zweiten Versuch blieb die Tür geschlossen. Befriedigt warf Alma einen Blick zu Helen, die im Hauseingang stand, nur um zu entdecken, daß Helen ihr etwas zurief. Alma warf einen melancholischen Blick auf die Fensterkurbel, die seit ewigen Zeiten defekt war, dann rutschte sie auf den Beifahrersitz hinüber und stieg auf der anderen Seite wieder aus. Willies heißer Atem streifte ihren Nacken.

„Wieso bleibst du denn nicht im Wagen?" fragte Helen.

„Weil die Tür endlich zu ist und das Fenster sich schließlich nicht öffnen läßt."

„Aber du hättest doch das Fenster auf der Beifahrerseite runterdrehen können, anstatt gleich auszusteigen."

„Hab ich aber nicht", sagte Alma und ärgerte sich. „Aber was hattest du denn gerade gesagt?"

„Ich wollte dir nur ein schönes Wochenende wünschen. Viel Spaß."

„Ach so. Danke. Und das war alles?"

„Ja."

„Gut", sagte Alma. „Dann fahr ich jetzt mal."

Helen nickte, und Alma stieg wieder ein. Als sie den Holden rückwärts aus der Einfahrt setzte, warf sie einen letzten Blick auf Helen, die immer noch im Hauseingang stand, das Haar jetzt ein bißchen zerwühlt. Sie sah auf einmal klein und verletzlich aus, und Alma überkam unvermittelt und grundlos ein schlechtes Gewissen. Sie stieß die Fahrertür auf und rief: „Dir auch viel Spaß, Helen. Bis Montag!"

Helens verwunderter Gesichtsausdruck stand Alma den ganzen Weg zu Sally über vor Augen, den ganzen Weg über, auf dem sie unaufhörlich versuchte, die Fahrertür wieder zu schließen, ohne deswegen anhalten zu müssen.

„Das ist Karla", sagte Sally. „Karla kommt aus Deutschland, hab ich dir ja schon erzählt. Karla ist schon eine ganze Weile hier, zwei Monate oder so. Oder drei?"

„Zwei", sagte Karla auf englisch. Sie hatte grüne Augen und einen blonden Pagenschnitt und sah Alma ununterbrochen an, seit sie aus dem Holden gestiegen war.

Alma hatte gewußt, daß Sally eine Kollegin aus Deutschland zum Campen mitbringen würde, die für eine Woche in ihrer anthropologischen Forschungsstation zu Gast war, aber so hatte Alma sie sich nicht vorgestellt. Sie hatte sich Karla so ähnlich wie Sally vorgestellt: klein, dünn, nervös und mit einem spitzmäusigen Gesicht. Jetzt, wo sie Karla sah, fragte Alma sich, wie in aller Welt sie auf diesen Gedanken gekommen war. Karla war das genaue Gegenteil von Sally. Sie war groß, kräftig, ruhig und besaß ebenmäßige Gesichtszüge. Sie war eine sehr attraktive Frau. Und sie sah Alma die ganze Zeit an. Alma schaute weg.

„Jedenfalls fliegt Karla nächste Woche wieder zurück, und Alice Springs ist ihre letzte Station. Da habe ich mir gedacht, wir müssen unbedingt nach Glen Helen fahren. Karla hat ja leider noch nicht einmal Zeit für Uluru."

„Sorry", sagte Karla. „Für was, bitte?"

„Uluru. Ayers Rock. Uluru ist der Aborigines-Name für Ayers Rock."

„Ich weiß", sagte Karla. „Ich hab dich nur gerade akustisch nicht verstanden."

„Uluru", wiederholte Sally. „Ich habe gedacht, Karla fährt bei dir mit, Alma, dann könnt ihr euch schon mal ein bißchen kennenlernen, und Deb und Sue bei mir."

„Wir überlegen, ob wir lieber mit unserem eigenen Auto fahren sollten", warf Deb ein.

„Das überlegst du. Ich nicht", sagte Sue trotzig.

„Aber wieso denn? Wir brauchen keine drei Autos. Wir sind nur zu fünft."

„Wir haben alles schon so schön verstaut." Deb scharrte mit einem Fuß im Sand und schlug mit der flachen Hand zur Bekräftigung leicht auf die säuberlich hochgerollte Abdeckplane ihres Toyotas.

„Mir ist das egal, ich pack meinetwegen wieder alles um." Sue sah mürrisch aus, aber so sah sie schon aus, seit Alma angekommen war. Wahrscheinlich hatten sich die beiden gerade wieder einmal gestritten.

„Dann lassen wir eben meinen Wagen stehen, und ich fahr bei euch mit, Alma." Sally griff nach ihrer Swag, einer Art transportablem Bett, das aus einer dünnen Matratze, Decke und Kopfkissen bestand, die in feste Zeltplane eingerollt waren, und zog sie mit Schwung von der Ladefläche. Dann hielt sie inne. „Aber nur, wenn Willie hinten bleibt!"

„Willie bleibt hinten", sagte Alma und betrachtete ihren Hund. Er hockte auf der Ladefläche, wedelte heftig mit dem Schwanz und sah Karla, die ihm am nächsten stand, erwartungsvoll an, und Alma spürte, daß Karla wiederum sie ansah. Ein paar Schweißtropfen traten auf ihre Stirn, und sie blickte blinzelnd zum Himmel hoch. „Heiß heute."

Sally, die gerade einen Fuß auf das Trittbrett gesetzt hatte, um einzusteigen, hielt inne und drehte sich zu ihr um. „Mit dir stimmt auch irgendwas nicht. Es ist überhaupt nicht heiß heute. Es ist Winter, und außerdem war es gestern viel wärmer."

„Trotzdem ist mir heiß. Ich finde es heiß."

„Du hast doch noch nicht mal Shorts an."

„Ich trage beim Campen nie Shorts."

„Quatsch mit Soße!" sagte Sally und stieg ein.

„Also, ich finde es jedenfalls heiß."

„Soll ich auch schon mal einsteigen?" fragte Karla.

Sally redete ununterbrochen während der Fahrt. Alma gab vor, sich auf das Fahren konzentrieren zu müssen, obwohl das nicht stimmte. Erstens kannte sie die Strecke beinahe im Schlaf, und zweitens fuhr Deb vor ihr her, und Deb war bekannt für ihren langsamen, überaus vorsichtigen Fahrstil. Aber so zu tun, als müsse sie die schnurgerade Schotterstraße dringend im Auge behalten, schien Alma die sicherste Methode, forschenden Blicken auszuweichen. Karlas forschenden Blicken, genauer gesagt.

„Karla", erklärte Sally nicht ohne Stolz, „Karla hat letztes Jahr ein Buch über ungewöhnliche matriarchalische Strukturen in Zentralasien geschrieben."

„Tatsächlich?"

„Mitgeschrieben", stellte Karla richtig.

Sally winkte ab. „Es ist gerade ins Englische übersetzt worden. Schade, daß du nicht hierbleiben willst, Karla. Wir könnten noch eine fähige Anthropologin gebrauchen. Außerdem hätte ich dann endlich eine Frau im Team. Wir waren übrigens gestern zusammen in Santa Theresa", wandte sie sich an Alma. „Liesl war auch da. Schöne Grüße soll ich dir ausrichten. Sie sagt, ihr trefft euch nicht mehr so oft zum Tennis. Habt ihr euch gestritten, oder was?"

„Nein", sagte Alma. „Ich habe nur nicht mehr soviel Lust, Tennis zu spielen."

„Generell oder mit Liesl?"

„Generell", erwiderte Alma, auf einmal gereizt. Deb bremste vor ihr ab, und Alma trat ebenfalls auf die Bremse. Etwas bumste von hinten leicht gegen die Führerkabine. Alma sah in den Rückspiegel und durch die Trennscheibe direkt in Willies pelziges Gesicht. Deb beschleunigte wieder.

„Was war denn?" fragte Karla.

„Keine Ahnung", sagte Alma.

„Wahrscheinlich streiten sie sich gerade wieder." Sally gluckste vergnügt. „Die Australierinnen streiten gerne. Stimmt's, Alma?"

„Weiß nicht." Alma gab Gas.

„Wieso? Du bist doch keine Australierin. Du bist doch Deutsche, oder?" Karla betrachtete sie interessiert. Ihre grünen Augen lagen im Schatten. Die Sonne fiel voll auf ihren sinnlichen Mund.

„Ja." Alma deutete nach links. „Dahinten sind die McDonnell-Rangers, die ziehen sich hundertfünfzig Kilometer weit in die Wüste."

Karla warf einen flüchtigen Blick auf die Berge und sah Alma dann wieder an. Alma wurde rot.

„Ich meine ja auch nicht, daß Alma gerne streitet." Sally ließ sich genausowenig ablenken wie Karla. „Alma streitet überhaupt nicht gerne. Aber sie wird dazu gezwungen. Von den australischen Frauen. Außer von mir." Sie lachte.

„Dann brauchst du ja auch gar nicht zu fragen, ob ich mich mit Liesl gestritten habe", sagte Alma entnervt.

„Vielleicht hat Liesl sich ja mit dir gestritten."

„Ist Liesl Australierin?" erkundigte sich Karla.

„Ja", sagten Sally und Alma gleichzeitig.

„Na, dann." Das war das erste Mal, daß Karla eindeutig Humor bewiesen hatte, und Alma schaute neugierig zu ihr herüber. Karla besah zur Abwechslung einmal die Landschaft, die in ihren Augen eintönig wirken mußte, für Alma aber mit der Zeit einen unvergleichlichen Reiz entwickelt hatte. Jetzt, nach Jahren, fand sie, daß kein Platz im Outback dem anderen glich. Die Landschaft veränderte sich mit jedem Kilometer, den man zurücklegte, aber nur ein geübter Beobachter bemerkte das. Für die anderen bestand die Wüste aus einer endlosen, roten Weite.

„So", sagte Sally, „wir sind da."

Alma bog hinter Deb in den Sandweg ein, der sich am Ufer des alten, ausgetrockneten Flußbettes entlangschlängelte. Ghost-Gums, weiße, uralte Bäume, die den Aborigines als heilig galten, streckten zu beiden Seiten des Flusses ihre ausgedörrten Äste gen Himmel. Rechts und links davon säumten knorrige Büsche die leicht ansteigenden Hänge. In der Ferne war das Massiv eines monumentalen Berges zu erkennen, dessen Umrisse denen einer auf dem Rücken liegenden alten Frau ähnelten. Karla stieß überrascht den Atem aus.

„Toll, nicht? Das ist das wahre Australien." Sally lehnte sich befriedigt tiefer in den Sitz.

„Du übertreibst", sagte Alma. „Die Wüste ist auch das wahre Australien."

„Ja, aber das hier ist eben magisch. Da spürt man die alten Geister."

Alma schwieg. Sie fragte sich, wo Deb hin wollte. An ihrem Lieblingsplatz, wo sie normalerweise campten, waren sie soeben vorbeigefahren. Deb umkurvte einen riesigen Baum und setzte eine weitere Steigung hinauf. Als Alma ihr nachfuhr, spürte sie, wie die Räder des Holden auf dem sandigen Pfad durchdrehten. Einen Moment befürchtete sie, steckenzubleiben, aber dann waren sie auf der Anhöhe angelangt. Deb preschte schon wieder auf der anderen Seite hinunter.

Alma zog die Handbremse an, öffnete die Tür und stieg aus dem Wagen, um Willie von der Ladefläche zu lassen. Er sah ein bißchen benommen aus, aber kaum hatte er festen Boden unter den Pfoten, rannte er auch schon los, hinter Debs Toyota her, der gerade außer Sichtweite verschwand.

„Hier ist ein schöner Platz!" rief Sally. „Warum bleiben wir nicht einfach hier?"

Alma betrachtete die windgeschützte Lagerstelle auf der rechten Seite und zuckte die Achseln, während sie wieder einstieg. Sie schlug die Tür so fest zu, wie sie konnte. Wundersamerweise blieb sie geschlossen. „Keine Ahnung", sagte sie. „Weiß der Teufel, was sie vorhaben." Sie gab Gas, und der Wagen schlidderte die Anhöhe hinab. Schräg vor ihnen war das Heck des Toyotas zu erkennen, der den Pfad verlassen hatte und gerade zwischen einigen Büschen hindurch in das Flußbett rollte.

„Sie will ins Flußbett", sagte Sally und seufzte. Alma biß die Zähne zusammen. Der Holden holperte und schlingerte abwärts. Dann waren sie im Flußbett, und die Räder drehten abermals durch. Alma gab Vollgas. Der Wagen bockte und schleuderte vorwärts, bevor seine Reifen wieder faßten.

„Wow!" sagte Karla bewundernd. „Jane Bond im Busch!"

Sally lachte lauthals. Alma sah stur geradeaus.

Eine weitere Viertelstunde ratterten sie durch das trockene Flußbett. Ab und zu verlangsamte Deb, beugte sich suchend aus dem Fenster und fuhr wieder weiter, den unermüdlichen Willie dicht hinter sich. Alma spürte, wie die Wut in ihr hochstieg. Ihr war heiß, die Sonne blendete sie, das Schliddern und Schlingern setzte ihrem Magen zu, und außerdem befürchtete sie jederzeit, steckenzubleiben. Vor lauter Anspannung war sie schon ganz verkrampft. Als der Fluß sich verengte und Deb zwischen zwei dicht zusammenstehenden Büschen hindurchfuhr, war Alma mit ihrer Geduld am Ende. Sie gab Gas und drückte gleichzeitig auf die Hupe. Sally und Karla, die sich bis dahin angeregt unterhalten hatten, verstummten. Deb hielt an, beugte sich aus dem Fenster und sah mit verständnislosem Gesichtsausdruck zu ihnen herüber.

Alma versuchte vergeblich, ihr Fenster herunterzukurbeln. Dann erinnerte sie sich, daß es defekt war, und drehte sich zu Sally und Karla um. Die beiden sahen sie neugierig an.

„Fragt sie doch mal, wo sie eigentlich hinwill! Wir fahren schon fast eine Stunde hier rum."

Karla und Sally warfen sich einen Blick zu, dann kurbelte Karla langsam ihr Fenster herunter und streckte den Kopf heraus.

„Alma will wissen, wo ihr hinmöchtet!" rief sie.

Deb verdrehte die Augen, stieg aus dem Wagen und kam schwerfällig herübergeschlurft, wobei ihre Füße fast bis zu den Knöcheln im roten Sand versanken.

„Wir wollten mal einen ganz besonders ruhigen Platz ausprobieren", sagte sie gelassen und lehnte sich an den Türrahmen.

„Welchen denn?" fragte Alma, mühsam beherrscht.

Deb zuckte die Schultern. „Haben noch keinen gefunden. Sue meint, weiter hinten müßte eigentlich noch was sein."

„Weiter hinten ist Schluß", sagte Alma. „Das weißt du doch. Jetzt kommen nur noch Steine und Büsche. Wir sind den Weg doch letztes Mal bis zum Ende abgefahren."

„Ja?" Deb runzelte die Stirn. „Sue sagt ..."

Alma stützte die Ellbogen auf den Lenker und versenkte das Kinn in den Händen. „Was Sue sagt, mag ja gut und richtig sein, aber ich möchte jetzt gerne irgendwo anhalten. Ich will nicht bis Einbruch der Dunkelheit weitersuchen."

„Tja." Deb schürzte die Lippen, sah auf ihre Armbanduhr und blickte dann zum Himmel auf, an dem ein großer Vogel seine Kreise zog. Dann kratzte sie sich nachdenklich am Kopf. „Und ihr?" fragte sie Karla und Sally.

Karla lächelte nur. Sally nickte. „Ich wäre dafür, zu unserem Lieblingsplatz zurückzufahren."

„Na", sagte Deb, „dann machen wir das doch." Sie drehte sich um und schlurfte wieder zu ihrem Wagen zurück. Kleine rote Staubwölkchen wirbelten hinter ihren Füßen auf. Alma sah ihr fassungslos nach. Dann legte sie den Rückwärtsgang ein und wendete schwungvoll und mit quietschenden Reifen.

„Jane Bond im Busch!" lachte Sally und knuffte sie fröhlich in die Seite. Alma warf einen Blick in den Rückspiegel. Der Toyota war nicht zu sehen. Das einzige, was Alma sah, war Staub. Roter, undurchdringlicher Staub. Alma konnte sich ein gehässiges Lächeln nicht verkneifen.

„Na, jetzt zahlst du es ihr aber heim", sagte Karla auf deutsch, und vor Schreck trat Alma das Gaspedal durch. Der Wagen machte einen Satz nach vorn und ging dann mit einem lauten Knall aus.

Alma musterte kritisch die Stelle, an der sie am Ende gelandet waren. Ihr Lieblingsplatz war, nachdem sie ihn endlich erreicht hatten, zu ihrem großen Mißfallen von einem Pärchen besetzt gewesen, das gerade eben begonnen hatte, Würstchen zu grillen. Alma konnte es immer noch nicht begreifen. Ausgerechnet heute mußten diese beiden Turteltauben daherkommen, die schönste Stelle in ganz Glen Helen in Beschlag nehmen und noch dazu einen Grill aufstellen, einen ganz gewöhnlichen Haushaltsgrill, als wären sie daheim auf ihrer Terrasse.

Aber es half alles nichts. Sie hatten wieder kehrtmachen und mit der nächstbesten Stelle Vorlieb nehmen müssen, einem ovalen Sandfleck mitten im Flußbett.

Sally schien das nichts auszumachen. „Hier ist es sowieso viel schöner!" erklärte sie Karla. „Hier sind wir nämlich mitten im

Fluß, und wenn du ein bißchen gräbst, findest du bestimmt einen Frosch."

„Wirklich?" fragte Karla ungläubig. „Ich denke, hier fließt nur einmal im Jahr das Wasser. Da können doch keine Frösche überleben!"

„Doch, doch", beteuerte Sally altklug, bückte sich und begann mit einem kleinen Ast im Sand zu stochern. „Die graben sich ein und warten aufs Wasser. Ein Jahr lang, ehrlich. Guck mal." Sie bohrte den Ast tiefer in den Sand. Karla hockte sich neben ihr nieder und betrachtete aufmerksam den kleinen Sandberg, den Sally nach und nach aufhäufelte.

Alma pfiff Willie herbei und ging los. Ein paar Meter weiter standen Deb und Sue neben ihrem Auto und stritten sich darüber, wer von beiden welche Aufgabe übernehmen sollte.

„Ich lade die Swag ab", sagte Deb. „Du kannst doch schon mal das Essen runterholen."

Sue schüttelte energisch den Kopf. „Du machst das Essen. Ich habe die ganze letzte Woche über gekocht."

„Gar nicht wahr! Freitag habe ich gekocht. Außerdem sollst du ja nicht kochen, du sollst nur das Essen auspacken."

„Na, wieder mal am Streiten?" fragte Alma im Vorbeischlendern. Die beiden wandten ruckartig die Köpfe und starrten sie grimmig an.

Mit Willie an der Seite wanderte Alma zwischen den Ghost-Gums hindurch auf die niedrigen Büsche am Uferrand zu, um Feuerholz zu suchen. Während sie gemächlich einen dünnen Zweig nach dem anderen auflas, beobachtete sie Sally und Karla zwischen den Bäumen hindurch. Die beiden hockten immer noch auf dem Boden und steckten die Köpfe zusammen. Auf einmal wich Karla zurück, Sally legte den Stock beiseite, faßte in das Loch und hob etwas heraus, das sie Karla auf der ausgestreckten Hand hinhielt. Karla lachte, und dann drehte sie den Kopf und sah direkt zu Alma herüber. Alma senkte schleunigst den Blick und griff hastig nach ein paar Zweigen.

Das Essen war auf einem Tischtuch bereitgestellt, als Alma, die Arme voller Holz, zurückkehrte. Deb und Sue schoben gerade ihre Doppelswag ans Feuer, und Sally und Karla hoben die letzten

Gepäckstücke vom Toyota herunter. Beim Anblick Willies, der hechelnd neben der Eisbox lag, fiel Alma schuldbewußt ein, daß sie überhaupt nicht mehr nach ihm gesehen hatte, seit sie mit dem Holzsammeln begonnen hatte.

„Willie!" rief sie, bückte sich, ließ das Holz fallen und legte die Arme um ihn. Er befreite sich unwillig und rückte näher an die Eisbox heran.

„Da sind Würste drin", sagte Deb.

„Würste? Ihr habt Würste mitgebracht?"

Klar", sagte Sue. „Würste und Bananen und Toblerone und Salat und Brot und ..."

„Ich dachte, ihr wolltet kein Fleisch mehr essen."

„Ach, Scheiß auf dieses dämliche Vegetarierdasein. Ich kann dieses gegrillte Gemüse einfach nicht mehr sehen. Jedesmal grillen wir Gemüse und Kartoffeln, und hinterher kriege ich jedesmal Pickel." Deb machte sich daran, das Kleinholz zu einem ordentlichen Stapel zu schichten.

„Das hat doch nichts mit dem Gemüse zu tun."

„Wohl", sagte Deb. „Als wir noch ordentliche Würste gegrillt haben, hatte ich nie Pickel. Weg da!" fuhr sie Sue an, die einen Ast zwischen das Holz schieben wollte. „Du bringst nur wieder alles durcheinander!"

Sue ließ den Ast fallen und ging mit beleidigter Miene davon.

„Sie ist aber auch immer sofort eingeschnappt", sagte Deb zu Alma.

„Vorsicht, Deb. Der Stapel fällt um!"

Deb zuckte zusammen und streckte schützend die Hände aus, bevor sie merkte, daß Alma nur einen Spaß gemacht hatte. „Und du, du bist auch immer so garstig zu mir!" murmelte sie böse.

Sally zog ihre Swag neben Karlas und ließ sich darauf fallen. „Komm", sagte sie zu Karla, „setz dich und entspann dich."

Karla nahm die Aufforderung bereitwillig an. Sie hockte sich mit übereinandergekreuzten Beinen neben Sally und sah zu, wie Alma ihre Swag genau gegenüber plazierte.

Deb hielt ein Streichholz an die Zweige. Eine kleine Flamme loderte auf, züngelte sich zwischen dem Kleinholz hindurch und schoß nach oben. Es knisterte, und im nächsten Moment war ein kräftiges Feuer im Gange. Deb machte sich mit befriedigtem Gesichtsausdruck daran, Holz nachzulegen, und Sue kam, den Arm voller Bierflaschen, wieder zurück.

„So", sagte sie laut, „will jemand ein Bier?"

„Ich dachte, wir machen erst mal Tee", sagte Deb erstaunt.

„Ich trinke Bier. Du kannst ja Tee trinken."

„Also ich nehme erst Bier und dann Tee", erklärte Karla, und Alma sagte zu ihrem eigenen Erstaunen: „Ich auch. Ich glaube, ich nehme gleich zwei Bier."

Deb schüttelte mißbilligend den Kopf, dann begann sie, die Würstchen auf Spieße zu stecken und vorsichtig über das Feuer zu legen. Alma goß Willie Wasser aus dem Fünflitertank in seinen Napf, trank einen großen Schluck Bier und lehnte sich behaglich zurück.

Auf einmal kehrte Stille ein, die nur vom leisen Brutzeln der Würste untermalt wurde. Alma spürte Karlas Blick auf sich ruhen. Sie legte den Kopf zurück und sah in den Himmel.

„Glen Helen ist der schönste Ort zum Campen hier in der Gegend", sagte Sue zu Karla.

„Kann ich mir vorstellen. Ist wirklich sehr schön hier."

„Und so magisch." Sally spitzte schwärmerisch die Lippen. „Aber hier an dieser Stelle ist ein guter Platz. Keine schlechten Energien. Und wir stören hier niemanden."

„Wen sollten wir hier denn stören?" fragte Karla verwundert.

„Na, die Geister. Aber hier sind keine. Das würden wir merken."

„Helen würde jetzt aber mit Sicherheit trotzdem einen Kreis um unser Lager ziehen", sagte Deb.

„Helen ist eben sehr intuitiv", erklärte Sue. „Die spürt immer alles Mögliche."

„Glaubst du, sie bildet sich das nur ein, oder was?" fragte Deb herausfordernd.

Sue warf ihr einen giftigen Blick zu. „Nö. Ich sage nur, daß sie alles Mögliche spürt. Wieso ist sie eigentlich nicht mitgekommen?"

Alma tat so, als hätte sie nicht zugehört. Es widerstrebte ihr, über Helen zu sprechen. Sie wollte ihr Bier trinken und in Ruhe gelassen werden.

„Helen ist für einen Tag nach Darwin gefahren", erklärte Sally. „Sie hat da eine Tagung. Oder war es Cairns? Alma?"

„Darwin."

„Wer ist denn Helen?" erkundigte sich Karla.

Alma schwieg. Aus irgendeinem Grund brachte sie es nicht über sich, zu antworten.

„Helen ist Almas Partnerin", erläuterte Sue.

„Partnerin? In welchem Sinne? Geschäftlich?"

„Sie ist Almas Sexualpartnerin", sagte Sally und lachte fröhlich.

Alma schoß das Blut ins Gesicht. Sie setzte sich aufrecht hin und sah Karla direkt an. „Helen und ich sind Mitglied im Club lesbischer Paare in Alice Springs."

Sally, Deb und Sue hoben verblüfft die Köpfe.

„Was? So was gibt es?" fragte Karla überrascht.

„Klar. Deb und Sue sind auch Mitglieder. Und seit hundertfünfzig Jahren wird zweimal monatlich gemeinsam gecampt. Und damit es nicht so langweilig wird, nehmen wir immer ein paar Singles mit."

Sally, Deb und Sue starrten Alma zutiefst verwundert an. Dann fing Karla an zu lachen.

„Na, herzlichen Dank, daß ich an so einer alteingesessenen Tradition teilnehmen darf."

„Sie ist sonst nicht so", sagte Deb zu Karla.

„Sonst ist sie noch schlimmer", fügte Sally hinzu.

Sue beugte sich vor und machte Anstalten, einen der Würstchenspieße aus dem Feuer zu ziehen.

„Vorsicht!" rief Deb.

„Hör doch endlich mal damit auf, Deb." Alma konnte sich nicht mehr zurückhalten. „Sue ist sicherlich imstande, ein Würstchen vom Feuer zu nehmen, ohne Unheil anzurichten." Wiederum starrten alle sie an, dann warfen Deb und Sue sich einen vielsagenden Blick zu. Deb lehnte sich zurück, und Sue nahm behutsam das Würstchen vom Feuer, roch daran und verkündete schließlich, daß es fertig sei.

Während sie aßen und die anderen sich gelöst unterhielten, jetzt merklich entspannter, als habe Almas kleiner Ausbruch alle Gereiztheit beseitigt, schwieg Alma vor sich hin. Von Zeit zu Zeit spürte sie Karlas fragenden Blick, aber sie vermied es, zu ihr hinüberzusehen. Karla machte sie einfach nervös. Sie hatte irgend etwas an sich, das Alma zutiefst verstörte.

Vielleicht, überlegte Alma, während sie mit spitzen Zähnen an ihrem Würstchen nagte, lag das daran, daß sie so selten in Kontakt mit fremden Frauen kam. Vor allem mit attraktiven fremden Frauen. Nach Alice Springs schienen sich in der Regel nur esoterisch verklärte Damen in bunten Batikkleidern und mit sanften Bewegungen zu verlaufen, oder aber besonders kerlige Frauen mit lauten Stimmen und einer gewissen robusten Holzfällermentalität. Nicht, daß Alma solche Frauen nicht mochte. Sie mochte die meisten von ihnen, die eine mehr, die andere weniger, aber sie fühlte sich nicht von ihnen angezogen. Deshalb lebte sie ja auch schon seit Jahren in Frieden mit Helen. Einigermaßen in Frieden zumindest.

Karla jedoch war so ganz anders als all diese Frauen, die vorübergehend in Alice Springs einfielen, angezogen von der magischen Aura oder dem Flair von Abenteuer und Ursprünglichkeit. Karla strahlte eine ruhige, fast sachliche Anteilnahme an den Dingen und Menschen um sie herum aus, zugleich wirkte sie permanent leicht amüsiert. Und außerdem hatte sie wunderschöne Augen.

„Warum redet ihr beide nicht mal ein bißchen deutsch miteinander?" fragte Sally.

Alma verschluckte sich fast an ihrem Bier. „Nein", sagte sie hastig. „Wir können ruhig englisch reden. Ist schon okay."

„Aber ich hör das so gerne!" Sue biß mit Genuß in ihr zweites Würstchen. „Doch, redet mal ein bißchen deutsch. Hab ich schon lang nicht mehr gehört."

„Nein", wehrte Alma ab. „Ich – ich kann das schon fast gar nicht mehr."

„Redest du nie deutsch?" fragte Karla.

Alma schluckte. Das letzte Stückchen Wurst schien ihr in der Kehle steckengeblieben zu sein, und sie räusperte sich mehrfach, um es freizubekommen. Karlas Augen waren unvermindert auf sie gerichtet.

„Also, ich hab sie schon ein paarmal deutsch reden hören", erklärte Sally. „Und ich mache mir jedesmal fast in die Hosen vor Lachen, so lustig hört sich das an."

„Na, toll." Alma stellte ihren Teller ab und stand auf. „Vielleicht kann Karla ja mal ein bißchen deutsch für dich reden, damit du was zu Lachen hast. Ich hole lieber noch ein bißchen Holz." Sie schnalzte in Willies Richtung und marschierte schnurstracks davon.

Aber sie hatte das Unterholz noch nicht erreicht, als sie Karlas Stimme hinter sich hörte. „Warte! Ich komme mit!"

Alma blieb nichts anderes übrig, als stehenzubleiben. „Okay", sagte sie, als Karla bei ihr angelangt war. „Dann kannst du ja links rum gehen, und ich suche da drüben, am Hang." Sie warf einen Blick zum Feuer zurück, nur um zu entdecken, daß die anderen ihnen interessiert hinterhersahen.

„Ich komm lieber mit dir mit. Sally sagt, hier gibt es Schlangen. Ich kenn mich nicht aus, und du siehst die bestimmt eher als ich."

Alma war versucht, hilflos mit den Schultern zu zucken, aber es gelang ihr gerade noch rechtzeitig, die verräterische Geste zu unterdrücken. Wortlos setzte sie sich wieder in Bewegung, und Karla schlenderte neben ihr her. Alma versuchte, ihre Aufmerksamkeit ganz auf Willie zu konzentrieren. Sie hob lockend einen Stock, aber Willie interessierte sich nicht im geringsten dafür. Er starrte mit gespitzten Ohren nach vorn und rannte dann eilig voraus.

„Wir können doch wirklich ein bißchen deutsch miteinander reden, nicht wahr?" fragte Karla auf deutsch.

Augenblicklich spürte Alma, wie ihr die Zunge mit dem Gaumen verklebte. „Mmhm." Sie blieb stehen und griff nach ein paar Zweigen.

„Wie lange bist du denn schon in Australien?"

Die Zweige waren morsch und viel zu dünn, aber Alma raffte sie trotzdem zusammen. „Vierzehn Jahre", antwortete sie. Die deutschen Wörter kamen ihr nur schwer über die Lippen.

„Und was machst du hier?"

Karlas Hand erschien in Almas Blickfeld. Sie hatte ebenfalls begonnen, das morsche Holz einzusammeln.

„Ich arbeite in der … für die Fernradiostation", brachte Alma mühsam hervor. Irgendwie klang das falsch, aber Karla sagte nichts dazu.

„Und was genau machst du da?"

Alma legte das morsche Holz wieder hin, richtete sich auf und ging ein paar Schritte weiter. Karla folgte ihr. Alma spürte, wie sie sie anstarrte.

„Ich mache das coordinating", sagte sie. Angestrengt suchte sie die Worte zusammen. Es kam ihr vor, als würde sie eine verteufelt schwere Fremdsprache sprechen müssen, die sie vor langer Zeit einmal gelernt hatte. „Also, das, was zu sehen ist. Ich coordinate das." Ihr fiel der deutsche Ausdruck einfach nicht ein. Alle paar Monate telefonierte sie mit ihrer Verwandtschaft in Deutschland, aber bei diesen Gesprächen drehte es sich meistens um einfache Themen wie das Wetter und das Wohlergehen der gesamten Sippschaft. Weitergehende sprachliche Kenntnisse oder ein umfangreiches Vokabular waren dabei nicht gefordert. Zumindest hatte Alma noch nie auf deutsch erklären müssen, was genau sie beruflich machte.

„Technisch, oder wie?" Karla ließ nicht locker.

„Nein", sagte Alma und spürte, wie ihr der Schweiß auf die Stirn trat. „Nicht technisch. In... Inhalt. Ich mache den Inhalt."

Karla schmunzelte. „Du sprichst wohl wirklich nicht gerne deutsch, was?"

Alma zuckte die Achseln und bückte sich erneut. Die kleinen Zweige hier taugten auch nicht gerade viel, aber immerhin waren sie besser als nichts. Auf jeden Fall besser als Karlas eindringlicher Blick.

„Wir können ja auch wieder englisch reden, wenn du möchtest", bot Karla an. „Aber vielleicht möchtest du ja auch überhaupt nicht reden." Sie ging an Alma vorbei den kleinen Hang hinauf, und Alma, die krampfhaft nach einer Antwort suchte, blickte gerade rechtzeitig auf, um zu sehen, wie Karla vor einem Haufen abgestorbener Äste stehenblieb und sich mit ausgestreckter Hand bückte.

„Stop!" schrie Alma und ließ ihr Holz fallen. Karla erstarrte. Ihre Fingerspitzen schwebten unmittelbar über dem obersten Ast.

„Nicht anfassen! Nicht bewegen!" Alma nahm einen langen Stock und ging vorsichtig auf Karla zu, die sich nicht mehr rührte.

Sie legte Karla eine Hand um die Hüfte und zog sie behutsam ein paar Schritte nach hinten. Dann trat sie vor sie, schob langsam den Stock in den Haufen und stocherte vorsichtig darin herum.

„Okay", sagte sie nach ein paar Sekunden und drehte sich um.

Karla war ein wenig blaß um die Nase. Sofort fühlte Alma sich schuldig.

„Mein Fehler. Ich for... vergaß, dir zu sagen, daß ... man muß immer erst nachsehen. In diesen Haufen sitzen die Schlangen gerne. Sie sitzen auch manches Mal mitten auf dem Weg, aber gerne sitzen sie in solchen ... Haufen."

„Sie sitzen?" fragte Karla, und rechts und links ihrer Mundwinkel waren pötzlich zwei Grübchen zu sehen, die Alma vorher noch gar nicht bemerkt hatte. Dann fing Karla an zu lachen.

„Ja", sagte Alma. „Hier in Australien sitzen die Schlangen. Manchmal auch auf kleinen Stuhlen."

„Stuhlen!" wiederholte Karla prustend. Alma mußte ebenfalls grinsen. Und obwohl sie am liebsten das Gegenteil getan hätte, trat sie einen Schritt zurück und wandte den Blick ab. „Wir müssen noch Holz bringen. Das Feuer braucht ... äh ... noch Holz."

Als sie zurückkamen, war das Feuer fast gänzlich niedergebrannt. Sally und Sue rollten gerade ihre Swags auseinander.

„Komisches Holz habt ihr da mitgebracht." Deb beäugte kritisch die kleinen Zweige und die morschen Rindenstücke, die Alma und Karla neben das Feuer legten.

„Man sollte nicht meinen, daß du schon seit hundertfünfzig Jahren in der Wüste lebst und zweimal monatlich campen fährst." Deb sah forschend zu Alma auf, und Alma wandte rasch den Blick ab. Es dämmerte rasch, und die ersten Sterne zeigten sich bereits am Himmel.

„Tee?" frage Sally und goß, ohne die Antwort abzuwarten, Tee in mehrere Becher. Deb und Sue hatten sich nebeneinander auf ihre Doppelswag gesetzt und in einträchtigem Frieden die Arme umeinander gelegt. Karla hockte sich wieder neben Sally, und Alma ließ sich auf ihre Swag fallen, neben der Willie sich lang ausgestreckt hatte.

„Hier", sagte Karla und hielt ihr einen Becher hin. Sie mußten sich beide ziemlich weit nach vorne beugen, und als Alma Karla den Becher aus der Hand nahm, verlor sie fast das Gleichgewicht. Ihrer beider Fingerspitzen berührten sich, und Alma erschauerte. Karla lächelte. Alma setzte sich schnell wieder zurück.

Während sie den Becher an die Lippen hob, sah sie auf einmal Helens Gesicht vor sich. Helen hätte, da war Alma sich sicher, sofort gespürt, daß irgend etwas im Busch war. Und sie hätte das Gefühl, das da in Alma zu wachsen begann, unverzüglich im Keim zu ersticken gewußt, da war Alma sich ebenso sicher. Helen hätte von Alma zu Karla geschaut und dann wieder zurück, und ihren strafenden Blick hätte nur Alma zu deuten gewußt.

Helen besaß eine unnachahmlich sprachlose Art, Alma zu dominieren. Aber eigentlich, überlegte Alma und rutschte auf ihrer Swag herum, eigentlich dominierte Helen sie auch in jeder anderen Hinsicht. Helen war ihr schlichtweg überlegen, gerade im sprachlichen Bereich. Ihre Streitgespräche zum Beispiel währten grundsätzlich nur kurz. Sobald Alma sich gegen Helens Vorwürfe zu verteidigen begann, schnitt Helen ihr mit einer spitzen Bemerkung das Wort ab, schob ein, zwei psychologisch ausgefeilte Sätze hinterher, in denen sie Almas Wesen treffend analysierte, und das war es dann. Für irgendwelche komplizierteren Entgegnungen fehlten Alma jedesmal die Worte. Kein Wunder, schließlich war Englisch nun einmal nicht Almas Muttersprache, da konnten vierzehn Jahre in Australien auch nichts dran ändern.

Alma seufzte. Aber wie das Gespräch mit Karla vorhin gezeigt hatte, konnte sie sich offensichtlich in keiner Sprache mehr als oberflächlich ausdrücken. Nicht in englisch, und in deutsch erst recht nicht. Irgendwie war ihr die Muttersprache entglitten, langsam, über die Jahre hinweg. Ihr Englisch hatte sich auch nicht weiter verbessert, und jetzt beherrschte sie anscheinend überhaupt keine Sprache mehr richtig.

Alma stellte den leeren Becher ab und trank ihr Bier aus, das sie vorhin einfach stehengelassen hatte. Es schmeckte schal. Sie öffnete die zweite Bierflasche und trank sie in einem Zug halb leer.

„Soll ich eine Wüstengeschichte erzählen?" fragte Sally in die Stille hinein.

„Au ja", sagte Sue und kuschelte sich enger an Deb. Karla stützte sich auf den Ellbogen und sah Alma am Feuer vorbei an.

Ihre Mundwinkel waren leicht nach oben gebogen, und Alma durchzuckte eine kleine Hitzewallung. Sie stand auf, rollte ihre Swag auseinander, klopfte das Kissen zurecht und legte sich der Länge nach auf den Rücken.

Erst jetzt fiel ihr auf, daß es vollends dunkel geworden war. Direkt über Alma leuchtete das sagenumwobene Southern Cross. Das Kreuz des Südens, so hieß es auf deutsch, überlegte Alma. Oder etwa das südliche Kreuz?

„Also, vor ungefähr hundert Jahren wohnte eine Frau in einem kleinen Haus am Rande von Alice Springs, das damals nicht viel mehr als eine kleine Poststation war. Zu jener Zeit gab es nur etwa zehn Farmen im Umkreis von hundertfünfzig Meilen, und die Frau, von der ich erzähle, war allgemein unter dem Namen Big Joe bekannt. Das lag daran, daß sie ausschließlich Männerkleidung trug und niemand wußte, daß sich unter den ledernen Hemden und Hosen ein weibliches Wesen verbarg. Eines Tages nun ..."

Alma wußte, was kam. Sally hatte die Geschichte schon einige Male erzählt, und spätestens an der Stelle, an der eine andere, ebenfalls als Mann verkleidete Frau vor Big Joes Haus geritten kam, schweiften ihre Gedanken regelmäßig ab. Sie schloß die Augen und versuchte, sich auf ihre vorherigen Gedanken zu konzentrieren. Auf einmal spürte sie die Wirkung des Bieres. Helen, dachte sie, Helen dominiert mich zu sehr. Sie sah Helens strafenden Blick vor sich, und dann verschwammen Helens Züge mit Karlas Gesicht, Karlas Gesicht mit den grünen Augen und dem sinnlichen Mund. Zu Almas Erstaunen trug Karla einen ledernen Hut auf dem Kopf, einen alten australischen Sonnenhut. Und sie hatte ein Wildlederhemd und Hosen aus Rindsleder an und hielt ein Pferd am Zügel.

„Laß mich in dein Haus. Laß mich hinein", sagte Karla, und seltsamerweise klang ihre Stimme wie Sallys. „Ich weiß, daß du eine Frau bist, und ich weiß, daß du in dieser unwirtlichen Wüstengegend lange Zeit allein gelebt hast. Ich werde dir ein Geheimnis zeigen, das nur Frauen kennen: die Kunst der Liebe."

„Aber ...", murmelte Alma, aber Karla legte ihr sanft die Hand auf den Mund. „Keine Angst," sagte sie leise mit ihrer Sally-Stimme, „du wirst es nicht bereuen."

Alma wachte von einem schabenden Geräusch auf. Als sie die Augen öffnete, glaubte sie zu schweben. „He!" sagte sie und versuchte sich aufzurichten, aber dann merkte sie, daß sie mitsamt ihrer Swag über den Boden geschleift wurde. Dicht hinter ihrem Kopf hörte sie unterdrückte keuchende Atemzüge.

„Was ..." In Panik griff Alma nach dem Rand der Swag.

„Psst!" Das schleifende Geräusch hörte auf. Im Dunkel tauchte schemenhaft Karlas Gesicht auf.

„Sag nichts!" Karla trat um das Kopfende herum, stieg aus ihren Stiefeln, zog mit raschen Bewegungen ihre Hose herunter und hob Almas Decke an, um darunter zu schlüpfen. Alma erstarrte. Sie kniff die Augen zusammen und öffnete sie wieder, und der Himmel über ihr war immer noch da. Das Southern Cross war nicht mehr zu sehen, jetzt leuchtete dort oben irgendein anderes Sternbild, dessen Namen sie nicht kannte. Mit weitaufgerissenen Augen stierte Alma hinauf und versuchte, nicht zu atmen. Karla schmiegte sich an sie. Ihre Brüste preßten sich an Almas Seite. Alma spürte ihre steifen Brustwarzen. Augenblicklich richteten sich ihre eigenen ebenfalls auf.

„Atme", flüsterte Karla auf deutsch. Alma atmete ein. Karlas Lippen berührten ihren Hals. Alma hielt den Atem wieder an. Angestrengt versuchte sie zu lauschen, nach irgendwelchen Geräuschen, die ihr verrieten, daß die anderen wach waren und dieses merkwürdige Schauspiel beobachteten. Womöglich saßen sie da hinten zusammen und amüsierten sich königlich über ihre, Almas, Verwirrung. Vielleicht hatten sie sogar mit Karla darum gewettet, ob es ihr gelänge, Alma zu überrumpeln? Gleich würde Karla sich aufsetzen und schallend lachen, und die anderen würden mit hämischen Mienen um ihre Swag herumhüpfen und sich die Schenkel klopfen.

Karla schob ihre Hand unter Almas Pullover und strich ihr sanft über den Bauch. Alma spannte sämtliche Muskeln an.

„Entspann dich", raunte Karla ihr ins Ohr. „Und atme gefälligst!"

Alma stieß den Atem aus. Karlas Hand näherte sich ihrem Gürtel. Die Sterne am Himmel verschwammen vor Almas Augen. Da, wo Karlas Finger sie berührten, glühte ihre Haut. Und von dort aus strömten heiße Wellen direkt in ihren Unterleib.

Karla leckte genießerisch an Almas Hals, bis hoch zu ihrem Ohr. Als sie sanft in Almas Nacken biß, konnte Alma ein leises Stöhnen nicht unterdrücken.

Ruckartig hob sie den Kopf und sah zum schwach glimmenden Feuer hinüber. Nichts rührte sich dort. Karla hatte Alma ein ganzes Stück fortgeschleift, und Sally, Deb und Sue waren in ihren Swags nur als schemenhafte Umrisse zu erkennen. Aber dann entdeckte Alma, daß sich doch etwas bewegte: Willie, der ungefähr auf halbem Wege zwischen ihr und den anderen lag und aufmerksam die Ohren spitzte.

„Entspann dich", sagte Karla erneut, und diesmal schwang eine leichte Schärfe in ihrem Tonfall mit. Sie ließ den Kopf wieder sinken, und im nächsten Moment schob Karla sich langsam auf sie. Ihre grünen Augen schienen in der Dunkelheit zu glimmen.

„Du bist jetzt ganz still", befahl Karla leise und lächelte diabolisch. Augenblicklich schmolz Alma dahin. Karla nahm Almas Lippen ganz in ihren Mund, preßte sie leicht zusammen und schob dann aufreizend langsam ihre Zunge hindurch, und Alma durchlief es heiß und kalt. Sie spürte, wie sich jedes einzelne Haar an ihrem Körper aufrichtete. Als Karla begann, sich mit aller Kraft auf sie zu drücken und sich rhythmisch und beinahe grob an ihr zu reiben, gab Alma jeden Widerstand auf. Sie legte die Hände um Karla, aber Karla griff sofort nach ihren Armen, drückte sie zu Boden und stützte sich darauf ab.

„Du wirst es nicht bereuen", sagte Karla, und für einen Moment hatte Alma den Eindruck, Sallys Stimme zu hören. Dann spürte sie, wie Karla die Finger fest in ihre Handgelenke krallte. Sie tat Alma weh, und Alma fragte sich, woher Karla wußte, daß ihr das gefiel.

Aber Karla wußte es einfach. Ihre dunklen Augen fixierten Alma, ihr rotierendes Becken stieß hart auf Almas Unterleib, und ohne zu überlegen schob Alma langsam den Kopf in den Nacken und bot Karla ihre Kehle dar. Und noch bevor sie Karlas Lippen und dann ihre Zähne spürte, schloß sie die Augen. Sie war bereit.

„Alma! Du hier, an meiner Seite?" Sallys verwuschelter Haarschopf tauchte in Almas Blickfeld auf, als sie die Augen öffnete.

„Was ist los?" fragte Alma verschlafen und zog sich die Decke über den Kopf. Im nächsten Moment schob sie sie wieder herunter. Mißtrauisch starrte sie den Bezug an. Dann musterte sie das Kopfkissen genauer. Das war nicht ihre Bettwäsche. Das war auf keinen Fall ihre Swag, in der sie da lag.

Sally grinste sie kopfschüttelnd an. „Du hättest mir ja schon mal früher sagen können, daß du gerne neben mir liegen möchtest. Du weißt doch, zwischen Freundinnen sollte es keine Geheimnisse geben."

Alma stützte sich auf die Ellenbogen und sah sich um. Deb und Sue waren mit Kaffeekochen und Feuermachen beschäftigt, und auf der anderen Seite des Feuers saß Karla auf Almas zusammengerollter Swag und zog sich gerade einen Pullover über den Kopf. Siedendheiß fiel Alma alles wieder ein. Eine lange Schleifspur zog sich von der Swag bis zu der Stelle, an der Karla Alma heute nach geweckt und lange Zeit wachgehalten hatte. Bis zum Morgengrauen, genauer gesagt. Irgendwann war Karla schließlich eingeschlafen, und Alma hatte sich mit letzter Kraft erhoben, die Swag mit der schlafenden Karla darin wieder ans Feuer geschleift und sich selbst in Karlas Swag gelegt, um alle Spuren zu verwischen. Das war ihr offensichtlich nicht ganz gelungen. Alma spürte, wie sich ihre Kehle verengte.

„Na, schon gut, brauchst dich nicht gleich aufzuregen. Ich meine ja nur", sagte Sally, stand auf und streckte sich. „Nett, daß du mit Karla getauscht hast. Ich wußte gar nicht, daß ich so laut schnarche."

„Hm", brummte Alma.

Sally stieg in ihre Jeans. „Du bist ja schon ziemlich früh eingeschlafen. Gut, daß du im richtigen Moment aufgewacht bist. Ich glaube nicht, daß Karla sich getraut hätte, dich zu wecken."

„Nein?" fragte Alma dümmlich. Drüben zog Karla ihren Pullover zurecht und fuhr sich mit den Fingern durchs Haar. Dann sah sie zu Alma herüber, lächelte und zwinkerte ihr zu. Alma schoß das Blut ins Gesicht. Sie hob die Hand und winkte zurück.

Karlas Lächeln verstärkte sich zu einem breiten Grinsen. Sie bückte sich und zog sich die Hosenbeine über die Stiefel, und ihr Rücken zitterte dabei. Alma hatte den Verdacht, daß sie lachte.

„Peinlich, das Ganze. Das sollte erwachsenen Frauen nicht passieren", sagte Sally leise.

Alma sah schuldbewußt zu ihr hoch. „Was?"

„Na, was wohl?" Sally schüttelte den Kopf. „So laut zu schnarchen, daß Besucherinnen aus Deutschland nicht schlafen können. Arme Karla. Sie sieht auch ganz übernächtigt aus. Wie spät war es denn, als ihr getauscht habt?"

„Ich ... ich weiß nicht." Alma preßte verlegen die Lippen zusammen.

Sally musterte sie genauer, und dann ließ sie den Blick an ihr hinuntergleiten. Ihre Augen verengten sich.

„Was ist denn?" fragte Alma alarmiert.

„Nichts weiter." Sally setzte sich in Bewegung. „Aber seit wann", fragte sie im Weggehen über ihre Schulter hinweg, „seit wann schläfst du eigentlich nackt in der Swag?"

Alma sah an sich hinunter. Sie hatte tatsächlich kein Hemd an. Das mochte zwar ungewöhnlich sein, ließ sich aber durchaus leicht erklären. Was sich zweifellos nicht so leicht erklären ließ, das waren die leuchtendroten Kratzspuren, die sich von Almas Schultern bis hinunter zu ihrem Bauch zogen. Alma riß die Decke hoch und sah schnell zu Karla hinüber. Karla war immer noch mit ihren Hosenbeinen beschäftigt. Und ganz offensichtlich krümmte sie sich vor Lachen dabei.

„Alma, jetzt komm doch endlich! Dein Kaffee wird kalt!"

Alma lugte am Außenspiegel des Holden vorbei zum Feuer, wo die anderen in einträchtiger Runde ihr Frühstück verzehrten. Deb winkte ihr zu. „Komm schon!"

Alma sah in den Spiegel. Ihre Augen waren blutunterlaufen, eine winzige Kratzspur zog sich über ihre rechte Wange, und ihr Haar stand kreuz und quer in den verschiedensten Richtungen vom Kopf ab. Seit einer geschlagenen Viertelstunde war sie nun schon hinter dem Holden mit ihrer Morgentoilette beschäftigt. Sie brachte es einfach nicht über sich, zum Feuer zu gehen und sich hinzusetzen.

Willie stupste sie von der Seite mit seiner feuchten Nase an. Mit seinen hellen Augen sah er zu ihr auf und hechelte leise.

„Hast du etwa Appetit? Also, ich nicht."

Willie wuffte und stupste erneut mit der Nase an ihr Bein. Alma atmete tief ein. „Na gut. Nur noch Haare bürsten."

Sie versuchte sich zu sammeln, während sie in ihrem Kulturbeutel nach ihrer Bürste suchte. Wenn Sally etwas bemerkt hätte, überlegte Alma, dann hätte sie bestimmt einen eindeutigen Kommentar dazu abgelassen. Alma brauchte sich also eigentlich gar nicht aufzuregen. Außerdem zählte es auch gar nicht so richtig. Es war schließlich sozusagen im Traum passiert. Und im Grunde war Sally ja auch irgendwie schuld daran, Sally mit ihrer dämlichen Geschichte von einsamen Wüstenfrauen in Männerkleidung.

„Alma!" schrie Sue. „Nun komm endlich!"

„Ja doch!" Alma spähte eindringlich in ihren Kulturbeutel. Die Bürste war nicht da. Alma kippte den Beutelinhalt auf die Kühlerhaube und wühlte darin herum. Die Bürste war wirklich nicht da.

Alma stellte sich auf die Zehenspitzen und sah in die Fahrerkabine. Wenn sie sie aus dem Beutel genommen hatte, dann müßte die Bürste auf dem Armaturenbrett liegen. Aber da lag sie nicht.

„Alma! Wir wollen in zehn Minuten losfahren! Wenn du jetzt nicht endlich kommst, essen wir alles auf!" brüllte Sally.

Alma riß die Beifahrertür auf, kletterte auf den Sitz und begann zu suchen. Zwischen dem Fahrersitz und der langen Sitzbank vermeinte sie den Bürstengriff zu ertasten, aber als sie ihn herauszog, entdeckte sie, daß es sich um einen von Willies angekauten Büffelhautknochen handelte. Sie sprang wieder aus dem Wagen und sah noch einmal in den Seitenspiegel. Ihr Haar sah verboten aus. So konnte sie unmöglich den anderen gegenübertreten. Und erst recht nicht Karla.

„Hast du irgendein Problem?" fragte Karlas Stimme dicht hinter ihr. Bei den deutschen Worten zuckte Alma zusammen und drehte sich um.

Karla stand mit verschränkten Armen da und lächelte sie verschmitzt an. Alma fand, daß sie keineswegs übernächtigt aussah. Ihr Haar saß perfekt, und ihre grünen Augen glänzten klar im hellen Sonnenlicht.

„Ich … äh … ich kann meine …", stammelte Alma. Dann nahm sie noch einmal neuen Anlauf. „Ich hatte … ich hatte doch a … a Bürste."

Karla grinste. „A Bürste?"

„Ja", murmelte Alma verzweifelt. „Sie ist not hier."

Karla ließ sie nicht aus den Augen. Mit einer Hand langte sie nach hinten und zog langsam etwas aus ihrer Hosentasche.

„Hier, nimm den", sagte sie und hielt Alma einen Kamm hin. Alma nahm ihn mit zitternden Fingern entgegen.

„Wenn du dich weiter so aufregst", sagte Karla leise, „dann werden die anderen sich langsam wundern. Bleib einfach still. Das hast du heute nacht schließlich auch verdammt gut gekonnt."

Damit ließ sie Alma stehen und ging wieder zu den anderen zurück, gefolgt von Willie, der hoffnungsvoll mit dem Schwanz wedelte. Alma nahm den Kamm fest in die Hand und fuhr sich schließlich ein paarmal damit durchs Haar. Dann setzte auch sie sich in Bewegung.

„Da bist du ja endlich", sagte Sally. „Alles okay mit dir?"

Alma zuckte die Achseln, setzte sich auf ihre zusammengerollte Swag und griff nach ihrem Becher.

Sally war dabei, das Geschirr zusammenzuräumen. Karla lag auf der Seite und betrachtete versonnen die Ghost-Gums ringsum. Sie trug Sallys ledernen Sonnenhut, und Almas Magen krampfte sich zusammen. Sie hustete. Deb und Sue hörten auf, ihre Swag zusammenzurollen, und sahen Alma an.

„Ist was?" frage Sue.

Alma schüttelte barsch den Kopf. „Alles okay", sagte sie mit belegter Stimme und räusperte sich.

„Wunderbar", sagte Deb. „Aber wenn ich mir eine kleine Bemerkung erlauben darf – deine Haare, die sehen irgendwie komisch aus."

Alma griff sich reflexartig an den Kopf. Links lagen die Haare glatt am Kopf an, aber auf der rechten Seite hatte sie offensichtlich vergessen, sie zu kämmen. Alma spürte, wie Panik in ihr aufstieg. „Ich habe meine …", begann sie auf englisch, und dann gerieten ihr die Worte vollends durcheinander. „Bürste", sagte sie hilflos auf deutsch. „A Bürste."

Sally hielt inne und starrte sie an. Deb und Sue fingen an zu kichern. Und während Alma ein brüchiges Lächeln aufsetzte und fieberhaft nach dem englischen Wort für Bürste suchte, sah sie schnell zu Karla hinüber.

Karla betrachtete immer noch die Umgebung, aber ihre Mundwinkel zitterten schon wieder verdächtig. „Bürste", sagte sie auf englisch. „Sie hat ihre Bürste verloren." Karlas Lippen sahen sehr sanft aus, als sie sprach, und Alma erinnerte sich daran, wie sie sich heute nacht angefühlt hatten.

„Danke", hauchte sie schwach.

„Mein Gott, bist du aber durcheinander. Was in aller Welt hat dich bloß so durcheinander gebracht?" fragte Sally kichernd. „Es ist doch gar nichts passiert!"

„Nein", sagte Alma, und auf einmal war sie beruhigt. „Es ist überhaupt nichts passiert. Ich weiß auch nicht, was mit mir los ist." Und das zumindest, dachte sie, stimmte ja auch irgendwie tatsächlich.

Als sie die Stadt erreichten, nahm Karla den Hut vom Kopf und gab ihn Sally zurück. „Das war's dann also", sagte sie und grinste. „War ein schönes Erlebnis. Vielen Dank, daß ihr mich mitgenommen habt."

„Na, zumindest hast du jetzt Glen Helen gesehen, wenn du schon Uluru verpaßt hast", erwiderte Sally.

„Was?"

„Uluru." Sally sah Karla an. „Das ist der Aborigines-Name für ..."

„Ayers Rock", ergänzte Karla.

„Genau", sagte Sally zufrieden.

Alma schwieg, wie schon seit dem Frühstück. Sie lenkte den Holden am Backpacker's Resort vorbei und bog in die dicht bevölkerte Hauptstraße ein.

„Halt mal bitte an", sagte Karla plötzlich.

„Aber wieso, wir sind doch ..." Sally sah sie verwirrt an.

„Halt an", wiederholte Karla energisch. Alma fuhr links ran und hielt an.

„Einen Moment, ich bin gleich zurück." Karla stieg aus dem Wagen. Im Rückspiegel sah Alma, wie sie den Drugstore betrat, den sie gerade passiert hatten.

„Karla ist super, nicht wahr?" fragte Sally vergnügt.

„Ja. Ja, sie ist super. Hmhm."

Willie, der hinten auf der Ladefläche stand, bellte. Alma drehte sich um und sah, wie er heftig wedelnd nach vorne blickte. Aber bevor sie dazu kam, nachzusehen, was ihn so in Aufregung versetzte, bemerkte sie Karla, die wieder aus dem Drugstore herauskam. In der Hand trug sie eine braune Papiertüte. Almas Herz fing augenblicklich an, schneller zu schlagen.

Karla hatte sie im wahrsten Sinne des Wortes überwältigt. Alma wußte überhaupt nicht, wie ihr geschehen war. So etwas war ihr noch nie passiert. Normalerweise ließ sie so etwas nicht mit sich machen. Nicht mal Helen hatte geschafft, was Karla mühelos gelungen war: Alma vollends wehrlos zu machen.

Karla ging mit schnellen Schritten auf den Holden zu. Aber anstatt wieder auf der Beifahrerseite einzusteigen, riß sie die Fahrertür auf.

„Hier." Karla hielt Alma die Tüte hin. „Zur Erinnerung."

„Oh", sagte Alma. Willie bellte schon wieder. Karla beugte sich vor und drückte Alma einen Kuß auf den Mund. Dann ging sie um die Kühlerhaube herum zur Beifahrertür.

„Huch!" Sally betrachtete Alma verdutzt.

„Alma! Sally!"

Alma sah nach vorne. Helen kam auf sie zugelaufen, und im gleichen Moment, in dem Karla auf der Beifahrerseite wieder einstieg, erreichte Helen den Wagen.

„Hey, Sally. Hey", sagte sie, an Karla gerichtet, und dann sah sie Alma mit blitzenden Augen an. „Ich dachte, du holst mich ab!" Sie streckte eine Hand nach hinten und tätschelte Willies Kopf.

„Ja?" fragte Alma schuldbewußt. Ihr Kopf war heiß, ihr Herz pochte, und sie wußte beim besten Willen nicht, wie sie sich jetzt verhalten sollte. Hatte Helen den Kuß gesehen? Und was machte sie überhaupt hier?

„Du hattest doch gesagt, daß du erst um sechs wiederkommst ...", fing Alma an, sich zu verteidigen, aber Helen schnitt ihr das Wort ab. „War ja nur ein Scherz. Ich habe einfach eine Maschine früher genommen. Aber du solltest mal wirklich überlegen, warum du immer sofort ein schlechtes Gewissen hast, Alma."

„Hab ich doch gar nicht", sagte Alma und krampfte ihre Finger um die Papiertüte in ihrem Schoß.

„Hast du wohl. Aber ich vermute, damit kompensierst du irgend etwas anderes, das du dir nicht so recht eingestehen willst. Irgendein dunkles Geheimnis wahrscheinlich. Und, habt ihr Spaß gehabt?"

Alma bewegte sich nicht. Sie sah starr geradeaus. Sally nickte wild mit dem Kopf. „Es war fantastisch. Das ist übrigens Karla, meine Kollegin aus Deutschland, von der ich dir neulich erzählt habe."

„Ich erinnere mich", bestätigte Helen mit einem bedeutungsschwangeren Unterton. „Tag, Karla. Wie war der Trip?"

„Wundervoll", sagte Karla.

Alma starrte auf ihre Tüte. „Ich fahr die beiden nur mal schnell nach Hause", erklärte sie. „Wenn du willst, hol ich dich hier wieder ab."

„Ach, wir können auch laufen", sagte Sally. „Sind ja nur ein paar Meter. Wir nehmen unsere Taschen, und die Swags kannst du mir ja morgen vorbeibringen."

Karla stieß die Tür auf, und sie und Sally stiegen aus.

„Ich geh nur noch mal kurz in den Drugstore", sagte Helen zu Alma und winkte den beiden anderen über die Ladefläche hinweg zu. „Wiedersehen. War nett, dich kennenzulernen, Karla." Sie drehte sich um und ging zügig davon.

„Bis dann, Alma", sagte Sally und lugte durch die Beifahrertür. Karla tauchte an ihrer Seite auf, ihren Rucksack über der Schulter.

„War nett mit dir, Alma." Karlas Augen schimmerten dunkel im Schatten der Fahrerkabine.

„Ja", krächzte Alma. „Und du fliegst morgen?"

„Ja. Bis irgendwann mal also", sagte Karla, hob eine Hand zum Abschied und ging los. Sally grinste Alma noch einmal an und folgte ihr eilig.

Alma sah zu, wie die beiden hinter dem Gemeindehaus verschwanden, ohne sich noch einmal umzudrehen. Dann senkte sie den Kopf, und ihr Blick fiel auf die Tüte in ihrem Schoß. Langsam faltete sie das braune Papier auseinander. Zum Vorschein kam eine schlichte, dunkelbraune Haarbürste aus einfachem Holz. Alma fing an zu schmunzeln.

„A Bürste", sagte sie laut. Sie blickte in den Rückspiegel. Helen trat eben aus dem Drugstore, eine braune Papiertüte in der Hand. Alma zog ihre Tür zu und beugte sich zur Seite, um die Beifahrertür für Helen zu öffnen. Im nächsten Moment ging die Fahrertür mit einem leisen Quietschen von selbst wieder auf.

Alma fing an zu lachen. Und auch, als Helen längst eingestiegen war und sie mit strafendem Blick ansah, konnte sie nicht damit aufhören.

Stummzeit

Ich erinnere mich genau an den Tag, an dem ich entlassen wurde. Es war heiß, und die Sonne brannte unnachgiebig auf meinen Kopf herunter, auf dem die Haare zu kurzen Locken nachgewachsen waren. Vor dem Unfall hatte ich glatte Haare gehabt, aber durch irgendeine hormonelle Veränderung, wie sie gelegentlich bei Jugendlichen in der Pubertät stattfindet, waren sie nach der Operation lockig nachgewachsen. Jeder, der mich im Krankenhaus besucht hatte, fand es „süß". Mir war es egal. Hauptsache, die schmale Narbe, die sich in einem langgezogenen Bogen über die Rundung meines Hinterkopfes zog, war verdeckt. Mein Haar hatte seinen bis dahin eher dekorativen Zweck gegen einen praktischen eingetauscht.

Nicht nur mein Haar – in mir war eine Veränderung vorgegangen, die mein Augenmerk von der Form meines Körpers und seiner Teile auf die Funktion gerichtet hatte. Es war wohl nur meinem auf Perfektionismus ausgerichteten Geschmacksempfinden zu verdanken, daß ich nun nicht in Gesundheitslatschen und Wickelröcken dastand: Irgend etwas sagte mir, daß die Festung Körper, von der unlängst ein paar Mauerzinnen gebrochen waren, geschützter war, wenn ich sie in stilvolle Fahnen hüllte. Außerdem hatte ich ja noch meine Augen. Und die betrachteten mich immer noch selbstkritisch.

Ich stand tatenlos mit herabhängenden Armen in der Sonne und blinzelte, während Nora meine Tasche im Kofferraum des

Golfs verstaute. Sie war nervös, sonst hätte sie das Gepäck einfach wie üblich auf den Rücksitz geworfen.

„So", sagte Nora und blies sich eine Haarsträhne aus dem Mund. Ihre Augen waren leicht zusammengekniffen, als sie mich ansah. Ich versuchte ein Lächeln, und sie griff es dankbar auf und lächelte breit zurück.

„Hier warst du jetzt aber auch wirklich lange genug", stellte sie fest. Ich nickte und brachte ein Räuspern hervor. Dann stiegen wir ein.

In dieser Nacht schliefen wir nicht miteinander, aber in der nächsten. Ich war erstaunt, wie gut es ging, daß die Lust nicht in kleinen Wogen zurückkehrte, sondern in einer mächtigen Flutwelle, wie ein unvorhersehbarer Dammbruch. Ich war so erstaunt darüber, daß ich mich vergaß und ein paar heisere Worte in Noras Ohr krächzte. Sie legte mir die Hand auf den Mund und lächelte mich unter ihrem zerzausten Haar hervor an. „Nicht sprechen. In vier Wochen kannst du mir soviel erzählen, wie du willst, aber jetzt darfst du nicht sprechen. Noch nicht. Sonst kriegst du deine Stimme nicht gesund zurück."

Zwei Tage später holte sie mich ab, um mit mir einen Ausflug ins Grüne zu machen. Es war ein Samstag, und auf den Ausfallstraßen hingen die Autos mit den Stoßstangen aneinander. Immer wieder kam der Verkehr zum Erliegen. Als wir endlich am Töpchinsee angelangt waren, war Nora sichtlich nicht mehr in der Lage, die Schönheit der Natur zu genießen.

Ich saß ihr gegenüber, die Hände im Schoß über dem unvermeidlichen Block und dem Stift gefaltet, und war überglücklich, Waldluft zu riechen. Nora stieß bläulichen Zigarettenrauch in die Luft und bestellte bei der massigen Kellnerin, die viel zu enge Schuhe trug, zwei Milchkaffee.

„Ich hoffe, es ist dir recht", sagte Nora zu mir, und ich nickte. Ich hätte lieber etwas Kaltes gehabt, aber nun war es zu spät. Nein, zu spät eigentlich nicht, aber ich befand mich noch in einer Phase der Rekonvaleszenz, in der ich jegliche Anstrengung vermied, selbst die, einen simplen Getränkewunsch zum Ausdruck zu bringen.

„Also", sagte Nora. „Wann mußt du wieder zur Untersuchung?"

Sie hatte mir die Frage schon im Auto gestellt, aber natürlich hatte ich nicht antworten können. Meine Schrift war durch die Fahrbewegungen so krakelig gewesen, daß Nora nichts hatte entziffern können. Nach ein paar Versuchen hatte sie aufgegeben und den Rest der Fahrt geschwiegen.

Vermutlich war sie auf sich selbst wütend, weil sie immer wieder vergaß, daß ich nicht sprechen durfte – an ihrer Stelle hätte ich mich auch geärgert; immerhin war ich drei Wochen im Krankenhaus gewesen, eine an sich ausreichende Zeitspanne, um sich an die veränderte Situation zu gewöhnen. Aber immer noch rief Nora mir aus dem Bad eine Frage zu, und ich saß in meinem Zimmer und starrte hilflos und zornig auf die Tür, in der sie entgegen meinen Erwartungen nicht erschien, weil ihr meine vorübergehende Stummheit grundsätzlich erst einfiel, wenn sie zum zweiten oder gar dritten Mal um eine Antwort gerufen hatte. Nur selten kam sie dann, um meinen Antwortzettel zu lesen. Mittlerweile hatte ich schon einen ganzen Stapel von diesen ungelesenen Exemplaren fabriziert. Das kränkte mich, aber ich konnte nicht viel dagegen tun.

„Hast du noch Kopfweh?" Nora musterte mich prüfend.

Ich schüttelte den Kopf und schrieb, der besseren Lesbarkeit wegen in Großbuchstaben: WEIL ICH NICHTS SAGE?

Sie las es, zuckte die Achseln und nickte dann ernst. Offensichtlich war ihr der Witz entgangen.

„Wegen der Wunde", sagte sie.

Ich schrieb in großen Druckbuchstaben: DU HAST WOHL ANGST, DASS ES NICHT NUR EINE FLEISCHWUNDE WAR. ABER ICH KANN DICH BERUHIGEN, ICH HABE KEINE GEISTIGE STÖRUNG DAVONGETRAGEN.

Nora las es, dann sah sie auf, und ihre Augen waren feucht. „Du bist einfach anders, seit du aus dem Krankenhaus raus bist", sagte sie. „Irgendwie kühler."

ICH BIN NUR LANGSAMER, UND DAS LIEGT DARAN, DASS ICH VORÜBERGEHEND BEHINDERT BIN.

„Behindert", sagte sie abschätzig. „Stimmt doch nicht. Du darfst nur einige Wochen nicht sprechen."

Vor einem Monat war ich mit meiner Yamaha die Bismarckstraße entlanggefahren, als ein Mercedes rückwärts aus einer

Einfahrt auf die Straße gesetzt hatte. Mir war noch nicht einmal die Zeit zum Bremsen geblieben. Ich hatte mich überschlagen und war mit der Kehle zuerst auf den Lenker meines Motorrads geprallt. Die häßliche Platzwunde an meinem Hinterkopf hatte mit vierzehn Stichen genäht werden müssen, und meine Stimmbänder waren beschädigt, aber sie erholten sich langsam wieder. In einigen Wochen würde ich wieder genauso sprechen können wie zuvor, vielleicht etwas heiserer.

Nora nippte an ihrem Milchkaffee und sah nachdenklich aufs Wasser. Ich betrachtete ihr Ohr, diese wunderhübsch geformte Muschel, aber dann erinnerte ich mich, daß wir im Grünen saßen, und ich blickte ebenfalls auf den See hinaus.

„Ich weiß immer noch nicht, ob ich den Job annehmen soll", sagte Nora und seufzte.

Ich lehnte mich zurück. Das hatte ich von Anfang an an Nora geliebt: Daß sie immer, aber auch immer, mit der Zuverlässigkeit der Weltzeituhr, irgendwann von selbst auf den Punkt zu sprechen kam, der sie belastete. Meist dauerte es nicht allzu lange; und ich hatte gelernt, daß Abwarten die bessere Alternative war als Nachfragen. Nora mußte zuerst eine innere Hemmschwelle überschreiten, aber dann brauchte sie meine Fragen ebenso sehr wie zuvor meine Zurückhaltung. In diesem Fall ging es um ein medizinisches Hilfsprojekt für Namibia, das sich mit Geburtenkontrolle befaßte. Nora als führender Mitarbeiterin einer bedeutenden Gesundheitsorganisation war angeboten worden, die beratende Leitung in dem Ein-Jahres-Projekt zu übernehmen.

„Ich müßte drei Monate nach Namibia", sagte sie zweifelnd.

Meine Hand kritzelte schnell über den Block, aber nicht schnell genug. Nora las von gegenüber aus mit, eine Angewohnheit, die ich nicht leiden konnte, die sich aber fast alle meine Gesprächspartner rasch angeeignet hatten. Niemand schien die untätigen Momente, in denen auf meine Antwort gewartet werden mußte, ertragen zu können, diese vertane Zeit, diese unausgefüllten, leeren Sekunden. Nie zuvor hatte ich die allgegenwärtige Ungeduld so stark wahrgenommen. Ungeduld versteckte sich überall, in jedem Gespräch, in jedem abwartenden Blick, in jeder, wie auch immer gearteten Pause.

ES WÄRE EINE HER

„... eine Herausforderung?" unterbrach Nora mich. Ich schüttelte den Kopf und schrieb weiter, wobei ich den Stift energisch aufdrückte. Schneller schrieb es sich dadurch natürlich auch nicht, nur undeutlicher.

ES WÄRE EINE HERVORRAGENDE GELEGENHEIT, DEINE VER

„Meine Verwandtschaft in Südafrika besuche ich auf keinen Fall!" sagte Nora resolut.

Ich quiekte empört auf. Unser beider Blicke klebten auf meiner bleichen, schreibenden Hand. Die Adern traten grünlich hervor, und ich schämte mich plötzlich für meine Blässe. War ich nicht unattraktiv? So bleich, so abgemagert, mit dünnen Muskeln, die es binnen kürzester Zeit geschafft hatten, sich auf ein Drittel ihres vorherigen Umfanges zu reduzieren, mit einem Mund, aus dem kein verständliches Wort kam; ein Mund wie ein zugeschlagenes Tor, an dem nur das Schild fehlte: *Vorübergehend geschlossen.*

Ich beendete den angefangenen Satz. ... VERDREHTE VORSTELLUNG, DASS DU BEI ZUVIEL EIGENVERANTWORTUNG VERSAGEN WÜRDEST, ZU BERICHTIGEN.

Nora schnaubte. „Dadurch ändert sich bestimmt auch nichts. Außerdem, so schlimm ist es gar nicht mehr."

TROTZDEM FINDE ICH, DU SOLLTEST ES MACHEN.

Nora sah mich argwöhnisch an. Dann sah sie wieder weg. Ich fügte eilig etwas hinzu.

FINDEST DU ES NICHT AUF

„Natürlich finde ich es aufregend", sagte Nora. Ich starrte sie wütend an.

Mehr als einmal hatte ich ihr aufgeschrieben, daß ich mich durch derlei Unterbrechungen gedemütigt fühlte, so, wie sich ein Stotterer fühlen muß, dem man ständig das unbeendete Wort aus dem Mund nimmt und für ihn – möglicherweise in falschem Sinne – vollendet, ohne abzuwarten. Das ohnmächtige Gefühl der Frustration mußte ähnlich sein, wie ich es empfand; gleichgültig, ob mein Satz von der anderen Person richtig oder falsch zu Ende gebracht wurde. Die übrigen Silben oder Wörter, die ich hatte notieren wollen, blieben in der Feder stecken. Ich schrieb sie meist dennoch aus, weil ich das Gefühl hatte, sonst irgendwann an einem Rückstau ersticken zu müssen. Diese überflüssig gewordenen Zeichen auf meinem Block nahmen sich verloren aus, ihres Sinnes beraubt. Die Person, für die sie bestimmt waren, würde sie nicht mehr lesen.

Ich hielt Nora den Block hin. Sie warf einen flüchtigen Blick darauf und nickte unwirsch. „Auf alle Fälle interessanter als das, was ich jetzt mache, ja, das schon", sagte sie mit heruntergezogenen Mundwinkeln. „Aber woher weiß ich, daß ich mich in Afrika nicht ganz furchtbar fühlen werde?"

Sie blickte mit gerunzelter Stirn aufs Wasser hinaus. Ich stöhnte, um sie auf mich aufmerksam zu machen, aber Nora reagierte nicht. Auch meine hastig kritzelnde Hand übersah sie geflissentlich. Statt dessen zündete sie sich eine Zigarette an und blies mit verärgertem Gesichtsausdruck den Rauch aus.

„Ich finde, ich sollte mir das ganz genau überlegen", sagte sie, die Augen immer noch auf die glitzernde Oberfläche des Sees gerichtet.

Natürlich! Ich war ganz ihrer Meinung. Aber Nora sah, stur, wie sie war, nicht zu mir her, und ich lief rot an vor Wut über meine Unfähigkeit zu sprechen. Nicht einmal ein Einwurf war mir möglich. All die kleinen Nuancen der verbalen Kommunikation waren verlorengegangen, jene Nuancen, die eine Unterhaltung oft so angenehm machen, sie in bestimmte Bahnen lenken. Ich war gezwungen, handschriftlich zu trösten, aufzumuntern, zu kritisieren, zu scherzen, und es gelang mir nicht besonders gut.

In Noras und meiner Beziehung war ich immer der eher ruhigere Part gewesen, diejenige, die zuhörte. Nora war es, die wild gestikulierend redete, manchmal, wenn sie aufgedreht war, nahezu ununterbrochen, ohne daß es mir gelang, auch nur eine Bemerkung dazwischenzuwerfen. Oft genug hatte Nora mich mit ihrem Redefluß mundtot gemacht. Jetzt brauchte sie mich nicht einmal mehr zu überhören. Es reichte schon, daß sie nicht zu mir hersah.

Alle hatten gesagt, es sei ein Glück, daß ich jetzt nicht reden konnte anstatt Nora – sie wäre geplatzt, meinten sie. Aber ich glaube, das stimmt nicht. Noras überschüssige Energie wäre ein willkommenes Objekt gewesen, in Schriftsprache umgesetzt zu werden, meine Ruhe hingegen machte mich jetzt langweilig.

Nora sah mich an. „Bist du anderer Meinung?"

Ich starrte sie eindringlich an, bevor ich meine Antwort niederschrieb. Meine Hand zitterte in der Luft, und ich sah den Blick, mit dem Nora meinen dünnen Arm musterte. Noch bevor ich ihr den Zettel reichte, wußte ich, daß sie mit den Gedanken schon wieder ganz woanders war. Sie nahm ihn abwesend entgegen, überflog ihn und sah mich stirnrunzelnd an. „Und, was soll das?"

Ich verzog das Gesicht und fügte einen Zusatz hinzu. Noras Mund drückte gereizte Ungeduld aus. Sie las meine Erläuterung und zuckte die Achseln. „Habe ich gesagt, daß wir jetzt stundenlang diskutieren müssen?"

Ich fühlte Verzweiflung in mir hochkriechen. Wenn von zwei Gesprächspartnern einer stumm ist, kann man sich einfach keine Mißverständnisse leisten.

Ich schrieb einen letzten Zettel und schob ihn Nora hin, die schon wieder aufs Wasser hinaussah. Sie sah erstaunt darauf nieder, als hätte sie vergessen, daß ich noch da war.

WENN ICH FÜR IMMER STUMM BLIEBE, WÜRDEST DU ES KEINE ZWEI WOCHEN MEHR MIT MIR AUSHALTEN.

„Meinst du?" fragte sie böse und zerknüllte den Zettel. Ich schwieg – wie seit vier Wochen.

Sie sah mich an, als sei ihr aufgefallen, daß dieses Schweigen anders war. Und dann fiel auf einmal ein Tropfen von ihrer Wange hinunter, und ich wußte nicht, ob es Schweiß oder eine Träne war.

Ich riß den Zettel viel zu heftig ab und schob ihn Nora über den Tisch hinweg zu. Sie nahm ihn, ohne den Blick von mir abzuwenden, und erst nach einigem Zögern überwand sie sich, darauf niederzusehen. Dann schaute sie auf, und ein kleines Lächeln erschien auf ihren Lippen.

Sie beugte sich schniefend wieder über den Zettel und las halblaut vor. „BITTE, SAGEN SIE JETZT NICHTS."

Sie sah mich zweifelnd an, und ich tat das, womit ich meine Stummheit am besten überwinden konnte: Ich lächelte sie an.

Der Abgang

Ich habe seit langer Zeit nicht mehr an sie gedacht. Ich denke kaum je an sie. Ich weiß schon gar nicht mehr, wie lange es her ist, daß ich das letzte Mal an sie gedacht habe.

Heute aber habe ich sie gesehen. Sie ging über die Straße, blieb kurz an der Ecke stehen und verschwand dann in einer Seitengasse. Ich war wie vom Donner gerührt, unfähig, mich zu bewegen. Ich fragte mich, was sie hier machte, hier in dieser Stadt, die sie zwei Jahre zuvor von einem Tag auf den anderen verlassen hatte. Einen kurzen Moment dachte ich, sie wäre vielleicht zurückgekommen, um mich aufzusuchen. Aber eigentlich kann ich mir das nicht vorstellen. Warum sollte sie das auch tun?

Sie sah genauso aus wie damals, und das hat mich auf eine eigenartige Weise berührt. Ihre Haare waren zwar länger geworden, und mir kam es vor, als hielte sie sich nicht mehr so aufrecht wie früher, aber dennoch sah sie so aus wie damals. Als wäre nichts geschehen, als hätte die Zeit nichts verändert, nur Oberflächlichkeiten wie Haare und Haltung, vielleicht auch die Kleidung, nicht aber sie selbst. Sogar über die Entfernung hinweg konnte ich ihre Ausstrahlung spüren, diese einzigartige Mischung aus Traurigkeit, unterdrückter Wut und fast gewalttätiger Kraft. Ich sah zu, wie sie um die Ecke verschwand, und dann kam die Erinnerung an das, was ich so lange erfolgreich verdrängt hatte, mit aller Macht zu mir zurück.

Ich wünschte, es wäre anders gekommen, ich hätte mich anders verhalten und sie auch. Am meisten aber wünschte ich, sie wäre überhaupt nicht in meinem Leben gewesen, oder wenn, dann anders, als ein anderer Mensch, aber das ist unmöglich. Die Dinge lassen sich nicht ungeschehen machen. Sie sind so, wie sie waren; sie bleiben, für immer.

Heute wie damals habe ich Ella einfach gehen lassen. Ich habe mich ihr nicht gestellt. Die Chance ist vorbei. Das einzige, was mir bleibt, ist, mir anzusehen, was damals wirklich passiert ist. Bevor es auch dafür zu spät ist.

Es war einer von den ziemlich raren Glücksmomenten in meinem Studentinnenleben, als ich sie kennenlernte. Wahrscheinlich bin ich für ein Studium nicht sonderlich gut geeignet, ich verabscheue endlose Diskussionen und stundenlange Gespräche über irgendwelche Fachtexte, vor allem aber kann ich mit Teamarbeit nichts anfangen und mit den meisten meiner Kommilitoninnen und Kommilitonen erst recht nichts.

Ich habe mein Abitur auf dem zweiten Bildungsweg nachgeholt und mich, genau wie Ella, erst spät für dieses Studium entschieden, und vielleicht hatte unser Seniorinnenstatus damit zu tun, daß wir uns vom ersten Moment an eng zusammenschlossen.

Sie stand auf einmal hinter mir, als ich mich gerade in eine heiß begehrte Seminarliste eintrug. Ich hatte mich mühsam nach vorne gekämpft; eine Horde junger Studenten und Studentinnen drängte sich aufgeregt um mich, jederzeit bereit, mir die Liste zu entreißen, um sich selbst noch schnell einzutragen. Ich setzte erleichtert aufatmend meinen Namen in das entsprechende Feld, registrierte, daß nur noch eine Spalte frei war und wollte das Blatt eben loslassen, als jemand von hinten den Arm um meine Schultern legte und in mein Ohr flüsterte: „Los, trag mich ein. Ella Bock. Los."

Ich wandte noch nicht einmal den Kopf, um sie anzusehen. Ich trug ihren Namen ein, überließ die Liste der kämpfenden Menge und drehte mich um. Sie grinste mich an und zog mich am Arm aus der Horde heraus, und als wir am Eingang zum Hörsaal angelangt waren, ließ sie mich los und lachte über das ganze Gesicht.

„Klasse! Das war toll von dir. Vorstellen brauch ich mich ja jetzt nicht mehr. Willst du einen Kaffee?"

Später, viel später ist mir aufgefallen, daß sie weder „bitte" noch „danke" gesagt hatte, aber das machte sie nie. Nur ein einziges Mal hat sie „bitte" gesagt. Ein einziges, verfluchtes Mal. Und da habe ich nein gesagt.

Wir gingen also Kaffee trinken, nicht in der Mensa, sondern in einem von diesen vollgestopften Studentencafés in der Nähe, wo einem vor Rauch und muffiger Luft der Atem wegbleibt. Und so begann unsere seltsame Freundschaft.

Ich glaube, Ella war die erstaunlichste Person, der ich bis dahin in diesem langweiligen Städtchen begegnet war, in das mich das Studium verschlagen hat. Freiwillig wäre ich nie hierhergezogen; eine Stadt, deren Kultur und Nachtleben nahezu ausschließlich von Studenten bestimmt wird, ist nicht mein Ding, aber ich hatte nur eine Wahl. Entweder hierher, oder gar nicht studieren. Ich hätte mir natürlich auch ein anderes Studienfach aussuchen können, aber das wollte ich eben nicht.

Ella gefiel es hier jedenfalls genausowenig wie mir, das stellte ich schnell fest. Sie saß mir gegenüber, blitzte mich mit ihren dunklen Augen vergnügt an und erzählte mir eine lustige Geschichte nach der anderen über ihre Erlebnisse als unangepaßte Studentin, und zwischendurch zog sie hektisch an ihrer Zigarette. „Scheiß aufs Studium! Scheiß auf dieses gottverlassene Nest!" sagte sie und zog den Aschenbecher näher zu sich heran. „Alles nur eine Frage der Überbrückung. Das wahre Leben spielt sowieso woanders. Du bist doch auch nur so eine Zeitreisende, oder?"

Ich wußte nicht genau, was sie meinte, aber das wollte ich natürlich nicht zugeben. „Na ja, wie man's nimmt."

„Mensch! Zeitreisende – nur vorübergehend hier. Du gehörst doch eigentlich auch woanders hin. Steh mal auf! Ich glaube, du sitzt auf der Leitung."

Ich schob meinen Stuhl zurück, stand auf und sah suchend zu Boden, und Ella fing schallend an zu lachen. Ihre Armbänder – sie trug eine ganze Batterie davon – klirrten, und eine Strähne ihres langen, gelockten Haares fiel ihr in die Stirn, als sie heftig den Kopf schüttelte. „Mensch", prustete sie, „das gibt's doch gar nicht! Kennst du den Spruch etwa nicht?"

Ich war peinlich berührt, als ich endlich begriffen hatte, und ich kam mir vor wie ein ausgesetztes Findelkind, so ähnlich wie Kaspar Hauser; wie jemand eben, der die ganz normalen Kinderwitze nicht mitbekommen hat und die sozialen Verhaltensregeln und Feinheiten im Umgang mit Gleichaltrigen.

„Ich bin nicht in Deutschland aufgewachsen", verteidigte ich mich. „Ich bin in Südamerika großgeworden."

„Da fahr ich auch bald hin", erwiderte sie, und damit war das Thema erledigt.

In der ganzen Zeit, in der wir uns kannten, habe ich so gut wie gar nichts über Ellas Kindheit und Jugend erfahren, und sie ebensowenig über meine. Sie wollte nichts davon hören und erst recht nicht darüber reden. Einmal hat sie gesagt, daß es eine Kindheit in der Vergangenheit nicht gäbe, für sie nicht und generell auch nicht, daß sie die Vergangenheit nicht akzeptiere und daß, wenn es doch eine Kindheit gäbe, sie erst in der Zukunft erschaffen werden würde. „*Ich* werde eine Kindheit erschaffen", sagte sie und schlug mit der flachen Hand auf den Tisch, daß die Tassen wackelten, und ich habe erst viel später verstanden, was sie überhaupt damit meinte und wie ernst es ihr damit war.

An diesem ersten Tag stellten Ella und ich zwei grundlegende Gemeinsamkeiten fest: Wir waren gleichaltrig und damit ungefähr zehn Jahre älter als die meisten anderen Studenten, und wir waren beide im zweiten Semester, was bedeutete, daß wir noch weitere dreieinhalb Jahre in dieser Stadt hinter uns zu bringen hatten. Ella hatte vorher in Frankfurt gewohnt. Auf meine Frage, ob sie versucht hatte, dort einen Studienplatz zu finden, antwortete sie mit einem knappen „ich mußte da weg"; und ich glaube, das war der Moment, in dem ich das erste Mal etwas Finsteres an ihr spürte, eine Art düsterer Wut, die für den Bruchteil einer Sekunde in ihrem Gesicht zu sehen war und dann wieder verschwand.

Wir verbrachten auch den Rest des Tages miteinander. Bei einem billigen Italiener aßen wir Pizza und tranken einen meiner Ansicht nach ganz annehmbaren Wein dazu, und im Anschluß daran kehrten wir in einer weiteren Studentenkneipe ein, wo wir uns bis zur Sperrstunde angeregt unterhielten. Vom ersten Augenblick an übernahm Ella die Führung in unserem Verhältnis. Es gelang ihr mühelos, mich mit ihrer munteren Art aus der Reserve zu locken; von Anfang an war sie es, die in der Hauptsache unsere Gespräche bestritt, während ich mich zunächst mit ein paar einsilbigen Bemerkungen begnügte, nach und nach aber immer mehr aus mir herausging.

Wir haben uns viel erzählt in der Zeit, die wir zusammen verbrachten. Vor allem Ella hat viel erzählt. Dennoch habe ich kaum etwas über sie erfahren. Sie hat sich all die Zeit über verborgen gehalten, und ich, ich habe es noch nicht einmal gemerkt. Bis zu jenem katastrophalen Tag fast ein Jahr nach unserem ersten Zusammentreffen habe ich geglaubt, ihre Persönlichkeit einschätzen zu können. Ein Trugschluß, nichts habe ich einschätzen können, gar nichts. Und immer noch schäme ich mich dafür.

Am nächsten Tag trafen wir uns in der FH zu unserem ersten gemeinsamen Kurs. Ich war früher da und trug Ella mit in die Anwesenheitsliste ein, und ich war erleichtert, als sie mit einiger Verspätung doch noch den Mittelgang heraufkam und neben mir in die Reihe schlüpfte. Die anderen Studenten sahen sie neugierig an, der Dozent, der für seine Strenge berüchtigt war, räusperte sich drohend, aber Ella störte das nicht. Sie nickte ihm zu, worauf er den Blick in seine Notizen senkte, und beugte sich zu mir herüber, wobei ihre Armreifen rasselten: „Fusel war das gestern! Billiger Fusel. Mir dröhnt der Kopf. Hast du gemerkt, wie dämlich die alle gucken? Ich hasse dieses übereifrige Studentenpack. Wenn einer von denen auch nur fünf Sekunden zu spät kommt, macht er sich schon vor der Tür vor Angst in die Hose." Sie beugte sich noch ein Stückchen weiter vor und streckte dem Kommilitonen, der neben mir saß und sie interessiert beobachtete, die Zunge heraus. Er wurde knallrot. Ella grinste breit, und ich mußte lachen.

„Bitte, meine Damen!" rief der Dozent in unsere Richtung, und Ella setzte ein betont intelligentes Gesicht auf.

„Ich bin bereit. Nur zu", forderte sie ihn auf. Der Dozent schüttelte tadelnd den Kopf, begann aber unverzüglich mit seiner Einführungsrede. Ich hatte Mühe, mein Kichern zu unterdrücken.

Ella jedoch verzog fortan keine Miene. Bis zum Ende des Seminars saß sie ungerührt da, kritzelte ab und zu etwas auf ihren Block und hielt den Rest der Zeit den Blick unverwandt auf den Dozenten gerichtet. Allerdings beteiligte sie sich nicht an der zähen Diskussion, die auf seine Ausführungen folgte, und als ich gen Ende hin auf ihren Block schielte, um zu sehen, welche Überlegungen sie für notierenswert erachtet hatte, entdeckte ich, daß sie nichts weiter als eine Reihe von Vornamen niedergeschrieben hatte. Links stand eine Liste von Frauennamen, beginnend mit ihrem eigenen und gefolgt von meinem, rechts hatte sie Männernamen notiert. Ich fragte sie beim Hinausgehen danach, und sie warf mir einen schrägen Blick zu.

„Was der Knilch da vorne erzählt, kann ich zur Not nachlesen. Ich suche nach einem Namen."

„Wofür?"

„Na, wofür wohl", sagte sie und warf den Henkel ihrer Umhängetasche schwungvoll über die Schulter, „für mein Kind natürlich."

„Du bist schwanger?" fragte ich und konstatierte im gleichen Moment mit einem leichten Gefühl der Enttäuschung, daß sich damit die Frage nach ihrer sexuellen Orientierung, die mich insgeheim sehr interessierte, vermutlich erübrigt hatte.

„Nö. Noch nicht. Komm", ordnete sie an, „wir gehen einen Kaffee trinken. Den hab ich verdammt nötig. Wie konntest du mir gestern nur so einen Fusel zu trinken geben?"

„Hab ich doch gar nicht. Du hast den Wein bestellt, falls du dich erinnerst."

„Papperlapapp", sagte sie und eilte mit wehendem Mantel voraus. Ich folgte ihr hastig.

Um hier keine falschen Vorstellungen zu wecken: Ich war nicht in Ella verliebt. Ich fand sie noch nicht einmal sonderlich attraktiv. Im Grunde genommen fand ich ihr Aussehen sogar ziemlich daneben; jedenfalls die Art, wie sie sich kleidete. Sie hätte ebensogut direkt aus den tiefen Siebzigern in die Gegenwart geflogen sein können, wenn man sich ihre bunten Klamotten, die unzähligen silbernen Armreifen, die langen, wilden Locken und die mit Kajalstift dick umrandeten Augen so ansah. Sicher, mittlerweile rennen Tausende von Mädchen und Frauen wieder in Batikröcken, Holzclogs und Norwegerpullis durch die Gegend, aber während diese durchaus modisch in ihrem neuerstandenen Outfit wirken, machte Ella in ihren alten Klamotten eher einen etwas verstaubten Eindruck. Für mich sah sie aus wie eine in der Zeit hängengebliebene Hippieschlunze, was vielleicht auch daher rührte, daß ihre Kleidung original aus den Siebzigern stammte und entsprechend verschlissen aussah. Ich habe Ella einmal gefragt, ob sie die Sachen all diese Jahre hindurch getragen oder erst jetzt wieder aus der Mottenkiste hervorgeholt hatte, aber darauf wollte sie mir nicht antworten.

„Denk doch, was du willst", sagte sie wütend. „Wenn's dir nicht paßt, wie ich aussehe, dann brauchst du dich mit mir ja nicht abzugeben." Ihre dunklen Augen funkelten mich an, und für einen kurzen Moment lief mir ein wohliger Schauder über den Rücken, dessen Ursprung ich erst später erkannte: Für diesen einen kurzen Moment begehrte ich sie. Und es sollte nicht bei diesem einen Moment bleiben.

Wie gesagt, ich fand Ella nicht mal besonders attraktiv, aber ich kann nicht verhehlen, daß sie eine starke Anziehungskraft auf mich ausübte, die ich nie eindeutig habe identifizieren können. Das hat mich von Anfang an irritiert, und das tut es heute noch.

Normalerweise nämlich gibt es für mich eine klare Trennlinie zwischen einer freundschaftlichen und einer erotischen oder gar sexuellen Beziehung. Ich gehöre nicht zu den Leuten, für die beides ineinander übergeht oder zumindest potentiell übergehen kann; für mich waren meine Beziehungen immer klar definiert: entweder Freundschaft oder Erotik. Mit Frauen, die ich erotisch finde, ist es mir nicht möglich, eine wirkliche Freundschaft aufzubauen. Aber bei Ella wußte ich einfach nicht, woran ich war. Weder von meiner noch von ihrer Seite aus.

Bis zuletzt habe ich nie gewußt, was Ella eigentlich von mir wollte. Und genausowenig habe ich gewußt, was ich von ihr wollte. Ich weiß es immer noch nicht.

Auf jeden Fall war ich verdammt froh, endlich jemanden gefunden zu haben, mit dem ich gerne zusammen war, und ich denke, Ella ging es genauso. Das erste Semester über war ich bei jeder Gelegenheit nach Hamburg gefahren, wo ich vorher gewohnt hatte. Dort, im Kreise meiner Freundinnen und Freunde (von denen es, ehrlich gesagt, nicht allzu viele gab; ich habe einfach nirgendwo lange genug gelebt, um langjährige Beziehungen zu knüpfen), dort hatte ich Ablenkung gefunden und Gespräche und die Gesellschaft, die mir während der Woche so abging. Aber seit Ella auf der Bildfläche erschienen war, reduzierten sich meine Hamburgbesuche nach und nach, bis ich nur noch gelegentlich hinfuhr. Und seit gut einem Jahr bin ich überhaupt nicht mehr dort gewesen.

Ella und ich verbrachten mehr und mehr Zeit zusammen. Sahen wir uns anfangs zunächst hauptsächlich an der FH und auf einen Kaffee danach, so weiteten sich unsere Treffen in der folgenden Zeit immer mehr aus, bis wir irgendwann dazu übergingen, meist auch an den Abenden zusammenzubleiben. Wir hatten unglaublich viel Spaß miteinander. Wir verstanden uns einfach prima.

Nach zwei Wochen besuchte sie mich das erste Mal in meiner kleinen, karg möblierten Wohnung unweit der Fachhochschule.

„Du hast aber nicht gerade viel Zeug", sagte sie kopfschüttelnd und riß ungefragt meine Schranktür auf, um meine Klamotten zu inspizieren. „Bist du aus einem Kloster geflohen oder was?"

„Ich lebe ganz gerne ein bißchen asketisch", erwiderte ich, und Ella tippte sich an die Stirn.

„Asketisch", sagte sie mit höhnisch heruntergezogenen Mundwinkeln. „Du weißt bloß nicht, wie man es sich richtig gemütlich macht!" Und dann schmiß sie sich auf mein Bett und blieb da bis weit nach Mitternacht liegen, um mir in aller Ausführlichkeit von einem Indientrip zu berichten, den sie im vorigen Jahr unternommen hatte.

Es war komisch, aber aus Ellas Mund klangen solche Erzählungen, die mich sonst nicht im geringsten interessiert hätten, faszinierend. Vielleicht, weil sie eine unnachahmliche Art hatte, Dinge und Menschen in aller Knappheit zu skizzieren. „Er saß da und hatte einen alten Hut auf dem Kopf, und er sah selbst aus wie ein alter Hut", sagte sie beispielsweise, und ich konnte mir ganz genau vorstellen, was sie meinte.

Wir gingen ins Kino und in verschiedene Kneipen, in denen Ella auch ohne mich öfter verkehrte. Sie kannte viele der jungen Männer, vor allem diejenigen mit längeren Haaren und einem lässigen Outfit, und einige Male kam es vor, daß sie mit einem von ihnen nach Hause ging, was mich nie weiter störte, aber dennoch irgendwie mit Verwunderung erfüllte. Ich konnte mir nicht vorstellen, was Ella an diesen unreifen Kerlen fand. Aber es ging mich ja auch nichts an. Die Themen Liebe und Sex umschifften wir ohnehin.

Wir besuchten die spärlichen kulturellen Veranstaltungen, die uns mehr oder minder vielversprechend erschienen. Als es wärmer wurde, wanderten wir stundenlang durch den Stadtpark oder lagen mit einer Flasche Wein auf der Wiese, während die Sonne langsam ihren Abstieg begann.

Zu Ella gingen wir selten, vielleicht weil sie nur ein winziges, mit allem möglichen Ramsch vollgestopftes Dachzimmer zur Verfügung hatte, in dem man nur flüstern durfte, wenn man nicht den Zorn ihrer Vermieterin auf sich ziehen wollte. Sie war um die Sechzig und beobachtete das Treiben ihrer vier studentischen Untermieterinnen mit Argusaugen, jederzeit bereit, mit schrillen Worten auf kleine Verfehlungen wie das Treppensteigen in Straßenschuhen und dergleichen zu reagieren.

Eines Tages entdeckte ich zu meiner Überraschung ein Plakat, auf dem eine Frauenparty in der Mensa angekündigt wurde, und ich schlug Ella vor, hinzugehen. Sie sah mich nachdenklich an, um dann einzuwilligen.

Ich war schon früher da als sie, und ich stand in ein ziemlich anregendes Gespräch mit einer recht attraktiven Frau vertieft in der Nähe des Eingangs, als ich Ella kommen sah. Kaum hatte sie mich und meine Begleiterin entdeckt, verdüsterte sich ihre Miene. Ich ging zu ihr rüber, aber sie würdigte mich keines Blickes.

„Scheiß-Frauen!" schimpfte sie und starrte wütend in der erstaunlicherweise recht gut gefüllten Mensa umher, und da hielt ich den Moment für gekommen, sie über meine sexuelle Orientierung aufzuklären.

„Nimm dich in acht", sagte ich und versuchte ein selbstbewußtes Lächeln. „Ich stehe auf Frauen."

„Ach", fauchte Ella mich an, „und du glaubst wohl, du bist die einzige, was?" Sie rauschte davon, schnurstracks auf die Bar zu.

„Was sollte das denn jetzt heißen?" fragte ich, als ich sie eingeholt hatte. Sie drehte sich zu mir um und kniff die Augen zusammen.

„Hältst du mich für blöd, daß ich das nicht von selber merke, oder was? Ich kann es überhaupt nicht leiden, wenn man mich nicht für voll nimmt!"

„Aber ich wollte doch nur ... Ich wußte nicht, ob du es weißt." Ich war ziemlich verdutzt. Ihre Wut kam mir völlig unangemessen vor.

„Dann frag mich doch nächstens vorher. Ich hasse solche Demonstrationen." Ella ballte die Faust. Einen Augenblick lang dachte ich, sie würde mich schlagen, aber dann ließ sie die Faust wieder sinken. „Ciao", sagte sie giftig und ging.

Nach dieser unerfreulichen Begebenheit verstrichen vier Tage, ohne daß wir uns sahen. Es war Wochenende, und ich nutzte die Zeit, um mich auf die Semesterabschlußklausuren vorzubereiten. Am Montag schwänzte ich meine Seminare; ich redete mir ein, einfach keine Lust zu haben, aber in Wirklichkeit scheute ich die Begegnung mit Ella. Die Leichtigkeit unseres Verhältnisses war aus heiterem Himmel in ein unklares Desaster abgerutscht, und ich begriff nicht, was überhaupt los war.

Ich gehe Auseinandersetzungen grundsätzlich lieber aus dem Weg, und deshalb war mir ziemlich mulmig zumute, als es am nächsten Tag klingelte und Ella vor der Tür stand.

„Hey", sagte sie und schob sich einfach an mir vorbei. „Willst du das Studium schmeißen, oder wieso läßt du mich einfach so mutterseelenallein unter diesen ganzen Idioten da rumhocken?" Sie tat so, als wäre nicht das geringste vorgefallen, aber in ihren Augen entdeckte ich ein leichtes Mißtrauen, das von da an nie mehr ganz aus ihnen wich.

„Mir ging es nicht gut", sagte ich achselzuckend.

„Ach! Zuviele Frauengeschichten, was?" Sie grinste höhnisch, und ich fühlte mich unbehaglich.

„Mach dich nicht drüber lustig", sagte ich in einem vergeblichen Versuch, an das unselige Gespräch auf der Frauenparty anzuknüpfen, aber Ella winkte ab. „Komm, vergiß es. Außerdem mache ich mich nicht lustig. Ich meine das vollkommen ernst." Sie starrte mich an, und zum zweiten Mal ließ mir ihr Blick einen Schauder den Rücken hinunterlaufen. Aber diesmal war nicht Begehren der Auslöser. Diesmal war es Unsicherheit.

„Komm, wir gehen einen trinken", sagte Ella übergangslos, und ich nahm ohne ein Wort meine Jacke vom Stuhl und ging mit ihr mit. Wir sprachen nicht mehr über das Vorgefallene, weder an jenem Tag noch irgendwann später.

Es war einer von den Abenden, an denen Ella sich wieder einmal von einem Kerl ansprechen ließ, und aus irgendeinem Grund störte es mich diesmal, mit ansehen zu müssen, wie sie bereitwillig auf seine Werbung einging. Ab und zu schaute sie zu mir herüber, mit einem Blick, der mir nicht ganz geheuer war. Ich ging früh nach Hause. Als ich den Laden verließ, sah sie mir nach.

Von da an hatte ich immer wieder den Eindruck, daß Ella mich verstohlen beobachtete. Manchmal erwischte ich sie dabei; ich hob den Blick und entdeckte, daß sie mich ansah, mit einem prüfenden Ausdruck in ihren dunklen Augen, wie ein Tier, das auf der Lauer liegt. Zuerst war ich mir nicht sicher, ob ich mir das Ganze nicht nur einbildete. Nachts aber, wenn ich im Bett lag und darüber nachdachte, wußte ich, daß es keine Einbildung gewesen war. Ella beobachtete mich. Und sie war auf der Hut.

Am nächsten Tag kam sie nicht in die FH, und auf dem Heimweg ging ich bei ihr vorbei, um nach ihr zu sehen. Sie öffnete mir erst, nachdem ich ein paarmal geklingelt hatte, und bei ihrem Anblick erschrak ich. Ihr Haar war ungekämmt, ihr Gesicht bleich, und tiefe Ringe lagen unter ihren Augen.

„Bist du krank?"

„Nein. Oder doch. Keine Ahnung." Sie wandte sich um und schlurfte in ihr Zimmer zurück, und ich folgte ihr unaufgefordert. Ihr Bett war ungemacht, sämtliche Schubladen und Schranktüren waren weit aufgerissen, und auf dem Fußboden lagen zahllose Kleidungsstücke verstreut. Es sah aus, als wäre jemand bei ihr eingebrochen und hätte das gesamte Zimmer durchwühlt.

„Was ist denn hier passiert?"

„Mensch, frag nicht so viel. Frag mich nicht andauernd aus!" Ella drehte sich um, und ihr erschöpftes Gesicht verzerrte sich zu einer wütenden Grimasse. Erschrocken wich ich zurück.

„Sorry", sagte ich, „ich wußte nicht ..."

Unvermittelt begann sie zu weinen, und ich stand wie vom Donner gerührt da. Sie schluchzte in ihre vors Gesicht geschlagenen Hände hinein und zitterte am ganzen Körper, und ich wußte beim besten Willen nicht, was ich machen sollte.

„Hey", sagte ich schließlich. „Was ist denn passiert?"

Ella schluchzte nur noch mehr, und dann kam sie plötzlich auf mich zu und rammte mir den Kopf gegen die Brust. Ich wurde nach hinten gegen die Tür geschleudert und fühlte, wie ich den Halt verlor, und im nächsten Moment lag ich auf dem Boden und sie auf mir, und immer noch schluchzte sie haltlos. Ihre Tränen benetzten mein Gesicht, und trotz meiner Überraschung war ich mir bewußt, daß dies das erste Mal war, daß wir beide uns berührten, von ein paar freundschaftlichen Knüffen mal abgesehen. Ella lag in voller Länge auf mir, und dann schlang sie auch noch die Arme um mich und preßte sich an mich, und die ganze Zeit über weinte sie. Ich glaube, in meinem ganzen Leben war ich noch nie mit einem derart heftigen Gefühlsausbruch konfrontiert gewesen. Ich fühlte mich vollkommen überfordert.

„Es geht schon wieder los", schluchzte Ella. „Es geht schon wieder los!"

„Was geht los? Was geht schon wieder los?" Ich versuchte, ihre Arme, die meinen Hals umklammerten, zu lockern, und sie hob den Kopf und sah mich an. Ihr Blick machte mich schaudern. Es war, als sähe ich in den Abgrund ihrer Seele hinein; ihre Pupillen waren riesengroß und pechschwarz, und dahinter lag ein solch tiefer Schmerz, daß mir fröstelte. Auf einmal wollte ich nichts als weg, weg von ihr, weg von dem, was sie so quälte, weg aus diesem Zimmer, weg aus dieser unerträglichen Situation.

Ella starrte mich an, und wahrscheinlich konnte sie in meinen Augen lesen, was ich empfand, denn nach ein paar Sekunden ließ sie mich los und richtete sich langsam auf. Ihr Schluchzen war verebbt.

„Zuviel", sagte sie mit einer merkwürdig gebrochenen Stimme. „Es ist dir zuviel. Dann geh doch." Sie drehte sich von mir weg, watete zwischen den Kleidern hindurch zu ihrem Bett und setzte sich hin.

Ich lag wie benommen da, bevor ich mich langsam aufrappelte. Ich wollte weg, aber so konnte ich nicht gehen. Also lehnte ich mich an den Türrahmen und sah Ella an, und nach einer Weile hob sie den Blick.

„Mir ist schlecht", sagte sie ruhig.

„Soll ich dir einen Tee machen oder so?" Irgendwie war ich froh, meine eigene Stimme zu hören.

„Nein", sagte sie und ließ sich nach hinten fallen. „Ich möchte lieber alleine sein. Fühl dich nicht verpflichtet. Es gibt sowieso keine Verpflichtungen. Alles ist okay."

Ich habe noch ein paar Minuten so dagestanden, dann bin ich tatsächlich gegangen. Ich fühlte mich merkwürdig dabei, aber zu Hause war ich heilfroh. Das Ganze war mir unheimlich. Zum ersten Mal merkte ich, daß ich Ella längst nicht so gut kannte, wie ich angenommen hatte. Und ich war mir nicht sicher, ob ich sie überhaupt besser kennenlernen wollte.

Ellas Ausbruch blieb ohne Folgen. Am nächsten Tag erschien sie munter und aufgeräumt wie üblich in der FH, und als ich sie zögernd fragte, ob es ihr besser ginge, grinste sie mich an. „Klar, das sieht doch ein Blinder mit dem Krückstock", sagte sie. „War nur eine kleine Attacke. Vergiß es."

Aber als ich kurz darauf zu ihr hinübersah, entdeckte ich, daß sie an die Decke des Hörsaals starrte, und ihr Gesicht trug einen verlorenen Ausdruck.

In den nächsten Wochen und Monaten schien wieder alles beim Alten. Wie üblich waren wir viel zusammen, und Ellas Witze brachten mich wie immer zum Lachen. Abgesehen von diesem prüfenden Blick, mit dem sie mich ab und zu ansah, und der Tatsache, daß sie langsam, aber stetig an Gewicht verlor, fiel mir nichts besonderes an ihr auf.

Das Semester ging zu Ende, der Sommer löste den Frühling ab, und eine Zeitlang spielten Ella und ich mit dem Gedanken, während der Semesterferien gemeinsam in Urlaub zu fahren.

Aber dann nahmen wir beide einen Ferienjob an, der uns in der Stadt festhielt, und so sahen wir uns auch während der vorlesungsfreien Zeit regelmäßig weiter. Als das neue Semester begann, schrieben wir uns für dieselben Seminare ein, was bedeutete, daß wir jetzt noch mehr Zeit miteinander verbrachten.

Trotzdem hatte ich ein ungutes Gefühl. Es ließ sich an keinem Detail festmachen, äußerlich gesehen schien alles in Ordnung, aber dennoch wurde ich das Gefühl nicht los, daß irgend etwas mit Ella nicht stimmte. Manchmal glaubte ich, daß ich einfach zuviel Gewicht auf ihren Gefühlsausbruch ein paar Monate zuvor legte; sie war nicht mehr auffällig geworden, also, was machte ich mir für Gedanken? Die einzige Auffälligkeit, auf die ich den Finger legen konnte, war die zunehmende Häufigkeit, mit der Ella sich von irgendwelchen Kerlen abschleppen ließ. Irgendwie kam mir das suspekt vor, und eines Abends, während eines Kneipenbesuchs, brachte ich das Thema zur Sprache.

„Was versuchst du da eigentlich?" fragte ich sie, während wir beide nebeneinander am Tresen saßen.

Ella trank ihr Bier aus und winkte der Kellnerin. „Geht dich das irgendwas an?" fragte sie beiläufig, und, wie ich annahm, ironisch.

„Klar", sagte ich, auf ihren Tonfall eingehend, „immerhin bin ich ja deine engste Bezugsperson hier in der Stadt." Als sie mich ansah, wußte ich im gleichen Moment, daß ich einen Fehler gemacht hatte.

„Ja?" fragte sie gedehnt. Ihre Augen waren leicht zusammengekniffen, und sie lächelte nicht mehr. „Das meinst du also."

„Wir sehen uns fast jeden Tag."

„Ich habe überhaupt keine Bezugsperson. Ich habe zu niemandem einen Bezug. Noch nicht mal zu mir selbst."

„Das meinst du nicht ernst." Mein Gehirn schien sich ängstlich zusammenzuziehen, so verunsichert war ich auf einmal.

Ella zündete sich eine Zigarette an, und ich nahm einen Schluck aus meiner Bierflasche.

„Also", sagte sie nach einem Moment, „du willst also wissen, was ich da versuche?"

„Ja."

Sie schwenkte auf dem Barhocker ganz zu mir herum. „Ich will ein Kind haben", sagte sie.

Ich war so verdutzt, daß mir für einen Moment die Luft wegblieb. Dann faßte ich mich wieder.

„Dann solltest du nicht soviel trinken und rauchen", entgegnete ich grinsend und griff nach meinem Tabak. Ich drehte mir eine Zigarette, sah auf und entdeckte, daß sich innerhalb dieser paar Sekunden Ellas Stimmung erneut verändert hatte. Ihre Augen waren mit einem Mal wild. Und zu meiner absoluten Verblüffung spürte ich, daß ich Angst vor ihr hatte. Sie machte mir angst.

„Du Arsch! Du Arschloch!" schrie sie. „Nimm mich ernst! Nimm mich ernst, du blödes Miststück!" Sie sprang auf und fegte im gleichen Atemzug meine Tabakpackung vom Tresen.

Ich sah, wie der Tabak durch die Luft flog, und ich war wie gelähmt.

Ich habe noch nie mit Gewalt umgehen können. Ich kann nicht damit umgehen, wenn mir jemand angst macht. Erst habe ich Angst, dann kommt der Ekel, und dann die Verachtung. Ich neige dazu, Menschen zu verachten, die mir angst machen. Das paßt nicht unbedingt zusammen, aber so ist es. Bis zu diesem Moment hatte ich manches an Ella seltsam gefunden; es gab Situationen, die mir nicht ganz geheuer waren, wie jene in ihrem Zimmer, als sie mich weinend zu Boden gerissen hatte. Aber noch nie hatte ich Angst vor ihr empfunden.

Ich war wie gelähmt, und selbst als Ella sich ein paar Minuten später bei mir entschuldigte, konnte ich immer noch nicht reagieren. Ich ließ sie stehen und meinen Tabak liegen und machte mich auf den Heimweg, aber ich war gerade zu Hause angekommen, als sie an meiner Tür klingelte. Eigentlich wollte ich zuerst nicht öffnen, aber dann tat ich es doch. Ella stürmte mit offener Jacke ins Zimmer.

„He!" rief sie. „Es tut mir leid! Wirklich!"

Ich zuckte mit den Achseln. „Ich finde das erschreckend", sagte ich. „Ich verstehe nicht, warum du so was machst. Ich meine, warum bist du überhaupt soviel mit mir zusammen, wenn du offensichtlich insgeheim solche Aggressionen gegen mich hast?"

Ich fühlte mich unwohl dabei, die Worte auszusprechen. Ich glaube, bis dahin hatte ich an unserem Verhältnis gerade die Unkompliziertheit genossen. Ich hatte es gemocht, in Ruhe gelassen zu werden, einfach mit jemandem zusammensein zu können, ohne dieses Zusammensein analysieren zu müssen. Und jetzt sah ich mich auf einmal genau dazu gezwungen. Aber irgend etwas stimmte nicht mit Ella. Und irgend etwas stimmte auch nicht mit uns beiden.

„Ich habe höchstens Aggressionen gegen mich selbst." Ella setzte sich, zog meinen Tabak aus ihrer Jackentasche und legte ihn wie ein Friedensangebot auf den Tisch. „Was soll ich denn noch machen – vor dir auf die Knie fallen?" Sie saß da, mit übereinandergeschlagenen Beinen, die Arme vor der Brust verschränkt, und sah mich offen an. Ihr Gesicht wirkte in der schummerigen Beleuchtung meiner Schreibtischlampe sehr sanft, und wieder einmal wurde mir bewußt, wie gerne ich sie mochte. Und gleichzeitig wußte ich nicht, was ich ihr antworten sollte. War es nicht doch besser, ihr Friedensangebot einfach anzunehmen und die Sache zu vergessen?

Schließlich zuckte ich erneut mit den Achseln und setzte mich ebenfalls hin. Ella zog eines der aufgeschlagenen Bücher zu sich heran und fragte, während sie darin herumblätterte: „Hast du die Sekundärliteratur schon ganz durch?"

„Nein", sagte ich, „Franzen muß ich noch lesen." Und dabei beließen wir es.

Im nachhinein denke ich, daß wir in diesem Moment beide die Weichen gestellt haben. Wir haben die Chance erwogen und letztendlich verworfen, unser Verhältnis auf eine tiefere Basis zu stellen. Wir haben uns dafür entschieden, uns nicht miteinander auseinanderzusetzen. Wir haben uns gegenseitig in unsere Schranken verwiesen. Und keine von uns konnte diese Schranken später mehr überwinden.

Vermutlich dachten Ella und ich in jenem Moment beide, daß es die beste Lösung wäre, zu schweigen und die Dinge auf sich beruhen zu lassen. Aber von da an ging alles nur noch schief.

Einige Wochen danach, kurz vor Weihnachten, gingen wir zusammen ins Hallenbad. Als wir aus der Umkleidekabine traten und an ein paar johlenden Kindern vorbei zum Bassin gingen, Ella vorneweg und ich hinterher, fiel mir unvermittelt auf, wie dünn sie in den vergangenen Monaten geworden war. Ihre Rippenknochen stachen unter dem Badeanzug hervor, und von ihrem zuvor recht rundlichen Hintern waren nur zwei schmale Wölbungen übriggeblieben.

Ich war wirklich erschrocken. „Ella, du bist ja nur noch ein Strich in der Landschaft. Wie kommt das denn?"

Sie steckte zögernd einen Fuß ins Wasser und seufzte zufrieden auf. „Na, wie wohl?" sagte sie und ließ sich vorsichtig ins Becken hinab. „Ich esse eben ganz wenig."

„Aber nicht, wenn du mit mir zusammen bist." Ich ließ mich ebenfalls ins Becken gleiten. Das Wasser war angenehm warm. Sanft umspülte es meine Beine.

„Nein, dann nicht. Aber das sind ja auch die einzigen Gelegenheiten, bei denen ich was esse", erwiderte sie und stieß sich vom Beckenrand ab. Mit kräftigen Zügen schwamm sie in die Mitte des Bassins. Ich setzte ihr nach.

„Das ist aber ungesund, Ella." Ich kam mir vor wie eine schlecht ausgebildete und sehr unbeholfene Psychologin, zumal Ella sich nicht im geringsten von dem, was ich sagte, beeindrucken ließ.

„Mag sein", sagte sie und trat Wasser. „Aber was ist schon nicht ungesund heutzutage?"

Sie war dicht vor mir, und die Wellen, die sie verursachte, trafen mein Kinn. Ihre dunklen Augen taxierten mich eingehend. Um uns herum lachten Kinder, mehrere ältere Damen schwammen zielstrebig ihre Bahnen, und ein junger Kerl kraulte wie ein Wahnsinniger vorbei. Und dann spürte ich Ellas Hände auf meinen Hüften. Sie zog mich zu sich heran und drückte sich an mich, und während ich überrascht nach Luft schnappte, küßte sie mich auf den Mund.

Ich war komplett überrumpelt, aber mein Körper reagierte schneller als mein Gehirn. Ich küßte sie zurück, und im nächsten Moment waren wir in einen wilden Ringkampf verwickelt. Einerseits mühten wir uns ab, uns über Wasser zu halten, andererseits drängten wir uns näher zusammen, aber gleichzeitig versuchten wir auch, uns voneinander zu befreien. Einander umklammernd, versanken wir strampelnd im Wasser. Ich spürte Ellas Brüste, ihr knochiges Becken, ihre glitschige Haut und ihre Lippen auf meinen. Ich bekam keine Luft und Wasser in Nase und Mund, und irgendwann tauchten wir beide prustend wieder an die Oberfläche. Ruhiger geworden, drückte Ella eine Hand gegen mein Brustbein und schob mich weg.

„Das reicht", sagte sie, und ihr Blick wirkte auf einmal verschwommen.

Plötzlich schämte ich mich. Ich fühlte mich wie ein dummer, notgeiler Schuljunge, und die Tatsache, daß die körperlichen Empfindungen so unversehens in mir aufgewallt waren, machte mich sprachlos. Waren sie die ganze Zeit über schon dagewesen? War ich scharf auf Ella, ohne es selber zu wissen? Ich kannte mich selbst nicht mehr.

„Laß uns ein paar Runden schwimmen", sagte ich heiser und kraulte los. Erst, als ich am Ende des Beckens angelangt war, hielt ich inne und sah mich nach Ella um. Sie lag mit ausgestreckten Armen und Beinen im Wasser und ließ sich treiben, den Blick an die Decke gerichtet. Ich stieß mich wieder ab und schwamm weitere zehn Bahnen, und nach einer Weile tauchte Ella neben mir auf.

„Und danach gehen wir ein Falafel essen, oder?" rief sie mir unbefangen zu, und ich nickte. Alles war wieder normal, sagte ich mir. Ganz normal, wie gehabt.

Weihnachten und Sylvester verbrachte ich in Hamburg, und Ella fuhr nach Frankfurt. Als wir uns wiedersahen, fand ich, daß sie noch mehr abgenommen hatte, aber Ella stritt das entschieden ab.

„Im Gegenteil, ich hab mich dumm und dämlich gefressen über die Feiertage", sagte sie und stupste mir in den Bauch. „Und du? Schöne Zeit gehabt? Nette Frauen kennengelernt?"

Hatte ich tatsächlich, aber aus irgendeinem Grund wollte ich ihr nichts darüber erzählen. Wir hatten uns zum ersten Mal längere Zeit nicht gesehen, und sie kam mir irgendwie fremd vor. Vielleicht, dachte ich für einen kurzen Moment, war sie mir immer schon fremd gewesen. Vielleicht hatte ich es nur nie bemerkt. Aber als Ella lachte und mich fröhlich in die Seite stieß, schob ich den Gedanken beiseite.

Kurz darauf fehlte sie wieder einmal zwei Tage hintereinander in den Seminaren. Als ich am zweiten Abend bei ihr vorbeiging, öffnete sie nicht, aber am nächsten Morgen tauchte sie pünktlich zum Kursbeginn in der FH auf.

Über ihre linke Wange zog sich ein Kratzer, der mir verdächtig nach selbst zugefügt aussah, und unter ihren Augen lagen tiefe Schatten. Sie war eindeutig bedrückt, aber ich kam gar nicht erst dazu, sie zu fragen, was los war.

„Mir war schlecht", sagte sie und warf ihre Mappe auf den Tisch. „Frag bloß nichts weiter, sonst gehe ich dir an die Gurgel." Ihr Lächeln wirkte aufgesetzt, aber ich gab mich mit ihrer Erklärung zufrieden.

Heute denke ich, daß wir zu jener Zeit schon viel zu tief in unser Arrangement aus Abgrenzung und Schweigen verstrickt waren, um aufrichtig miteinander reden zu können. Damals aber interpretierte ich das, was ich jetzt als Bequemlichkeit und Ignoranz ansehe, als gegenseitigen Respekt vor der Intimsphäre der anderen. Ich machte das, was ich in diesen Situationen immer getan hatte: Ich ließ Ella in Ruhe und schlug ihr dann irgendeine Unternehmung vor, um sie abzulenken. Diesmal gingen wir ins Kino.

Wir hatten uns eine sehr schmalzige, aber wirklich traurige Liebesgeschichte ausgesucht, und deshalb wunderte ich mich nicht, als Ella leise zu weinen begann und lange nicht wieder damit aufhörte. Irgendwann legte ich ihr meinen Arm um die Schultern, und sie lehnte sich an mich und weinte leise weiter. Und ich war froh darüber, wie unverfänglich diese Berührung erschien. Mein Arm, der locker um Ellas Schultern lag, ihr Körper, der sich weich an meine Seite schmiegte, ihre tränennasse Wange an meinem Hals, all das, so befand ich beruhigt, hatte nichts mit Begehren zu tun. Wir mochten vielleicht ein unklares Verhältnis haben – aber immerhin war es ein freundschaftliches.

Gut eine Woche später fing Ella mich vor dem Seminarraum ab und überredete mich, den anstehenden Kurs ausfallen zu lassen.

„Hör mal, wir haben jetzt Schepers, und nächste Woche steht das Referat an", wandte ich ein. Aber Ella ließ sich nicht beirren. Sie war ausnehmend gut gelaunt, und als ich ihr schließlich nach draußen gefolgt war und wir uns trotz der schneidenden Januarkälte auf die lange Bank unter der großen Kastanie, die den Vorhof zum Institut zierte, niedergelassen hatten, setzte sie eine triumphierende Miene auf.

„Ich bin schwanger!" erklärte sie rundheraus.

Der Tabak, den ich gerade aus der Jackentasche gezogen hatte, fiel mir aus der Hand. „Was bist du?"

Ellas Augen leuchteten. „Ich hab's geschafft. Ich bin schwanger! He, du kannst mir ruhig gratulieren."

Ich starrte sie ungläubig an. „Soll das ein Witz sein?"

„Nein", sagte sie, und ein Schatten flog über ihre Augen. „Verdammt, freu dich gefälligst! Ich denke, du magst mich!"

„Ja, aber", fing ich an, verstummte, und dann nahm ich erneut Anlauf. „Ist das wahr? Und von wem?"

Sie zuckte mit den Schultern und scharrte langsam ein großes Rechteck in den Sand vor der Bank. „Na, ist doch wurscht. Von irgendeinem wird es schon sein."

Ich dachte an die verschiedenen Typen, von denen Ella sich im Laufe der vergangenen Monate hatte abschleppen lassen. Einer von diesen schlaksigen, weichlichen Hippiekerlen sollte der Vater ihres Kindes sein?

„Mann, sei nicht so stur. Ich habe dir doch gesagt, daß ich ein Kind will. Jetzt hat es endlich geklappt. Ist doch klasse!"

Natürlich, sie hatte es mir gesagt. „Ich will ein Kind haben", hatte sie gesagt. Ich hatte es nicht ernst genommen. Ich war der Ansicht gewesen, daß Ella eben auch eine Macke in bezug auf Nähe hatte, so wie ich, und daß sie diese Macke mit viel Sex kompensierte, wahllosem Sex mit irgendwelchen Typen, die ihr sowieso nicht sonderlich gefielen und deshalb auch nicht zu nah kommen konnten. Das war scheinbar ihre Art, damit umzugehen, während meine darin bestand, mich zurückzuziehen und gelegentlich kurze Affairen einzugehen, die ich sofort beendete, wenn sie ernster zu werden drohten.

„Ich dachte, du nimmst Kondome?" fragte ich. Das hatte sie zumindest irgendwann einmal beiläufig erwähnt.

Ella betrachtete mich nachsichtig. „Ja, aber nicht immer", entgegnete sie schlicht.

Sie legte eine Hand auf mein Knie. Ich starrte darauf nieder, unfähig zu reagieren, obwohl ich spürte, daß sie auf ein versöhnliches Wort von mir wartete. Als ich nichts sagte, seufzte sie.

„Du mußt dich anscheinend erst mal daran gewöhnen. Ich jedenfalls bin heilfroh. In letzter Minute hat es doch noch geklappt!" Sie stand auf.

„Wo willst du denn hin?"

„In die Mensa", rief sie mir über die Schulter hinweg zu. „Werdende Mütter müssen ausreichend Nahrung zu sich nehmen!"

Ich sah ihr nach, wie sie den Hof überquerte und schließlich zwischen den Glastüren verschwand. Vielleicht nimmt sie jetzt ja wieder zu, dachte ich, aber der Gedanke konnte mich auch nicht aufbauen. In letzter Minute, hatte sie gesagt. War das die Rettung – ein Kind? Und die Rettung vor was? Vor Depressionen, Magersucht, Autoaggressionen? Vor all dem, worunter Ella stillschweigend, aber nichtsdestotrotz ganz offensichtlich litt? Und warum, verdammt noch mal, fand ich das alles einfach nur schrecklich?

Ich konnte es drehen und wenden, wie ich wollte, aber ich hatte ein ganz schlechtes Gefühl bei der Sache. Und obwohl Ella mit jedem Tag mehr aufzublühen schien und vor guter Laune nur so sprühte, hatte ich zunehmend den Eindruck, daß sie mit dem Mut der Verzweiflung auf dünnem Eis tanzte und es nur eine Frage der Zeit war, bis sie darin einbrach. Nach und nach fielen mir all die Situationen wieder ein, in denen es Ella ganz offensichtlich schlecht gegangen war und ich nichts unternommen hatte, um ihr zu helfen. Ich dachte an alle möglichen lässigen Bemerkungen von ihr und überprüfte sie im nachhinein auf ihren Wahrheitsgehalt. „Es gibt keine Kindheit, weder für mich noch überhaupt", hatte sie gesagt. Und: „*Ich* werde eine Kindheit erschaffen." Oder: „Ich habe zu niemandem einen Bezug. Noch nicht mal zu mir selbst." Sie hatte gelacht und gesagt: „Das Leben macht überhaupt keinen Sinn. Es sei denn, man fügt Neues hinzu." Was hatte sie gemeint? Ein neues Leben? Ein Kind?

Während ich immer nachdenklicher wurde, schien Ella zusehends von einer euphorischen Stimmung gepackt, die zeitweilig in Hysterie umschlug. „Ich muß nur fest genug daran glauben, daß alles gut wird, dann wird es auch gut!" rief sie einmal aus voller Kehle, während sie auf einer der stillgelegten Schienenstränge im Stadtpark balancierte, bis sie das Gleichgewicht verlor und herunterspringen mußte.

„Sei vorsichtig", warnte ich, aber sie lachte mich aus. „Du! Du und deine Vorsicht! Damit bringst du es zu gar nichts. Volles Risiko, darum geht's! Sieh mich an!"

Sie brachte mich immer mehr durcheinander. Ihre Unberechenbarkeit, ihre immer schneller wechselnden Stimmungen saugten mich aus. Ich hatte das Gefühl, daß sie sich immer weiter von sich selbst entfernte. Aber ich sagte nichts mehr dazu. Irgendwo, irgendwann im Laufe unserer Beziehung hatte ich das Recht verwirkt, Ella zur Rede zu stellen. Ich hatte es selbst aus den Händen gegeben. Ich hatte zu lange geschwiegen.

Nach zwei Wochen schlug Ellas Stimmung um. Trübsinnig saß sie neben mir in den Seminaren, ohne sich zu beteiligen, ohne überhaupt zuzuhören. Ein gemeinsames Referat stand uns noch bevor, und ich wies sie vorsichtig darauf hin.

„Na und?" fragte sie und sah mich aus düsteren Augen an. „Ist das irgendwie wichtig? Ist das wirklich irgendwie wichtig? Es gibt Wichtigeres, oder nicht?"

„Was denn?" fragte ich provozierend. Sie starrte mich nur an, mit einem Blick, der mir durch Mark und Bein ging. Ich sah weg, dann sah ich sie wieder an. Ich hatte mich nicht getäuscht. Ein ganz neuer Ausdruck lag in ihren Augen, der mich zutiefst erschreckte: Haß.

Ellas düsterer Gemütszustand hielt nur eine knappe Woche lang an. Eines Morgens, einen Tag, nachdem wir mit Ach und Krach unser letztes Referat gemeinsam hinter uns gebracht hatten, kam sie mit einem strahlenden Lächeln auf mich zu und umarmte mich so fest, daß mir die Luft wegblieb. Zu meinem eigenen Erstaunen merkte ich, daß mir die Berührung unangenehm war. Vorsichtig machte ich mich los, aber Ella bemerkte es kaum. „Ich werde aufs Land ziehen!" verkündete sie. „Ich ziehe aufs Land. Willst du mit?"

„Ich?" fragte ich, und dann versuchte ich, die unüberhörbare Abwehr in meiner Stimme abzuschwächen. „Keine schlechte Idee, aber ich hatte das eigentlich erst für die Rente geplant."

„Na ja, überleg's dir. Sonst suche ich mir jemand anderen. Oh, es geht los, wir müssen rein." Ella spazierte in den Seminarraum, und ich blieb irritiert stehen. Als ich auf meine Arme hinuntersah, entdeckte ich, daß ich eine Gänsehaut bekommen hatte.

In den nächsten Tagen überschlug sie sich fast vor Eifer. Immer wieder erklärte sie mir ausführlich, wie sie sich ihr zukünftiges Leben vorstellte. Einmal wollte sie doch lieber in der Stadt bleiben, dann wiederum direkt nach dem Semesterende ins Ausland ziehen. Kurz darauf beschloß sie, das Studium doch zu beenden, um hinterher einen guten Job zu ergattern, möglichst in Berlin. Am nächsten Tag war Sozialhilfe angesagt und eine WG, in der andere Mütter mit ihren Kindern lebten. Sie beabsichtigte, noch zwei weitere Kinder zu bekommen, eins von einem Asiaten, eins von einem Schwarzen. Dann entschied sie sich doch, nur eins großzuziehen, und zwischendurch überlegte sie, bei einem alternativen Bauernhof mit einzusteigen. Je mehr sie plante, desto verzweifelter klang ihre Stimme in meinen Ohren. Aber ich wußte einfach nicht mehr, wie ich sie bremsen sollte. Bei den wenigen Gelegenheiten, bei denen ich vorsichtige Bedenken äußerte, wurde sie schlagartig wütend. „Sei bloß still!" schrie sie mich an. „Du willst mir doch bloß die Freude verderben! Guck dir lieber dein eigenes Leben an!"

Das machte ich auch. Aber was ich da sah, gefiel mir nicht besonders. Es fühlte sich immer mehr an, als seien wir beide, Ella und ich, miteinander in eine ganz unheilvolle Sache verstrickt, als bewegten wir uns beide zusammen in dichtem Nebel auf einen Abgrund zu, der sich irgendwo da draußen gähnend vor uns auftat.

Und dann stürzten wir ab.

„Mir ist irgendwie komisch", sagte Ella. „Ich glaub, ich muß mal auf Klo. Wartest du kurz?"

Ich lehnte mich draußen neben die Eingangstür, während sie in den hinteren Gängen verschwand. Die letzte Woche des Semesters war angebrochen, die lästigen Referate und Seminararbeiten lagen hinter uns. Nach den Ferien würde unser sechstes Semester beginnen. Noch zweieinhalb Jahre, und ich wäre frei. Ich fragte mich, wo ich dann wohl hingehen würde. Ich hatte keine Ahnung. Ich hatte nicht den leisesten Schimmer, wie mein Leben in Zukunft verlaufen würde.

Nach einer Weile fiel mir auf, daß Ella immer noch nicht wieder zurückgekommen war, und nachdem ich weitere zehn Minuten in der Kälte ausgeharrt hatte, ging ich nachsehen, was sie so lange trieb.

Als ich die Toilettentür aufstieß, hörte ich ein unterdrücktes Wimmern, und schlagartig wußte ich, was passiert war.

„Ella!" schrie ich und rannte auf die Kabinen zu. Ein Stöhnen antwortete mir. In Windeseile stieß ich eine Tür nach der anderen auf. Die letzte war verschlossen.

„Ella!" Ich hämmerte mit der Faust dagegen. Dann nahm ich Anlauf, aber bevor meine Schulter gegen das harte Resopal knallte, öffnete Ella von innen die Tür.

Sie hockte zusammengekrümmt auf der Schüssel, ihr Rock und ihre Strumpfhose lagen um ihre Schuhe herum, und von ihren Händen tropften Blut und Schleim langsam zu Boden. Sie sah mit schmerzverzerrtem Gesicht zu mir auf, Tränen rannen über ihre Wangen, und ihre Augen waren tiefschwarz.

„Es ist weg", sagte sie wimmernd. „Ich hab noch versucht, es zu halten, aber es ist einfach rausgerutscht."

Ich fuhr mit ihr im Krankenwagen. Sie lag flach auf dem Rücken und starrte mit leerem Blick an die Decke. Als der Sanitäter behutsam ein Laken über sie breitete, hob sie ihre blutverschmierten Hände, betrachtete sie einen Moment lang und legte sie dann vorsichtig auf den weißen Stoff. Der Sanitäter schüttelte schweigend den Kopf, mit einem Gesichtsausdruck, in dem Ekel und Bedauern sich mischten, dann drehte er sich um und machte sich an den Infusionsflaschen zu schaffen.

Ich konnte den Blick nicht von Ellas blutigen Händen wenden. Sie lagen auf ihrem Bauch wie zwei niedergemetzelte Lebewesen, und die Trauer stieg mir als dicker Klumpen in den Hals.

Sie behielten Ella über Nacht zur Beobachtung im Krankenhaus, und am nächsten Morgen wurde sie entlassen. Ich holte sie ab und brachte sie nach Hause. Auf der kurzen Fahrt im Taxi sprach sie kein Wort; sie sah mit dunkel umrandeten Augen aus dem Fenster, und als wir die Treppen hinaufgestiegen waren und in ihrem Zimmer standen, drehte sie sich zu mir um.

„Ich möchte ganz gerne alleine sein", sagte sie. „Bist du heute abend zu Hause?"

Ich nickte und bot ihr an, einen Tee zu machen, bevor ich ginge, und sie nahm mein Angebot an. Als ich mich verabschiedete, saß sie auf ihrem Bett und schnürte sich die Schuhe auf. „Ist schon okay", sagte sie, als sie mein Zögern bemerkte. „Laß mich einfach ein bißchen allein." Sie sah mich nicht dabei an, und nach einem Moment zog ich langsam die Tür hinter mir zu.

Unten an der Treppe stand mit verkniffener Miene Ellas Vermieterin. Sie öffnete den Mund, aber als sie mein Gesicht sah, klappte sie ihn wieder zu und verschwand wortlos in ihrer Wohnung.

Den ganzen Tag über dachte ich an Ella. Ich konnte mich auf nichts konzentrieren. Mehr als einmal war ich versucht, mich über ihren Wunsch hinwegzusetzen und nach ihr zu sehen, aber dann tat ich es doch nicht. Aber es war nicht ihr Wunsch, alleinegelassen zu werden, der mich davon abhielt. Es war die Tatsache, daß ich nicht wußte, was ich zu ihr sagen sollte.

Gegen neun Uhr am Abend aber hielt ich es nicht mehr aus. Ich zog mir gerade meine Jacke über, als es an der Tür klingelte.

Sie kam langsam die Treppe herauf. „Ich dachte, ich komm mal vorbei. Keine Angst, es ist alles in Ordnung." Sie setzte sich auf mein Bett und sah zu, wie ich Teewasser aufsetzte.

Ich mußte mich räuspern, bevor ich ein Wort herausbrachte. „Wie fühlst du dich?"

Sie zuckte mit dem Achseln. „Merkwürdig. Ziemlich leer da drinnen auf einmal." Sie lachte auf. Ich beobachtete sie alarmiert, aber ihr Gesicht blieb verschlossen.

„Mir tut jedenfalls nichts weh", sagte sie abschließend. „Es ist einfach nur ein ziemlich seltsames Gefühl."

„Kann ich irgendwas für dich tun?"

„Tee machen", antwortete sie und lächelte kurz.

Ich bereitete den Tee zu, goß uns beiden eine Tasse ein und setzte mich zu ihr. Wir tranken beide mit kleinen Schlucken, wobei wir es vermieden, uns in die Augen zu sehen. Das Schweigen zwischen uns dehnte sich aus, bis wir nichts weiter mehr waren als einfach zwei Fremde in einem Zimmer.

„Wollen wir fernsehen?" fragte Ella plötzlich. Ich nickte erleichtert und schaltete den Fernseher ein. Ella machte sich auf meinem Bett breit, während ich mich, wie gewöhnlich, auf dem Fußboden davor niederließ. Ab und zu warf ich ihr einen Blick zu. Sie schien ganz vertieft in den Film, eine amerikanische Krimiserie, und allmählich fühlte ich mich besser.

Wir sahen den Krimi zu Ende, danach ein politisches Magazin, und im Anschluß daran einen französischen Film aus den Fünfzigern. Irgendwann wurde ich müde, aber Ella machte keine Anstalten zu gehen. Als der Abspann lief, streckte ich meine Beine aus und gähnte verhalten.

„Kann ich hierbleiben?" fragte Ella mit leiser Stimme.

In der ganzen Zeit, die wir uns kannten, hatte sie nicht ein einziges Mal bei mir übernachtet, und ich ebensowenig bei ihr. Ich bin sicher, daß sie mir meine Überraschung ansah, aber sie ließ sich nicht davon beeindrucken. Wir sahen uns an, und während ich spürte, wie alles in mir sich verkrampfte, antwortete ich: „Ja, wenn du willst."

Ich habe mich lange gefragt, wie sich die Dinge zwischen uns weiterentwickelt hätten, wenn ich meinem Gefühl gefolgt wäre und nein gesagt hätte. Wäre es trotzdem zu diesem Bruch zwischen uns gekommen, wenn nicht an jenem Abend, vielleicht ein paar Tage oder Wochen später? Ich denke, ja, aber ich bin mir nicht sicher. Vielleicht hätte ich ihn noch abwenden können, wenn ich anders reagiert hätte. Aber eigentlich glaube ich, daß es ohnehin schon zu spät war. Es war nur eine Frage der Zeit.

Ich gab Ella ein Handtuch und die neue Zahnbürste, die ich auf Vorrat gekauft hatte, und während ich mir im Bad die Zähne putzte, hörte ich, wie sie sich ins Bett legte. Im Badezimmerspiegel streifte mein Blick mein Gesicht, als ich mich über das Waschbecken beugte. Ich sah rasch zur Seite; ich wollte den unsicheren, feigen Ausdruck in meinen Augen nicht länger sehen.

Ella rückte bereitwillig zur Seite, als ich mich zu ihr auf die schmale Matratze legte. Ich besaß zwei Kopfkissen, aber nur eine

Decke, und wir waren gezwungen, eng zusammenzurutschen, um nicht zu frieren.

Ella legte einen Arm über meinen Bauch und schob sich näher an mich heran. Ich spürte ihren Körper dicht an meiner Seite. Ihre Brüste streiften meinen Arm, ihr Unterleib preßte sich leicht gegen meine Hüfte, und unsere nackten Beine berührten einander.

Ich lag flach auf dem Rücken und bemühte mich, leise und regelmäßig zu atmen. Nie zuvor hatten wir derart eng beieinander gelegen, und ich konnte diese Nähe kaum ertragen. Sie überforderte mich. Und nicht nur diese Nähe – Ella selbst war es, die mich überforderte, unser unklares Verhältnis, all die unausgesprochenen Gefühle, die zwischen uns standen und einander über die ganze Zeit hinweg unentwegt abgelöst hatten: Freundschaft, Verständnis, Fremdheit, Begehren, Haß, Abwehr, Zuneigung – all diese Empfindungen vermengten sich zu einem undurchsichtigen Wirrwarr von Emotionen, dem ich nicht mehr entrinnen konnte. Ich lag reglos da, mit fest geschlossenen Augen, und versuchte, einen klaren Gedanken zu fassen. Und dann bewegte sich Ella.

Langsam schob sie ihren Arm enger um mich herum und drückte sich an mich. Ihre Lippen berührten meinen Hals, und ihr Atem kitzelte mein Ohr. Ich erschauerte, und Ella drängte sich noch näher an mich heran. Ihre Finger streichelten meine Seite, fuhren sanft über meinen Bauch und dann höher hinauf. Reflexartig griff ich nach ihrer Hand, um sie am Weitermachen zu hindern, aber sie deutete meine Bewegung falsch. Mit einem Seufzer schob sie sich weiter auf mich hinauf, ihre Schenkel umklammerten meine Beine, und für den Bruchteil einer Sekunde durchzuckte mich eine Welle der Lust. Aber im nächsten Moment erstarrte ich. Schlagartig ging mir auf, daß ich diese Form der Intimität nicht wollte und auch nie wirklich gewollt hatte. Es war mir zuviel.

„Nein!" Ich schlug die Augen auf. Ellas Gesicht war direkt über mir, und ihr heillos verzweifelter Blick paralysierte mich. Ihre riesigen Pupillen schienen mich zu verschlingen.

„Bitte", sagte sie leise.

Ich konnte fast spüren, wie der Klang dieses einzigen Wortes durch meine Gehirnwindungen jagte. Immer schneller und schneller wurde er, wie ein Wirbelwind fegte er durch meinen Kopf, zerschmetterte Nervenbahnen und zerschnitt Schaltstellen, zerriß meinen letzten vagen Gedanken. Ich sah vor mir, wie Ella mit blutverschmierten Händen auf der Kloschüssel gehockt hatte. Ich sah, wie sie mich anlächelte, wie ihr lächelndes Gesicht sich zu einer wütenden Grimasse verzog; ich sah, wie sie mich im Schwimmbad umarmte und dann wieder von sich stieß, und dann brach mit einem Ruck der letzte Rest meiner mühsam aufrechterhaltenen Beherrschung entzwei.

„Nein!" schrie ich laut und stieß Ella mit aller Kraft von mir herunter. „Nein, nein, nein!"

Ich sprang aus dem Bett und blieb, am ganzen Körper zitternd, davor stehen. Sie sah zu mir auf. Ein Ausdruck des Schmerzes huschte über ihr Gesicht, verwandelte sich in Zorn, dann erlosch jeglicher Funken in ihren Augen. Langsam richtete sie sich auf.

„Das ist es also", sagte sie.

„Was? Was ist es also?" Meine Stimme klang schrill.

„Weißt du doch selber." Sie stieg aus dem Bett und angelte nach ihrem Pullover, der mit ihren übrigen Klamotten zusammengeknüllt auf dem Stuhl lag.

Ich schlang die Arme um meinen Oberkörper und spürte, daß ich immer noch zitterte. „Weiß ich nicht. Was meinst du eigentlich?"

Ich wußte, daß sie mir keine Antwort geben würde. Und ich wußte, daß das hier das klägliche Ende unserer seltsamen Freundschaft war. Ein Pfeifen kam aus meiner Kehle, als ich keuchend die Luft einsog.

Ella zog sich an, ohne mich zu beachten, den Blick starr auf ihre Kleidung gerichtet. Wieder fiel mir auf, wie dünn sie geworden war. Beim Gedanken an die Qualen, die ihr ausgemergelter Körper gerade erst durchlitten hatte, fühlte ich mich unendlich schuldig. Vielleicht hatte sie einfach nur Trost gebraucht, und ich hatte ihn ihr verwehrt.

„Es war mir auf einmal zuviel", sagte ich in einem hilflosen und unzureichenden Versuch, meine heftige Reaktion zu erklären und ihr zugleich die Schärfe zu nehmen.

„Ja", sagte Ella in gleichmütigem Tonfall. „Das war deutlich zu merken. Ich hab mich wohl vertan."

Aus ihren Worten sprach eine Endgültigkeit, die mir die Kehle zuschnürte. Schweigend und immer noch am ganzen Leibe zitternd sah ich zu, wie sie ihre Jacke anzog und ihre Schuhe zuschnürte.

Sie warf sich ihren Schal um den Hals, und dann sah sie mich an. „Das alles war ein einziger Irrtum", sagte sie mit kalter, klarer Stimme. „Ich möchte nichts mehr mit dir zu tun haben."

Sie trat zur Tür, zog sie auf, warf mir einen letzten, dunklen Blick zu und ging hinaus. Mit einem dumpfen Knall fiel die Tür hinter ihr zu.

Drei kalte, einsame, nachdenkliche Tage später entschloß ich mich, sie aufzusuchen. Aber da war sie schon fort. Ich habe nie mehr von ihr gehört.

Ich habe mich ihr nicht gestellt, weder damals noch vor ein paar Tagen, als ich sie zufällig sah. Nachdem sie um die Ecke verschwunden war, stand ich eine Weile einfach so da. Einen Moment lang war ich versucht, ihr nachzulaufen, ihren Namen zu rufen, mich ihr zu stellen, aber jetzt bin ich froh, es nicht getan zu haben. Auch wenn es vermutlich bedeutet, daß ich kein zweites Mal Gelegenheit dazu haben werde. Mit größter Wahrscheinlichkeit habe ich Ella in diesem Moment zum letzten Mal in meinem Leben gesehen. Trotzdem, ich bin erleichtert, daß sie mich nicht bemerkt hat. Ich hätte es nicht ertragen, ihre Augen auf mich gerichtet zu wissen. Ich hätte mich nicht zu verhalten gewußt. Nach all dieser Zeit hätte ich mich immer noch nicht zu verhalten gewußt.

Ich habe mich umgedreht und bin wieder nach Hause gegangen, die Tasche mit den längst überfälligen Büchern, die ich in die Bibliothek zurückbringen wollte, unterm Arm. Ich konnte nichts mehr von dem tun, was ich mir für den Tag vorgenommen hatte. Zu Hause habe ich die Tasche neben meinen Schreibtisch gestellt, und da steht sie immer noch.

Seither sind ein paar Tage vergangen. Ich habe die Bücher immer noch nicht zurückgebracht; mit jedem Tag summieren sich die Leihgebühren, aber es ist mir egal. Ich habe auch meine Seminararbeit, die letzte meines gesamten Studiums, nicht zu Ende geschrieben. Ich habe gar nichts mehr tun können. Aber vielleicht wollte ich es auch einfach nicht mehr.

Seither liege ich die meiste Zeit auf meinem Bett und sehe an die Decke und denke nach, und das Merkwürdige daran ist, daß es mir vorkommt, als wäre für mich mit einem Ruck die Zeit stehengeblieben, während sie für Ella weiterläuft, ohne Spuren zu hinterlassen. Vielleicht ist dieser Zustand der Lähmung der Preis, den ich dafür zahle, daß ich so lange nicht an Ella gedacht habe. Daß ich es vermieden habe, an sie zu denken.

Wenn das so ist, dann zahle ich ihn gern, diesen Preis. Eine Sache, für die man bezahlt hat, ist erledigt, nicht wahr?

Aber ich bezweifle, daß ich das Ganze jemals als erledigt betrachten werde. So wie ich bezweifle, daß es Ella und mir gelungen wäre, unsere verworrene Beziehung jemals in Ordnung zu bringen und in zufriedenstellende Bahnen zu lenken. Dazu war es zuviel.

War es alles tatsächlich ein einziger Irrtum, wie Ella am Ende erklärte? Vielleicht war es das wirklich. Ich weiß es immer noch nicht. Was ich weiß, ist, daß Ella etwas an sich hatte, das mir das Hirn aufweichte, mir meine Gedanken aussaugte, mich zutiefst verwirrte und unsicher machte, bis ich letztendlich versagte. Und, daß ich sie eine Zeitlang sehr gerne gehabt habe. Sehr, sehr gerne sogar.

Ich habe Ella nie wirklich kennengelernt. Sie ist mir immer fremd geblieben, und auf eine bestimmte Art gilt das auch für mich selbst. Ich selbst bin mir fremd.

Das eine läßt sich nicht ändern. Das andere schon. Vielleicht fange ich jetzt damit an. Vielleicht ist es zumindest dafür noch nicht zu spät.

Turbo, das seltsame Wesen

Eigentlich war Annette nichts für Tina. Alle ihre Freundinnen fanden das, auch wenn sie es nicht laut sagten. Tinas Eltern waren freundlich, aber äußerst distanziert gewesen, als sie einmal zu viert essen gegangen waren, und den vielsagenden Blick ihrer Schwester, den sie ihr zugeworfen hatte, als Annette während eines gemeinsamen Theaterbesuchs auf der Toilette verschwunden war, den würde Tina so schnell nicht wieder vergessen. Es stimmte ja auch. Sie hatten ja recht, alle hatten sie recht, und sie selbst wußte es am besten: Annette und sie paßten einfach nicht zusammen.

Annette war viel zu alt für sie – mit 34 fast acht Jahre älter als Tina –, viel zu ehrgeizig und erfolgreich – sie war eine stadtbekannte Grafikerin, während Tina gerade erst mit Mühe und Not das Informatik-Vordiplom hinter sich gebracht hatte –, und sie war viel zu anspruchsvoll. Für Annettes wöchentliche Badmintonstunde mußten es die teuersten Nike-Sportschuhe sein, die mit der Luftkissensohle, wohingegen Tina immer noch in ihrem zehn Jahre alten Jogginganzug zum Fußballspielen antrat. Annette fand Tinas Wohnung schäbig und die Gegend, in der sie lag, unmöglich; sie schämte sich, in Tinas altem Opel durch die Gegend gefahren zu werden, sie konnte ihre Freundinnen nicht leiden und den Hund erst recht nicht. Tinas Musikgeschmack war Annette unbegreiflich, ihre selbst zubereiteten Mahlzeiten mochte sie nicht, und in Tinas Bett konnte sie nicht einschlafen, weil es ihr zu weich war. Überhaupt, das Bett!

Mit dem Sex war das nämlich auch so eine Sache. Zu Anfang war Annette sehr zurückhaltend, fast scheu gewesen, und so hatte Tina sich besondere Mühe gegeben, ihren Drang zu zähmen und Annette nicht mit ihrer Lust zu überfallen. Durch Annette hatte Tina gelernt, welche Verheißung darin lag, wenn man das Begehren nicht durch schnelle Erfüllung befriedigte, sondern staute und anhielt, wenn man die andere gleichsam in Zeitlupe das Geschehen lenken ließ. Aber das war am Anfang gewesen.

Leider traf es sich nicht oft, daß beide, Annette und Tina, gleichzeitig Lust auf Sex hatten. Und wenn, dann passierte es in letzter Zeit häufig, daß Annette sich in einem plötzlichen Aufflackern heftiger Begierde auf Tina wälzte und sie mit schnellen, ekstatischen Bewegungen bis zum Äußersten reizte, um dann unvermittelt aufzustöhnen und zurückzusinken – wobei Tina oftmals das Gefühl hatte, daß Annette fast erschrak, wenn sie später die Augen öffnete und sie, Tina, neben sich entdeckte. Danach war Annette dann zu nichts mehr zu bewegen, weder mit zärtlichen Berührungen noch mit Worten. In diesen Momenten lag Tina da und starrte mit hilflosem Blick auf ihre erigierten Brustwarzen. Sich selbst zu befriedigen, wie Annette ihr mehrfach vorgeschlagen hatte, das mochte sie nicht. Schließlich betrachtete Annette sie ohnehin schon kritisch genug. Was würde sie erst denken, wenn sie unbeteiligt zusah, wie Tina sich ächzend und keuchend und mit gierigen Bewegungen Erleichterung verschaffte, unkontrolliert und besinnungslos wie eine zuckende Gliederpuppe?

Irgendwie stellte sie das Ganze falsch an, dachte Tina bei sich. Aber sie kannten sich ja erst vier Monate.

Was jedoch noch viel problematischer war als die Sache mit dem Sex, das waren ihre Kommunikationsschwierigkeiten.

Nur selten gelang es ihnen, unverfängliche Gesprächsthemen zu finden, zu denen beide etwas beitragen konnten, ohne daß sie sich gleich in die Haare gerieten. Ihre Unterhaltungen mündeten oft in Mißverständnisse, und während Annette, sobald sie sich von einer Bemerkung Tinas provoziert fühlte, erst in Sticheleien und sodann in ein eisiges Schweigen verfiel, versuchte Tina meist, den ungewollt angerichteten Schaden durch beruhigende

Erklärungen und Beschwichtigungen wiedergutzumachen. Aber ihre Worte versickerten im Leeren, und selbst in ihren Ohren klangen sie fadenscheinig, so als hätte sie Annette tatsächlich willentlich provoziert oder verletzt und würde nun billige Ausreden erfinden, um sie wieder versöhnlich zu stimmen. Merkwürdig, in Gegenwart von Annette fühlte Tina sich oft als Lügnerin, obwohl sie keine war. Oder doch? Manchmal wußte sie überhaupt nichts mehr.

Das Schweigen, das sich in der Folge dann zwischen ihnen breitmachte, war äußerst unangenehm. So unangenehm, daß Tina sich geradezu körperlich darunter wand, als litte sie an einem Juckreiz. Manchmal kratzte sie sich dann wirklich, was unverzüglich mit einem mißbilligenden Blick aus Annettes stahlblauen Augen bestraft wurde.

Genau wie jetzt. Eben noch hatten sie sich unterhalten, ausnahmsweise einmal angeregt und richtig entspannt, und Tina war schon ganz erleichtert gewesen, weil Annette den Ort, den sie für ihren heutigen Ausflug ausgewählt hatte, gutzuheißen schien – jedenfalls sah sie sich zufrieden in dem kleinen Café am Scharmützelsee um und schenkte Tina mehrfach ein strahlendes Lächeln, bei dem es ihr vor Freude heiß den Rücken herunterlief. Als sie sich dann über Annettes neuestes Projekt unterhalten hatten, war die Harmonie perfekt gewesen. Annette hatte erzählt, und Tina hatte interessiert zugehört; sie wollte wissen, was Annette tat und wie sie es tat. Sie wollte mehr über diese Kraft wissen, die einen so großen Teil von Annettes Wesen ausmachte – diese Energie, die Annette vorantrieb und erfolgreich und unnahbar zugleich werden ließ. Tina wollte das alles sehen, denn in ihrer Gegenwart verlosch Annettes Energie zuweilen wie eine ausgepustete Kerze. Manchmal sah sie Tina mit so matten Augen an, daß Tina sie gerne in den Arm genommen und getröstet hätte, getröstet dafür, daß Tina sie müde machte.

Tina hatte also gerade eben eine Bemerkung gemacht, irgendeinen harmlosen Satz hingeworfen, sie wußte gar nicht mehr, was genau sie eigentlich gesagt hatte, nur, daß es so etwas ähnliches gewesen war wie: „Na, da kannst du deine Fähigkeiten ja einmal richtig unter Beweis stellen." Was das heißen solle, war Annette aufgebraust. Ob sie denn denke, daß sie das sonst nicht täte? Nein, hatte Tina versucht zu erklären. Sie hätte doch nur sagen wollen, daß ... Aber der Schaden war geschehen. Und jetzt schwiegen sie sich seit gut zehn Minuten an.

Tina warf einen vorsichtigen Blick zu Annette hinüber – sie nippte an ihrer Cola und sah verdrossen auf den See hinaus –, dann beugte sie sich hinunter und kraulte Turbo den Kopf. Die Hündin seufzte und rollte sich auf den Rücken, alle Viere genüßlich in die Luft gestreckt. Tina folgte der Einladung und tätschelte den weichen Bauch. Turbo reckte wohlig den Hals, und ihre Lefzen fielen zu beiden Seiten des Mauls herunter und gaben den Blick auf die großen gelben Zähne frei, deren Spitzen schon ganz abgestumpft waren. Es sah aus, als würde der Hund lächeln.

Tina richtete sich wieder auf. Annette sah sie an, und in ihrer Wange zuckte ein nervöser Muskel.

„Da freut er sich wohl, daß er mitdarf?" sagte sie zu Tinas großer Überraschung. Ihre Stimme klang brüchig, so als wären die Stimmbänder durch das frostige Schweigen zwischen ihnen eingerostet.

„Ja, klar", antwortete Tina eifrig. Der Hund war ein leidiges, viel umschwiegenes Thema zwischen Annette und ihr. Annette konnte absolut nicht verstehen, was Tina mit diesem riesigen, unbeholfenen Tier wollte. Annette fand Turbo überaus häßlich und Hunde im allgemeinen lästig. Wie sie Tina mehr als einmal ausführlich dargelegt hatte, war sie der Überzeugung, daß Tiere keines echten Gefühls fähig waren. Annettes Ansicht nach schmarotzten sie bloß von des Menschen fehlgeleiteter Liebesfähigkeit, wollten Futter, Streicheleinheiten, Pflege und Ausgang. Sie machten Schmutz, rochen schlecht und kosteten Geld, und wenn man sie erst einmal bei sich aufgenommen habe, sei man auf Gedeih und Verderb dazu verdammt, für sie zu sorgen.

In einem Punkt allerdings mußte Tina Annette heimlich recht geben: Turbo *war* häßlich. Der bullige Kopf wirkte unförmig, die dicke Schnauze leicht schief, und die stämmigen Beine waren im Verhältnis zum recht langen Rumpf nicht nur um eine Spur zu kurz geraten. Ein Ohr hing, das andere stand ab, und selbst das dunkelbraune Fell war ungleichmäßig gewachsen: Auf dem

Rücken stand es lockig in die Höhe, an den Seiten war es kurz und borstig, und an den Beinen und vom Schwanz wiederum hingen lange, zottelige Fransen herunter. Aber Tina liebte Turbo genau so, wie sie war. Sie hätte sie nie im Leben gegen einen anderen Hund eintauschen wollen.

„Wir können ja noch ein bißchen spazierengehen", sagte Annette jetzt. „Da kann er noch ein bißchen laufen."

Tina war so erstaunt, daß sie Annette bloß anstarrte. Es fiel Annette sonst schon schwer genug, ein Versöhnungsangebot zu machen, aber daß sie jetzt sogar vorschlug, dem Hund zuliebe etwas zu tun, war schier unglaublich. Für gemeinhin ignorierte sie Turbo vollkommen. Tina hatte nie gesehen, daß Annette die Hündin streichelte. Meist zuckte sie angewidert zusammen, wenn Turbo ihren plumpen Kopf auf Annettes Knie legte. Ihre Abneigung ging soweit, daß sie mit den Augen rollte, wenn Tina vorschlug, Turbo irgendwohin mitzunehmen.

Einmal, als sie mit Annette einen Tagesausflug machte, hatte Tina Turbo zu Hause gelassen. Aber als sie abends zurückkam, war sie sich beim Anblick der großen, traurigen Hundeaugen wie eine Verräterin vorgekommen. Nie wieder, hatte Tina sich gelobt, würde sie Turbo den ganzen Tag in der stickigen Wohnung lassen, während sie und Annette händchenhaltend – und streitend – durch den Wald spazierten. Da konnte Annette hundertmal mit den Augen rollen.

„Sie", sagte Tina, als sie sich wieder gefaßt hatte. „Es ist eine Sie."

Annette kniff die Augen zusammen. Eine steile Falte erschien auf ihrer Stirn. „Er oder sie, das ist doch wohl ganz egal. Schließlich ist es nur ein Hund!"

Augenblicklich war Tina eingeschnappt. „Nur ein Hund? Nur?"

Selbst, wenn sie über dieses „nur" hinwegsah – es war überhaupt nicht egal. Zwischen Rüden und Hündinnen lag ein himmelweiter Unterschied, wie Tina ganz genau wußte: Hündinnen waren von Natur aus viel anschmiegsamer und treuer, wohingegen Rüden sofort auf und davon waren, sobald ihnen der Geruch einer läufigen Hündin in die Nase stieg. Außerdem rammelten die meisten Rüden bei jeder sich bietenden Gelegenheit munter drauf los, egal, ob ihnen ein Kissen, ein Fuß oder sonstwas zwischen die Pfoten geriet.

Tina sah Annette an. Annette musterte sie finster mit heruntergezogenen Augenbrauen, und einige Sekunden lang schwiegen beide entnervt.

Dann sagte Annette auf einmal: „Ach, ich weiß auch nicht."

„Was? Was weißt du nicht?"

Annette zuckte die Achseln. „Ich weiß auch nicht, einfach so. Alles." Sie sah Tina an, und der Muskel in ihrer Wange zuckte erneut. „Was das soll mit uns."

„Was?"

„Ist das nur mit mir so?"

„Was?" fragte Tina erneut.

Annette seufzte. „Gehst du nur bei mir so schnell auf die Palme oder bei anderen auch?"

„Ich? Auf die Palme?" Tina war völlig erstaunt.

Annette klatschte ärgerlich mit der flachen Hand auf den Tisch. Turbo, erschrocken über den Lärm, rappelte sich auf und lugte über die Tischkante. Annette und der Hund sahen sich einen Moment lang an, dann legte Turbo sich wieder hin, offensichtlich beruhigt, daß nichts weiter geschehen war. Auf dem See zog ein Segelboot vorbei.

Annette blickte zu Tina. „Schließlich ist Turbo ein männlicher Name."

„Gar nicht", erwiderte Tina patzig. Selbst in ihren Ohren klang es kindisch, und sie ärgerte sich gleich noch mehr.

„Manchmal habe ich den Eindruck, du interessierst dich mehr für den Hund als für mich."

„Unsinn", sagte Tina. „Du kannst ihn bloß nicht leiden."

„Du hast ‚ihn' gesagt." Annette setzte eine triumphierende Miene auf.

Tina lehnte sich im Stuhl zurück und verschränkte die Arme vor der Brust. „Du hörst dich an, als wärest du eifersüchtig."

„Und du hörst dich wie eine blöde alte Zicke an", sagte Annette wutentbrannt. Tina starrte sie beunruhigt und fasziniert zugleich an.

Auf Annettes Lippen erschien ein seltsames kleines Lächeln. „Ich finde dich wirklich schwierig", sagte sie. „Ich weiß nie so recht, wie ich bei dir dran bin."

„Ich bei dir auch nicht." Tina legte die Hände auf den Tisch und nahm sie gleich darauf wieder herunter.

„Na, dann sind wir ja mal einer Meinung." Annette lehnte sich zurück. Beide schauten zur Seite, auf die Bäume und den friedlich daliegenden See. Am Ende der Terrasse erschien der Kellner mit zwei Tellern. Tina sah zu, wie er näher kam. Erst, als er an ihrem Tisch anhielt und seine Last abstellte, fiel ihr wieder ein, daß sie vor einer Ewigkeit etwas zu essen bestellt hatten. Plötzlich fühlte sie sich unendlich müde.

Der Kellner arrangierte die Salatteller vor ihnen, legte Besteck daneben und stellte eine Schale Brot hinzu. Dann verschwand er mit einem freundlichen Nicken.

Tina betrachtete den knackigen Salat. Das Wasser lief ihr im Munde zusammen, und an Annettes gierigem Blick sah sie, daß sie auf einmal genauso hungrig war wie sie selbst.

Annette wickelte ihr Besteck aus der Serviette und legte es neben den Teller. Dann schaute sie auf. Tina sah sie an, und nach einem Moment streckte Annette die Hand über den Tisch und berührte behutsam Tinas Wange. Tina legte ihre Hand auf Annettes und preßte sie an ihr Gesicht.

„Na", sagte Annette, „irgendwas, ich weiß zwar nicht was, aber etwas scheint uns ja wohl trotz allem zu verbinden."

„Allerdings", murmelte Tina. Ihr Mund lag halb unter Annettes Handfläche verborgen, und sie küßte sie schnell, bevor Annette ihre Hand zurückzog. Dann wickelte auch sie ihr Besteck aus.

Annette brach ein Stück Brot ab. Neben ihr tauchte Turbos großer Kopf auf. Annette sah zu der Hündin hinunter, und Turbo erwiderte treuherzig ihren Blick. Eine Weile betrachteten die beiden sich, Turbo hoffnungsvoll, Annette skeptisch und prüfend.

„Er hat Hunger", stellte Annette fest, so, als hätte sie soeben eine erstaunliche Entdeckung von elementarer Bedeutung gemacht.

„Na ja", sagte Tina und spießte ein Salatblatt auf ihre Gabel. „Sie hat eigentlich immer Hunger."

Annette beugte sich ein Stück weit vor und sah Turbo forschend in die Augen. Turbo rutschte unruhig auf dem Hinterteil herum und hielt dann still, gebannt von Annettes tiefgehendem Interesse.

„Nein, wirklich", sagte Annette und setzte sich wieder aufrecht hin. „Er ist ganz hungrig." Sie warf Tina einen fragenden Blick zu und zog langsam die Brotschale zu sich heran. „Soll man da vielleicht ein Stück Brot geben?"

Tina mußte erst den Mundvoll Salat herunterschlucken, bevor sie antworten konnte. Es war offensichtlich, daß der Hund Annette so fremd war wie ein Marsmännchen. Das ganze Lebewesen Hund schien ihr äußerst suspekt zu sein. Es war etwas, das zwar ebenfalls auf der Erde herumkreuchte, aber irgendwie keinen Sinn machte. Die Entdeckung, daß ein Hund ebensolche existentiellen Bedürfnisse hatte wie sie selbst, schien Annette zutiefst zu erstaunen. Vielleicht, weil es zwischen ihr und diesem seltsamen, klobigen Lebewesen tatsächlich Ähnlichkeiten gab – und seien es auch nur nebensächliche oder unbedeutende.

„Soll man nicht, kann man aber", sagte Tina. Ihre Stimme klang heiser, irgendwie war ihr ein Stückchen Salat quer in die Kehle gerutscht, und sie hustete kurz in die geballte Faust.

Weder Annette noch Turbo sahen auf. Sie beobachteten sich gegenseitig, die eine neugierig, die andere hungrig, und dann hob Annette die Hand und ließ ein Brotstück herunterfallen, und mit einem lauten Schnappen klappte Turbos breites Maul auf und mit dem Brot darin wieder zu. Geräuschvolles Kauen und Schmatzen folgte.

Annette sah Turbo aufmerksam zu. Ihr Blick drückte Verwunderung aus, aber auch Befriedigung. Oder war es Triumph?

Tina trank einen Schluck Wasser. Der Salat steckte ihr immer noch im Hals.

„Ich frage mich, ob das Tier und ich einen ähnlichen Charakter haben", sagte Annette nachdenklich.

„Wieso?"

„Na, wenn dein Herz so an ihm hängt, und mich magst du ja auch." Sie lächelte verlegen.

„Ach", sagte Tina und wollte zu einer längeren Erklärung ansetzen, aber Annette hörte überhaupt nicht zu. Sie nahm wieder ein

Stück Brot und warf es Turbo blitzschnell in den Rachen, und Turbo fing es ebenso blitzschnell auf, um es zwischen den kräftigen Kiefern zu zermalmen, die großen braunen Augen unverwandt auf die neue, unverhoffte Wohltäterin gerichtet.

Wenn Annette, dachte Tina, den Hund zwar seltsam findet, sich aber mit ihm arrangiert, dann kann ich, obwohl ich Annette nicht begreife, dann kann ich mich ja vielleicht wiederum mit ihr arrangieren. Bei dem Gedanken wurde ihr warm ums Herz, obwohl sie wußte, wie absurd dieser Vergleich war. Und wenn sie ihn aussprach, würde Annette garantiert in die Luft gehen. Also schwieg sie und betrachtete Annette.

Annette sah Turbo an, dieses merkwürdige, fremde, unbegreifliche Wesen in Hundegestalt, und verwundert schüttelte sie den Kopf, während ihre Hand erneut nach der Brotschale tastete.

„Vielleicht", sagte Annette, die Augen auf Turbo gerichtet, und nahm ein Stück Brot hoch, „vielleicht läßt es sich ja doch irgendwie ganz gut mit ihr aushalten."

Und während das Brot durch die Luft segelte und direkt in Turbos weit aufgeklapptes Maul, fragte sich Tina für einen Moment, wen Annette eigentlich meinte. Sie oder Turbo?

Aber eigentlich, dachte sie dann, war es egal. Beides wog gleich viel. Auf jeden Fall gab es noch Hoffnung.

Die Zicken und ich

Manchmal bin ich es leid. Wirklich, manchmal bin ich es leid. Dann möchte ich meine Sachen packen und in ein Flugzeug steigen, das mich in irgendein fernes Land bringt, wo es genau diese Art Frauen nicht gibt. Aber so ein Land existiert wahrscheinlich gar nicht. Und außerdem wäre es sinnlos. Sie würden mich finden. Oder ich sie.

Nein, wirklich, manchmal bin ich es leid. Und dennoch, ich kann es nicht ändern, sie ziehen mich an; sie ziehen mich wahnsinnig an, diese gutaussehenden, launischen und kratzbürstigen Weiber, die mit eiserner Entschlossenheit auf ihrem selbsterkorenen Status beharren, Prinzessin zu sein. Dabei sind sie im Grunde nur zickig. Ich weiß nicht, warum, aber ich stehe darauf.

„O Mann, diese Zicken machen mich noch alle", pflegt meine beste Freundin Randy zu sagen, wenn ihre Rina sie mal wieder nach einer dramatischen Eifersuchtsszene vor die Tür gesetzt hat. Randy ist ein ebenso alter Szenehase wie ich. Seit vielen Jahren, beinahe unser halbes Leben lang, treiben wir uns nun schon in den einschlägigen Lokalen herum und versuchen, meistens mit gutem Erfolg, Eindruck zu schinden. Randy und ich gehören beide zu jener langsam aussterbenden Spezies der 80er-Jahre-KVs, so jedenfalls kommt es mir vor. Mit unseren Cowboystiefeln und den kurzen Lederjacken entsprechen wir schon lange nicht mehr der gängigen Mode; unsere Nachfolgerinnen nennen sich Drag-Kings, tragen enganliegende Rippen-Shirts, feine Anzüge und malen sich Koteletten und Schnurrbärte auf, und manchmal habe ich den Eindruck, daß sie sich insgeheim über uns lustig machen. Aber das ist mir egal. Wirkliche Prinzessinnen stehen auf coole KV's wie Randy und mich.

Dabei sind wir beide natürlich keineswegs so cool, wie wir uns geben. Und das ist ja das Vertrackte daran. Nach außen hin mag es vielleicht so scheinen, als würden wir unsere Geliebten mühelos dominieren und die Zügel fest in der Hand halten, aber im Grunde genommen verhält es sich genau andersherum. Sie haben die Oberhand, die Prinzessinnen. Auch wenn sie uns noch so sehr auf die Nerven gehen mit ihrem zickigen Gehabe, den langwierigen Diskussionen und den überhöhten Ansprüchen, wir stecken es ein. Zum Beispiel ist es jedesmal Randy, nicht Rina, die den ersten Schritt zur Versöhnung macht, obwohl Rinas Anschuldigungen meistens jeglicher Grundlage entbehren. Randy ist treu. Aber sie sieht nicht so aus. Unsere lässig-coole Selbstinszenierung ist die selbstaufgestellte Falle, in die wir jedes Mal wieder neu hineintappen. Und eigentlich bin ich das leid.

Früher, noch bis vor kurzem, dachte ich, das Ganze sei einfach eine Frage der Entscheidung. Der Entscheidung, auf wen man sich einläßt, und dann noch, wie weit. Wenn ich die Vorzeichen deutlich erkenne, dann kann ich, so dachte ich, die Folgen vermeiden. Einfach die Finger davon lassen, und Schluß. Aber es ist nicht so einfach. Mittlerweile habe ich begriffen, daß ich sehr wohl erkennen kann, worauf ich mich einlasse – daß diese Frau, auf die ich so scharf bin, mir einen Haufen Kummer und Ärger bringen wird, Streß, Psychoterror und Zeiten des Leidens –, aber diese Erkenntnis nützt mir recht wenig. Ich tue es dennoch. Und werde es weiterhin tun. Als müßte ich wieder und wieder hindurch, so lange, bis ... bis was? Ich weiß nicht. Einstweilen muß es anscheinend so sein. Das habe ich neulich begriffen. Vor einer Woche, genauer gesagt. Als das mit Ina begann.

Es war auf dem bundesweiten Treffen der schwullesbischen Medienleute in Bremen, zu dem ich gemeinsam mit einem Kollegen aus meiner Redaktion gefahren war. Ich mache Fotos, vorrangig im Bereich Tiere und Sport, ich wußte also gar nicht so genau, was ich bei diesem Treffen verloren hatte, bei dem es um Schwule und Lesben innerhalb der kulturellen und politischen Berichterstattung gehen sollte, aber Max hatte mich überredet, mitzukommen. Und da ich schon seit langem auf eine Gelegenheit gewartet hatte, das Sechstagerennen zu fotografieren, das zufällig am gleichen Wochenende stattfand, sagte ich zu. Allerdings ergatterte ich gleich am ersten Tag einen Zusatzauftrag, und so versäumte ich sämtliche Vorträge und Seminare. Erst am letzten Abend fand ich Zeit für das Treffen, und da war es schon so gut wie vorbei. Nur ein abschließendes Essen stand noch an, und dort traf ich dann mit einiger Verspätung ein.

Ungefähr dreißig Männer und Frauen saßen zu beiden Seiten einer langen Tafel und unterhielten sich lautstark. Zigarettenrauch und Essensdünste hingen schwer in der Luft. Einen Moment lang stand ich orientierungslos da, dann entdeckte ich Max, der mir gutgelaunt zuwinkte. Umsichtig, wie er nun mal ist, hatte er mir einen Platz freigehalten, und ich wand mich zielstrebig zu ihm durch, verfolgt von neugierigen Blicken. Erschöpft ließ ich mich auf den Stuhl neben ihm sinken und atmete durch.

„Du hast alles verpaßt", sagte Max. „Willst du hören, was wir Tolles beschlossen haben?"

„Erzähl's mir später, okay? Ich brauche erst mal ein Bier." Ich wand mich umständlich aus meiner Jacke, während Max dem Kellner ein Zeichen gab und seine Stimme erhob.

„Darf ich vorstellen? Meine berühmte Kollegin, auf die wir alle schon gewartet haben, ist endlich eingetroffen. Hier ist sie: Marie Wieczorek, Starfotografin beim Telegrafen."

Die ganze Gesellschaft verstummte und sah zu mir her. „Blödian," zischte ich leise, aber Max lachte nur. Ungerührt begann er, mir die versammelten Kollegen vorzustellen, und der Reihe nach hoben sie ihre Gläser und nickten mir zu. „René Schröder von der Nürnberger Rundschau, Sabine Schatz, WDR, das ist Florian Beck ..." Die meisten kannte ich bereits, andere nur vom Hörensagen, aber einige Gesichter und Namen waren mir gänzlich neu. Der Kellner brachte mein Bier, für einen Moment war ich abgelenkt, und als ich mein Glas gefüllt hatte, stellte ich fest, daß ich den Anschluß verpaßt hatte.

„Ina Zuckmann, nicht wahr?" sagte Max. „Ich glaube, du warst von der Zeit?"

„Nein, ich bin bei der Stimme Berlin." Sie saß mir direkt gegenüber. Ich starrte sie an. Sie starrte zurück.

Max wandte sich der Nächstsitzenden zu, aber ich konnte mich nicht mehr konzentrieren. Der eindeutige Blick aus Ina Zuckmanns dunkelbraunen Augen hielt mich gefangen. Sie lehnte tief in ihrem Stuhl, spielte mit ihrer Gabel und musterte mich vorsichtig. Ihre kurzen dunklen Locken waren zerrauft, als wäre sie sich gerade eben mit der Hand hindurchgefahren. Ein halb forsches, halb verlegenes Lächeln umspielte ihre weich geschwungenen Lippen. Sie trug ein weit geschnittenes schwarzes Seidenhemd, das ihre geraden Schultern betonte, und darunter ein Spitzenbustier, das den Ansatz der Brüste nur knapp verbarg. Langsam ließ ich meine Augen an ihrem Dekolleté herunterwandern. Als ich aufsah, waren Ina Zuckmanns Wangen gerötet. Und ich war hellwach.

Sie hielt meinem Blick nur eine Sekunde stand, dann tastete sie nach einer Schachtel Zigaretten, die vor ihr auf dem Tisch lag, nahm eine heraus und steckte sie sich zwischen die Lippen. Ich beugte mich vor.

„Feuer?" fragte ich leise. Sie verharrte und sah mir tief in die Augen. Endlos dehnten sich die Sekunden. Dann lächelte sie.

„Gerne", sagte sie heiser. Und ich zog, ohne hinzusehen, mein Feuerzeug aus der Jackentasche und knipste es an. Als sie die Zigarette in die Flamme hielt, spürte ich ihren Atem an meinen Lippen, so nah war sie mir. Ihre Augen versanken in meinen. Ihre Hand zitterte leicht. Ich hörte die Gespräche der Leute rundum, das Klirren der Gläser und die gedämpfte Musik, und ich bewegte mich nicht. Und erst, als ich mich langsam zurücklehnte, tat sie es auch. „Danke", sagte sie, heiserer noch als zuvor. Und damit war alles entschieden.

Die nächste Stunde hörte ich zu, wie Max in seiner gewohnt heiteren Art das Treffen resümierte, trank ein Bier und noch eins und unterhielt mich ein wenig mit meinem Nachbarn zur Rechten. Mit Ina Zuckmann sprach ich kein Wort. Das war auch nicht nötig. Sie wußte Bescheid. Und von Minute zu Minute wurde sie nervöser. Die ganze Zeit über sah ich sie immer wieder an, manchmal verstohlen, manchmal direkt. Und jedesmal erwiderte sie meinen Blick. Nach einer Weile brach sie ihr Schweigen und fing an, sich an den Gesprächen reihum zu beteiligen, lachte und trank, und ich ließ sie nicht aus den Augen.

Ich rede generell wenig. Eigentlich rede ich kaum. Ich finde das nicht so wichtig, viel anregender finde ich, einer begehrenswerten Frau beim Sprechen zuzusehen. Je weniger ich rede, desto mehr erzählt sie, und desto mehr Gelegenheit habe ich, sie dabei zu beobachten, ihren Mund, die Form ihrer Lippen, und mir in aller Ruhe auszumalen, wie es sein wird, diese Lippen zu küssen. Manchmal merken sie es, und dann verstummen sie und sehen mich mit diesem ganz speziellen Blick an, den ich mit einem leichten, ein bißchen schiefen Lächeln erwidere. Ich weiß, daß sie sich in diesem Moment fühlen, als würde ich sie gerade seelenruhig vor aller Augen ausziehen. Genauso war es mit Ina. Und offensichtlich gefiel ihr das sehr. Es war, als ob eine Batterie in mir steckte, die sich mit jedem Blick, jedem Kontakt zwischen uns immer mehr auflud, bis sie nur noch so summte.

Der Rest war ganz einfach. Als der Kellner kam, um abzukassieren, und die ersten Leute sich bereits verabschiedeten, sah ich Ina an und hob eine Braue. Wie auf Befehl beugte sie sich vor.

„Was hast du noch vor?" fragte ich leise.

„Kommt ganz darauf an. Was hast du zu bieten?"

Ich lächelte nur. Und sie lächelte auch.

Ich half ihr in den Mantel, hielt ihr die Tür auf und winkte ein Taxi heran, und diesmal war sie an der Reihe, mir dabei zuzusehen. Und das tat sie ziemlich genau.

Max und ich hatten eine geräumige Zweizimmerwohnung für uns, und dahin ließ ich uns fahren. Als ich die Tür hinter uns schloß und Ina von hinten umarmte, preßte sie ihre Wange an meine und fragte mit kehliger Stimme: „Also, was hast du zu bieten?"

Augenblicklich geriet ich ins Schwitzen. Jetzt war ich gefordert. Und ich versuchte, mein Bestes zu geben. Ich zog ihr den Mantel von den Schultern, drehte sie um und preßte sie gegen die Tür, und als sie ihr Gesicht abwandte und leise und aufreizend lachte, begriff ich genau, wer sie war. Eine Prinzessin reinsten Geblütes. Zickig und wahnsinnig scharf. Sie würde sich zieren und weigern, sie würde mich anheizen und aufpeitschen, bis mir Hören und Sehen verging. Aber sie wollte mich haben. Und ich wollte sie.

Und so war es dann auch. Sie machte mich richtig verrückt. Sie bäumte sich auf und stieß mich zurück, aber ich hielt sie fest und knöpfte ihr hastig das Hemd auf. Als ich ihr über die nackte Schulter leckte, gab sie mir nach und wandte mir das Gesicht zu, und dann küßte ich sie. Sie stöhnte in meinen Mund, und ihre dunklen Augen blitzten mich auffordernd an. Kurzerhand hob ich sie hoch und trug sie zum Bett. Wir kämpften verbissen, sie lachte dabei, und endlich spürte ich sie willig und nackt unter mir zittern. Dann, als sie ihre langen Beine um meine Hüften schlang und ihre Finger sich in meinen Rücken krallten, hielt sie kurz inne und sah mich herausfordernd an. „Komm, hol's dir", flüsterte sie, „Du brauchst es doch, oder?"

Ich nahm sie beim Wort. Als ich in sie glitt und sie fickte, lange und hart, schrie sie auf. Da war mir schon klar, wer von uns beiden die Oberhand hatte. Nicht ich, sondern sie. Auch wenn es bestimmt nicht so aussah.

„He, das war gut", sagte Ina, als ich hinterher atemlos neben ihr lag. „Wo hast du das denn studiert?"

Ich zog sie an mich. Ihre Haut war feucht und seidigweich, kleine Schweißtropfen schimmerten auf ihrem nackten Bauch. Ich strich sanft mit einem Finger hinüber. Am liebsten wäre ich für alle Ewigkeit so liegengeblieben und hätte ihren Duft in mich eingesogen.

„Hast du irgendwas zu trinken?"

Ich brauchte einen Moment, um mich zu besinnen, dann ließ ich sie widerstrebend los und richtete mich auf. Ich war noch nicht ganz bei der Tür angelangt, als sie mir hinterherrief: „Bringst du auch einen Aschenbecher mit? Und meine Zigaretten, ich glaube, sie sind außen in der Manteltasche. Oder vielleicht auch innen."

Ich drehte mich um. Sie lag da, lässig auf den zerwühlten Laken ausgestreckt, und sah mich neugierig an. Ein kleines, zufriedenes Lächeln umspielte ihre Mundwinkel. Und dann ließ sie ihren Blick langsam an mir herunterwandern und wieder hinauf. Erneut begann ich zu schwitzen.

„Was ist denn? Probleme?" fragte sie keck.

Wortlos ging ich in den Flur und schob meine Hand in die Außentasche ihres Mantels, und noch bevor ich die Zigarettenschachtel ertastete, erkannte ich in schärfster Klarheit die Tragweite dessen, was gerade geschah. Ich würde es mitmachen, das ganze Spiel, von vorne bis hinten. Ich würde Ina die Zigaretten bringen und einen Aschenbecher und etwas zu trinken, und morgen früh würde ich ihr das Telefon bringen und einen Kaffee. Abends, wenn wir beide wieder in Berlin waren, würde ich sie anrufen und mich mit ihr verabreden. Ich würde mit ihr ins Bett gehen, am nächsten Tag wieder und dann wieder und wieder. Irgendwann würde ich sie ein paar Stunden später als verabredet anrufen und ihre Vorwürfe stoisch ertragen. Ich würde ihre Launen hinnehmen und mich von Zeit zu Zeit erfolglos gegen ihr zickiges Gehabe zur Wehr setzen. Sie würde mich mit ihrer frechen Art zur Weißglut bringen und zu nervtötenden Diskussionen über Vertrauen und ungleiche Rollenverteilungen zwingen, und all das würde ich mitmachen, von jetzt an bis zum bitteren Ende. Sie war bereits meine Prinzessin, ob ich nun wollte oder nicht. Aber ich wollte. Und wie.

Randy merkte es gleich. Sie holte mich vom Flughafen ab, und als ich mich in den Wagen setzte und meine Tasche auf den Rücksitz warf, sah sie mich an und pfiff durch die Zähne. „Wer hat dich denn geschafft?"

Ich schwieg und sah geradeaus. Sie beugte sich zu mir herüber und strich mit einem Finger über die Kratzspuren in meinem Nacken. „Ganz schöne Krallen, die Dame. Tut's weh?"

Ich konnte nicht anders, ich mußte grinsen.

Randy setzte sich aufrecht hin und gab Gas. „Willkommen zu Hause. Und, ist es 'ne Zicke? Hat sie dich schon in der Hand?"

Genauso ist es. Aber außer Randy und mir braucht das niemand zu wissen. Und Ina schon gar nicht.

Doro liebt eine Frau

Es gab zwei besonders schreckliche Momente in all dem. Der eine war, als ich nach Hause kam und Doro mir sagte, daß sie mich verlassen würde, und der andere war, als ich erfuhr, daß sie mich wegen einer Frau verließ. Der zweite Moment war fast noch schlimmer als der erste, und auch jetzt noch passiert es mir, daß ich irgend etwas tue, ich bücke mich, hebe ein Blatt vom Boden auf, und plötzlich höre ich hinter mir Doros Stimme, die sagt: „Es ist eine Frau", und dann sträuben sich mir die Nackenhaare, und mir wird übel. Wahnsinnig übel wird mir davon. Tatsächlich habe ich mich bereits einige Male übergeben müssen in diesen Situationen. Es macht mir so furchtbar viel aus.

Ich glaube, wenn Sie ein wenig mehr über mein Leben wüßten, dann würden Sie das verstehen. Ich weiß – und Sie würden das auch sagen –, ich weiß, ich sollte mir das nicht derart zu Herzen nehmen. Und vor allem sollte ich nicht alles in Frage stellen.

Aber ich kann nichts dagegen tun; ich frage mich immer wieder, was das Ganze dann für einen Sinn gehabt hat. Natürlich, mein Leben sollte nicht, niemandes Leben sollte von einer anderen Person abhängen, von ihrem Urteil oder dem, was sie tut. Ich weiß das, und ich sage mir das auch wieder und wieder, aber dennoch – ich habe immer wieder ein Gefühl der Vergeblichkeit, so, als ob alles umsonst gewesen sei.

Ja, natürlich weiß ich, daß es nicht vergebens war. Ich hätte genauso gehandelt, wenn es Doro gar nicht gegeben hätte. Ich weiß das, aber dennoch: Vielleicht wäre sie noch bei mir, wenn ich damals diesen Schritt nicht gewagt hätte. Oder nicht?

Wahrscheinlich nicht.

Man könnte meinen, es sei einfacher, wenn man nicht zusammengelebt hat. Aber ich bin überzeugt davon, daß es schwieriger ist. Wenn man zusammenlebt, und es ist Schluß, dann zieht einer von beiden aus. Die Trennung wird sichtbar, räumlich, im Alltag, im ganzen Leben. Man kommt nicht drumrum; man kann nicht so tun, als ob alles beim Alten wäre. Einer zieht aus, und beide fangen neu an.

Aber wenn man nicht zusammengelebt hat, ist es schwer. Weil der Lebensbereich ohnehin getrennt war, wird er auch nicht von der Trennung berührt. Sie findet nur im Kopf statt, und in der Zeitplanung, im Gefühl, aber nirgendwo sonst, und es ist verdammt schwer, nicht zu glauben, daß man sich das Ganze nur einbildet. Daß gar keine Trennung stattgefunden hat.

Ich glaube, daß es einfacher ist, wenn man die Trennung an der eigenen Wohnung ablesen kann, wenn man sie sieht, wenn man immer wieder darauf gestoßen wird; wenn man kein Zimmer betreten kann, ohne daß das Fehlen der persönlichen Gegenstände des anderen offenbar wird und sich schmerzlich in die Netzhaut brennt.

In meiner Wohnung hat sich nichts verändert. Alles ist genauso wie vorher. Fast alles jedenfalls. Ich habe keine Kleidungsstücke von Doro mehr hier, und ihre Zahnbürste ist auch fort. Aber ansonsten ist alles genauso. Das macht mich fertig.

Ich kam nach Hause und ging als erstes in die Küche. Es war ein heißer Tag, und ich hatte entsetzlichen Durst. Solch starken Durst hatte ich, daß ich es noch nicht einmal schaffte, Doro zu begrüßen, die in der Küche saß. Zuerst mußte ich etwas trinken, und so riß ich den Kühlschrank auf, zog eine Flasche Mineralwasser heraus und trank sie in einem Zug halb leer. Dann erst begrüßte ich Doro.

Mir war klar, daß irgend etwas nicht stimmte. Während ich trank, hatte ich Gelegenheit, Doro eingehend zu betrachten. Sie saß da, vor sich einen Notizblock und einen Stapel Rechnungen. Sie machte die monatliche Abrechnung für ihren Woll-Laden, und nicht die Tatsache, daß sie es in meiner Wohnung tat, verblüffte mich, sondern daß sie es in meiner Küche tat.

Es kam zwar selten vor, daß Doro unangemeldet bei mir auftauchte, und noch seltener, daß sie mich bereits erwartete, wenn ich heimkam, aber immerhin kam es vor. Noch nie jedoch hatte sie in der Küche auf mich gewartet. Nie. Sie konnte die Küche nicht leiden. Ich auch nicht, ehrlich gesagt. Weder damals noch heute.

Und was mich noch alarmierte, war ihr Gesichtsausdruck. Er war viel zu weich für Doro. Viel zu weich.

Sie müssen wissen, daß Doro eine sehr schöne Frau ist, mit einem Dreh ins Harte, Androgyne. Seit Jahren schon beobachte ich die Falten, die sich auf ihrem Gesicht ausbreiten wie ein feines Netzwerk des Alters. Sie verstärken den Ausdruck der Abgeklärtheit, den Doros Gesicht mit den stechenden Augen, der scharfen Nase und den schmalen Lippen ohnehin schon besitzt. Ich mag Doros herbes Aussehen, sie selber allerdings nicht. Sie wünscht sich mehr Weiblichkeit, mehr Weichheit. Paradoxerweise aber wirkt Doros Gesicht nur weich, wenn sie entweder extrem wütend oder zu allem entschlossen ist. Ihre Züge werden dann zart und sanft, ihre Lippen voller, die Falten auf ihrer Stirn verschwinden. Und dann rückt sie mit der Sprache heraus.

Deshalb war ich vorgewarnt. Ich stellte die halbleere Flasche auf den Tisch und setzte mich Doro gegenüber auf den zweiten wackeligen Küchenstuhl. „Bist du schon lange hier?"

Sie sah mich mit einem milden Blick an. „Ich war gar nicht weg."

„Du bist überhaupt nicht weggegangen? Hattest du nicht einen Termin?"

Doro legte die Rechnungen auf den Block und stützte das Kinn in die Hände. „Jo", sagte sie statt einer Antwort. Und ihre Stimme klang so energisch, daß mir flau wurde.

„Jo, ich trenne mich von dir."

„Was sagst du?"

„Ich trenne mich von dir."

Sie sah mich unverwandt an. Ich schwieg. Sie auch. Ich kippte auf meinem knarrenden Stuhl vor und zurück und ließ die Worte sacken.

Wir waren zu schweigsam gewesen. Wir hatten zu wenig miteinander geredet. Früher, bevor ich nach England in die Klinik gegangen war, und auch in der ersten Zeit danach, da hatten wir geredet und geredet und geredet. Ununterbrochen. Wir hatten alles besprochen, alles, ohne auch nur die kleinste Kleinigkeit, ohne auch nur eine einzige abweichende Sichtweise auszulassen. Es war enorm wichtig gewesen. Wir – vielmehr ich – mußten alles bedenken, jedes Für und Wider.

Vielleicht hatten wir so viel geredet, daß es uns im nachhinein die Sprache verschlagen hat. Für mich war das auch in Ordnung; ich hatte das Gefühl, für mein Leben genug geredet zu haben. Aber Doro nicht, und das wußte ich auch. Dafür bekam ich jetzt die Quittung. Das dachte ich jedenfalls in jenem Moment. Aber ich dachte das nicht mehr, als wir weitersprachen.

„Gibt es einen Grund dafür?" fragte ich.

Sie nickte.

„Und wie heißt er?"

Ihr Gesicht wurde noch weicher, und es dauerte einen Moment, bis sie antwortete. „Es ist eine Frau."

Das hat mir so furchtbar viel ausgemacht, und es macht mir immer noch soviel aus. Verstehen Sie, vor ein paar Jahren noch hätte Doro gesagt: „Es ist eine andere Frau". Jetzt gab es noch nicht mal mehr ein Zögern, ganz selbstverständlich erklärte sie: „Es ist eine Frau", so, als ob nichts gewesen wäre, als ob nie etwas gewesen wäre. Als ob sie alles vergessen hätte.

Ja, ich weiß, es ist genau das, was ich immer gewollt habe. Ich wollte immer, daß andere es vergessen, das, was ich war, was ich nach außen hin war. Es ist gut, daß Doro so tut, als wäre nichts gewesen. Es ist gut, es ist gut, es ist gut. Aber es tut so verdammt weh.

Verstehen Sie, das ist es, was alles so furchtbar, so unerträglich macht: daß Doro mich wegen einer Frau verläßt. Sie verläßt mich, einen Mann, wegen einer Frau.

Ich wette, es gibt einige Leute, die sagen würden, das sei vorauszusehen gewesen. Vielleicht war es das ja auch, aber nicht für mich. Ich hatte geglaubt, unsere Liebe wäre stark genug. Ich glaubte, unsere Liebe wäre einzigartig. Aber sie war es nicht.

Ich dachte, sie liebt mich, und wer oder was ich bin, ist egal. Ja sicher, wie konnte ich so denken, wo es mir doch selbst am allerwenigsten egal war und immer noch ist, wer und was ich bin? Wo doch mein Leben davon abhängt, daß ich der bin, der ich bin, und nicht die, die ich mal war.

Wir saßen uns Auge in Auge gegenüber. Ich begriff das alles nicht so richtig, aber ich spürte, daß nun eine gräßliche Zeit für mich begann, daß mein Leben noch einmal ganz neu aufgerollt werden würde und alles, was ich bis dahin erreicht hatte, neu zur Debatte stand. Vor mir selbst.

Damit wir uns richtig verstehen: Niemand anders, da bin ich sicher, würde mein Leben in Frage stellen. Das würde niemand wagen, niemand, der mich kennt, oder auch niemand, der nur ein klitzekleines bißchen Feingefühl besitzt. Niemand würde das wagen. Nur ich.

„Doro ..." Mir versagte die Stimme, und ich setzte noch einmal neu an. Sie betrachtete mich ruhig und erwartungsvoll und zugleich gelassen, als wüßte sie, daß ich nichts dagegen einwenden würde, weil ich es nicht konnte. So, wie sie mich ansah, ahnte ich, daß sie bereits fest entschlossen war, aber ich versuchte es dennoch.

„Doro, liebst du mich nicht mehr?" Ich kippte mit dem Stuhl nach hinten und krampfte meine Finger fest um die Tischkante. Für einen Moment lang hatte ich Hoffnung.

„Du weißt genau, daß das eine dumme Frage ist", sagte Doro. „Natürlich liebe ich dich noch, so schnell geht das nicht, aber das, was du hören willst, das kann ich dir nicht sagen. Ich liebe dich nicht mehr genug, Jo. Und ich liebe diese Frau. Mehr als dich."

In dem Moment gab der Stuhl unter mir nach, und ein kräftiger Ruck ging durch meinen ganzen Körper. Holz splitterte, mit einem lauten Poltern krachte ich zu Boden, und vor Schreck schrie ich auf. Es war ein schriller und hoher Schrei, der meine

Vergangenheit wieder zurückbrachte, und mit dazu brachte er auch einen Schwall von Tränen.

Ich rappelte mich auf und schluchzte dabei vor mich hin, und Doro, die aufgesprungen war, schaute mich besorgt an.

„Hast du dir weh getan?" fragte sie. Ich weinte noch lauter.

„Wo denn?" fragte sie, mit gehobener Stimme, in der jetzt ein hysterischer Unterton lag.

Sie verstand nichts. Sie begriff nicht, warum ich weinte, und das machte mir klarer, wie weit wir schon voneinander entfernt waren, als die Worte, die ich gerade von ihr gehört hatte.

„Hast du dir weh getan?" fragte Doro noch einmal und faßte nach meinem Arm. Ich konnte ihre Berührung nur schwer ertragen, aber ich hielt es aus.

„Nein", sagte ich leise und wischte mir die Tränen ab, und mit den nächsten Worten wurde meine Stimme ruhiger. „Nein. Du. Du hast mir weh getan."

Man kann mein Verhalten wehleidig finden, aber es war eben so. Genauso wie das, was Doro gesagt hatte. Sie liebte mich einfach nicht mehr genug.

Doro ist lesbisch. Und sie war es immer schon. Wir hätten uns nie kennengelernt, wenn sie das nicht gewesen wäre. Damals, als mir immer deutlicher bewußt wurde, was ich bin und was ich nicht bin, damals wußten wir beide, daß ein Haufen Probleme auf uns zukommen würde. Doro war lesbisch, daran gab es nichts zu rütteln, und sie würde es auch bleiben, was immer auch mit mir geschah.

Wir haben viel darüber gesprochen, was das bedeutete. Nicht nur ich, auch Doro selbst hat ihre Homosexualität mehr als einmal in Frage gestellt. Aus dem einfachen Grund: Wenn Doro lesbisch war, wie konnte sie mich dann lieben?

In einem Punkt stimmte sie mir zu: Ich hatte mich nicht verändert. Ich war nicht jemand anders geworden als der Mensch, den sie damals kennengelernt hatte. Ich war immer schon ich.

Man verliebt sich ja nicht nur in das Äußere eines Menschen oder in sein Geschlecht. Man verliebt sich vor allem in das Wesen, den Charakter, das Innere. Natürlich ist das alles nicht voneinander zu trennen, aber genau das war es ja, was Doro und mir Hoffnung gab und das Vertrauen, daß unsere Liebe groß genug war, um meine äußerliche Anpassung zu überstehen.

Doro hat nie, auch nicht während unserer schlimmsten Auseinandersetzungen, beklagt, daß sie sich in eine Frau verliebt hat und hinterher ein Mann herauskam. So war es nicht. Ich war immer ein Mann, nur auf dem Papier nicht und von außen gesehen auch nicht. Ich hatte niemals wirkliche Identitätskrisen; ich wußte immer, wer ich war, wenn man die Pubertät und die frühe Jugendzeit mal ausnimmt.

Doch woher kommt dann dieses Gefühl des Versagens, das ich so deutlich empfinde? Woher kommt das Gefühl, ich, Doro, wir beide hätten die Augen verschlossen und die Tatsachen ignoriert: die Tatsache vor allem, daß eine lesbische Frau, eine wirklich lesbische Frau auf Dauer nicht mit einem Mann zusammensein kann?

Doro und ich haben uns, wie soll es auch anders sein, in einer Frauenbar kennengelernt. Ich war schon einige Male dort gewesen, Doro dagegen noch nie. Das lag daran, daß Doro gar nicht aus Frankfurt kam; sie wohnte in Kiel und war nur für ein paar Tage geschäftlich in der Stadt. Aber das wußte ich natürlich alles noch nicht, als ich mich an jenem Abend neben sie an den Tresen setzte.

Ich habe mir den Platz übrigens nicht deswegen ausgesucht, weil Doro mir derart ins Auge gestochen wäre. Aber der Hocker neben ihr war der einzige, der noch frei war. Doro warf mir einen flüchtigen Blick zu, sah wieder weg, stutzte, blickte mich wieder an, und dann fing sie an zu grinsen. Es war keins von diesen abfälligen Grinsen, mit denen ich damals des öfteren bedacht wurde. Es war einfach ein Grinsen: freundlich und ein bißchen belustigt.

Ich fragte sie, was denn so komisch sei, und sie sah mich mit ihren blauen, ein wenig schrägstehenden Augen an und sagte vergnügt: „Einfach nur, daß ich hier sitze. Basta. Punkt. Aus." Und dann lachte sie los, und ich mußte ebenfalls lachen.

Natürlich hatte Doro auch deshalb gegrinst, weil sie im ersten Moment gedacht hatte, daß ich ein Typ sei und keine Frau, womit sie ja schließlich auch richtig lag. Das hat sie mir später erzählt, aber ich wußte es sowieso. Ich kannte dieses Stutzen, Wegsehen und wieder Hingucken zur Genüge, und wenn mich daran je etwas geärgert hat, dann die Tatsache, daß die Leute beim zweiten Blick meinen gut getarnten weiblichen Körper doch noch erkannten.

Zu jener Zeit habe ich mir immer brennend gewünscht, mal mit einer Frau ins Bett zu gehen, die bis zum letzten Moment und darüber hinaus nicht bemerkt, daß ich nicht das bin, was ich zu sein vorgebe – und im Grunde auch bin –, aber diese Erfahrung ist mir leider nicht vergönnt gewesen. Und jetzt ist es natürlich nicht mehr möglich. Zum Glück. Obwohl ich das wirklich gerne einmal erlebt hätte.

Vom ersten Augenblick an zog Doro mich in ihren Bann. Wir redeten und redeten, und nach einer Weile begann ich mich mächtig ins Zeug zu legen, mit feurigen Blicken, zufälligen Berührungen und vollendeten Umgangsformen. Und die Art, wie Doro auf mich reagierte, sagte mir, daß ich ihr ebenfalls gefiel. Irgendwann legte sie wie beiläufig ihre Hand auf mein Knie und sah mich nachdenklich an. Ich dachte, sie wolle mich küssen, aber das wollte sie gar nicht. Sie beugte sich vor, nahm ihr Bierglas, trank einen Schluck und stellte es wieder ab. Dann lehnte sie sich zurück und sah mir tief in die Augen.

„Und nun?" fragte sie mich.

„Hast du Lust auf noch ein Bier oder was anderes?" fragte ich zurück, und erst im nachhinein wurde mir die Doppeldeutigkeit meiner eigenen Worte klar.

„Was anderes", sagte Doro.

Und so begann unser gemeinsames Glück.

Jawohl, es war Glück. Ein Jahr später ist Doro nach Frankfurt gezogen, in eine eigene Wohnung, unweit von meiner, und da wohnt sie bis heute.

Ich war heilfroh, Doro um mich zu haben, sie bei mir zu haben, über lange Zeit, viele Jahre hinweg, in schlechten und guten Zeiten und all dieses Zeug. Ohne Doro wäre ich gewiß nicht an dem Punkt, an dem ich jetzt bin. Ohne Doro hätte das alles viel länger gedauert. Und ohne Doro hätte ich mich schrecklich gefürchtet.

Ohne Doro. Das bin ich ja jetzt: ohne Doro. Aber das kann ich immer noch nicht so richtig begreifen. Manchmal, wenn es ganz schlimm ist, stelle ich mir vor, daß sie einfach in Urlaub gefahren ist, vier Monate nach Australien und dann noch zwei nach Neuseeland. Ich stelle mir vor, wie Doro in einem Jeep durch die Wüste fährt und interessiert die Gegend betrachtet, und wenn ich mir Mühe gebe, kann ich sogar den Staub auf ihrem Gesicht sehen, sogar auf ihren Lidern kann ich den Staub sehen: winzigkleine rote Staubkörnchen auf Doros blassen Wimpern, die in der Sonne glitzern.

Aber diese Bilder halten immer nur ein Weilchen vor. Dann hupt irgendwo ein Auto, oder das Telefon klingelt, und der Traum ist vorbei. Und ich bin wieder ohne Doro.

Ich habe viel darüber nachgedacht, ob es mir besser ginge, wenn Doro mich nicht wegen einer Frau verlassen hätte, sondern wegen einem anderen Mann. Es fällt mir schwer, mir das vorzustellen, eben deshalb, weil Doro einfach immer gesagt hat, daß sie lesbisch ist. Das klingt paradox, aber so war es. Doro war und ist lesbisch. Und ich bin es nicht.

Wer weiß – hätte Doro mich wegen eines Mannes verlassen, vielleicht säße ich dann jetzt da und würde glauben, ich wäre keiner. Oder zumindest kein richtiger. So kann man es natürlich auch sehen: Doro hat mich verlassen, weil sie letztendlich eben nicht mit einem Mann zusammensein kann. Meine Freunde und Freundinnen sagen mir immer, daß ich es von dieser Seite aus betrachten soll, und ich versuche es auch. Aber den Schmerz lindert es nicht. Egal, was auch immer ich hin und her konstruiere: Fakt ist, Doro will mich nicht mehr. Und: Doro liebt eine Frau.

Doro kapierte sofort, was mit mir los war. Gleich in der ersten Nacht. Sie sah mich an und strich mir über mein schweißnasses Gesicht und sagte: „Das ist mehr als nur gutes Einfühlungsvermögen, was du da hast." Ich war wie vom Donner gerührt, aber Doro lächelte nur. „Das kann ja heiter werden", setzte sie hinzu, und dann zog sie mich an sich, und ich vergrub mein Gesicht in ihrem Nacken und fühlte mich zum allerersten Mal, seit ich mich erinnern konnte, angenommen.

Verstehen Sie, für mich war das sehr bedeutsam: Doro war die einzige Frau, die mir nie gesagt hat, daß sie diese gelungene

Mischung aus männlichen und weiblichen Anteilen an mir mag. Im Gegensatz zu allen anderen Frauen, die mir damit ein Kompliment zu machen glaubten, sah Doro das ganz und gar nicht so. Sie fand, daß ich – wie alle Männer – durchaus weibliche Anteile habe, und daß sie sich wahrscheinlich sogar am meisten in diese verliebt hat.

Ich halte das durchaus für möglich. Schließlich trage ich meine Weiblichkeit immer noch in mir. Das hat sich niemals verändert.

Wissen Sie, das ist es ja – Doro sagte von Anfang an, daß sie mich klasse fand, und zwar so, wie ich war. Und umso mehr, je mehr ich ich selbst sei.

Natürlich war das nicht einfach. Wir haben ganze Nächte verbracht, in denen die Tränen nur so flossen, bei Doro, bei mir. „Willst du wirklich ein Kerl sein?" fragte mich Doro. „Ich bin doch schon einer", sagte ich dann. Aber ich machte mir Sorgen, denn im Grunde fand – und finde – ich Frauen besser als Männer. Hätte ich es mir aussuchen können, dann wäre ich lieber eine Frau gewesen. Aber ich konnte es mir nicht aussuchen, auch wenn viele Leute das denken. Und Doro hat das verstanden.

Schon damals hatte ich Angst, daß Doro mich irgendwann verlassen würde, weil sie lieber mit einer Frau zusammensein wollte. Und Doro ihrerseits fürchtete dasselbe: daß sie nicht bei mir bleiben konnte, wenn ich ein Mann war. „Schließlich bin ich ja lesbisch", sagte sie manchmal; aber je mehr Zeit verging, desto mehr fragten wir uns beide, was das denn eigentlich hieß. Es blieb uns auch gar nichts anderes übrig, wollten wir uns nicht unverzüglich trennen.

Doro hat eine Menge ertragen müssen, Freundinnen, die sich von ihr abwandten, weil sie Doro als Verräterin empfanden, die plötzlich mit einem Mann zusammen war. „Aber ich bin seit Jahren mit Jo zusammen!" erklärte Doro dann immer, ohne Erfolg.

Dabei hatten wir nie irgendwelche Schwierigkeiten mit der Rollenverteilung. Weder war Doro das Weibchen, noch war ich der Kerl. Wir waren uns eher ähnlich. Nur ist Doro manchmal zu hart. Und ich bin manchmal zu weich.

Heute, wo das Thema in aller Munde ist und wo es vielen gar nicht mehr darum geht, sich als männlich oder weiblich zu definieren, heute würden die Auseinandersetzungen, die Doro und ich zu jener Zeit hatten, wahrscheinlich antiquiert wirken. Aber damals hatte kein Mensch je etwas von gender und crossgender und transgender und dergleichen gehört. Für mich hieß es: entweder – oder. Ich fühlte mich einfach nicht ganz. Innerlich schon. Aber äußerlich nicht.

Nach der ersten Operation war Doro fast genauso begeistert wie ich. „Schön", sagte sie manchmal, wenn wir im Bett lagen, und dann strich sie mir über meine glatte Brust und zwickte mir prüfend in den Bizeps. „Gut siehst du aus. Und du fühlst dich so gut an."

Und nach der zweiten Operation war Doro ebenso skeptisch wie ich. „Darf ich dich anfassen", fragte sie vorsichtig, und sie durfte. Mit dem Ergebnis der Operation waren wir beide nicht gerade zufrieden, aber aus verschiedenen Gründen. Doro hat mir einmal gestanden, daß ihr mein Dildo viel besser gefiel, vielleicht auch, weil er nicht echt war. Mir ging das auch so, aber nicht, weil er nicht echt war. Sondern, weil er perfekt war.

Aber trotzdem hat es Doro gefallen, mich anzufassen. Immerhin hatte sie mich in all der Zeit davor nie dort anfassen dürfen, jedenfalls nicht richtig. Wenn sie es doch einmal tat, war mir immer zumute, als fasse sie ins Nichts. Als ob zwischen meinen Beinen nichts wäre. Jedenfalls nicht das, was da sein sollte.

Wir hatten keine großen Probleme im Bett. Weder vorher noch nachher. Eigentlich hatte sich gar nicht so viel verändert. Ich fand immer, daß ich verdammtes Glück gehabt hatte, denn Doro stand darauf, mit dem Dildo gefickt zu werden. Sie mochte das sehr. Und vor allem mochte sie mich.

Aber vielleicht hat das Doro ganz anders gesehen. Eine Trennung fällt nicht so einfach vom Himmel. Und eine neue Liebe ebensowenig. Vielleicht fehlte Doro insgeheim doch was. Nicht umsonst ist sie lesbisch, nicht wahr?

Irgendwann werden Doro und ich darüber reden. Nicht, daß wir seither nicht mehr miteinander gesprochen haben, das haben wir. Ziemlich oft, und ziemlich ausführlich. In all den Wochen – und mittlerweile haben sich diese Wochen zu Monaten summiert –, die seit jenem schrecklichen Tag in meiner Küche vergangen sind, in all diesen Wochen haben Doro und ich Kontakt gehalten und mehr miteinander geredet als in den Jahren davor. Fast soviel wie früher. Doro ist immer wieder vorbeigekommen, um mit mir zu reden, und sie hat mir gesagt, daß sie auch weiterhin für mich da ist.

Aber das ist natürlich nicht wahr. Schließlich hat sie sich von mir getrennt. Und das bedeutet, daß sie eben nicht mehr für mich da ist. Nur ab und zu. Und vielleicht reicht mir das ja auch eines Tages.

Doro und ich reden viel miteinander, aber nicht über alles. Manche Dinge brauchen eben ihre Zeit. Mit der Zeit werden Doro und ich uns über so manches klar werden. Über das, was Doro gefehlt hat, zum Beispiel. Und mir womöglich auch. Und mit der Zeit werde ich mich – hoffentlich – auch daran gewöhnen: an die Tatsache, ohne Doro zu sein. Einstweilen aber versuche ich, mich an die Vorstellung zu gewöhnen. Und, das können Sie mir glauben, das allein ist schon schwer genug.

Und wissen Sie, was die meisten, selbst Doro, mir raten? Natürlich wissen Sie das. Sie würden das ebenfalls sagen: „Jo, such dir möglichst bald eine Neue!"

Das wäre ja auch schön und würde mir ganz bestimmt helfen. Aber ich glaube, selbst wenn ich soweit wäre – meine Chancen stehen nicht gut. Nicht aus den Gründen, an die Sie jetzt wahrscheinlich denken. Das nicht; jedenfalls gehe ich davon nicht aus. Ich weiß, daß viele Frauen mich anziehend finden.

Aber wahrscheinlich ist mein Problem, daß ich mich nur für bestimmte Frauen interessiere. Für Frauen, die sich in der Regel leider nicht im geringsten für mich interessieren. Mein Problem ist: Ich stehe auf lesbische Frauen. Auf androgyn wirkende Frauen mit herben Gesichtern. Frauen, die sich durchsetzen können, auch im Bett. Dominante und zärtliche Frauen. Solche Frauen wie Doro.

Aber Doro, das sage ich mir, wenn ich zu Bett gehe und morgens wieder aufstehe, das sage ich mir andauernd, und eines Tages werde ich es auch glauben, Doro will mich nicht mehr. Denn Doro liebt eine Frau.

Erstveröffentlichung von „Zechprelle" in: *einmal wars schön – Erzählungen, Einsendungen zum Literaturpreis der schwulen Buchläden*, hrsg. von Thomas Ott, 1997
Erstveröffentlichung von „Verlorene Gesichter" in: *Sappho küßt Europa – Geschichten von Lesben aus zwanzig Ländern*, hrsg. von Madeleine Marti und Marianne Ulmi, 1997. Ausgestrahlt bei Radio Brandenburg, 1994
Erstveröffentlichung von „Die Zicken und ich" in: *Verführungen*, hrsg. von Andrea Krug und Dagmar Schadenberg, 1998
Erstveröffentlichung von „Der Schneider und die Schneiderin" in: *Drive in – Texte zum 1. Wiener Werkstattpreis 1992*, hrsg. von Peter Schaden, 1993. Ausgestrahlt bei Radio Brandenburg, 1994

SERIE PIPER

Karen-Susan Fessel

Bilder von ihr

Roman. 354 Seiten. Serie Piper

Thea ist Anfang Zwanzig, als sie Suzannah, die Fotografin, kennenlernt, und sie ist weit davon entfernt, sich auf eine Beziehung, also auf Nähe und Vertrauen, einlassen zu wollen. Früh hatte sie den Vater, als Jugendliche die Mutter verloren, sie war aus der Provinz nach Berlin gekommen, jobbte sich durch die Szenenkneipen, fühlte sich frei und ungebunden, genoß die Anonymität der Großstadt. Die Begegnung mit Suzannah trifft sie wie ein Blitz. Sie weiß, wie man es nur einmal im Leben wissen kann, daß sie die Frau ihres Lebens gefunden hat. Aber noch kann sie Nähe nicht wagen, sperrt sich, flüchtet. Es dauert Jahre, bis Thea sich auf Suzannah einlassen, bis sie vertrauen kann. Und dann der Schock: Suzannah kommt bei einem Verkehrsunfall ums Leben. Thea geht nach Paris, an Suzannahs Ort, sie trauert, indem sie sich erinnert, indem sie die Geschichte dieser Liebe aufschreibt, indem sie sich der »Bilder von ihr« inne wird.

05/1124/01/L

Karen-Susan Fessel

Bis ich sie finde

Roman. 455 Seiten. Serie Piper

Jane ist anders, besonders. Jane war früher ein Mann. Als Uma, der Frauenschwarm, die unnahbare Blonde aus dem hohen Norden zum erstenmal erblickt, ist es um sie geschehen. Ein Funken entzündet Umas Herz, ein Funken, der immer weiter lodern wird – auch als die lebenshungrige Uma mit Marianne und ihren beiden Kindern ein neues Leben führt. Hin und her gerissen folgt sie ihrer Sehnsucht und begibt sich auf die Suche nach Jane. – Karen-Susan Fessels feinfühlige Geschichte einer Zeiten und Orte überbrückenden Liebe geht unter die Haut.

»Ein großer Liebesroman … fein, behutsam und stimmig.«
XTRA!

05/1808/01/R